舒非 主編

香·港·散·文·12·家

夢裏時空

童元方 著

中華書局

主編的話

　　二〇一二年，為了紀念中華書局成立一百周年，香港中華書局推出了《香港散文典藏》。叢書收入九位當代香港最有影響力的作家，他們是：董橋、劉紹銘、林行止、陳之藩、西西、金耀基、羅孚、小思和金庸。「典藏」出版之後，頗受兩岸三地讀書界的好評。作為這套書的主要策劃者，我個人很受鼓舞；此後承蒙香港中華書局厚愛，希望我繼續圍繞香港文學再推新書，經由我和作者及出版社的反覆磋商，始有《香港散文 12 家》的誕生。

　　在香港，嚴肅文學書籍市場本來就狹小，隨着網絡閱讀的高速發展，讀書風氣的不斷改變，文學書的空間已經越來越小，確實給出版社帶來重重的困難。在這樣的情況下，我們仍然堅持推出《香港散文 12 家》，因為我們認為香港有優秀的作家和優秀的作品，作為立足

香港一百年的出版社，我們有責任為香港作家出好書，也有責任為香港讀者提供優秀出色的讀物。雖然文學市場持續低迷，但是我們不願放棄。

在日新月異的網絡時代裏，嚴肅的文學書是否有其價值？我們的答案當然是肯定的。文學看上去也許不那麼實用，但是文學是涵養人心的；讀文學作品，未必有立竿見影的效果，但是進入文學世界，肯定能為你打開一扇不同凡響的窗子，提升你的精神境界，令你一生受用。

收在《香港散文12家》裏的作者，背景不同，年齡不一，寫作的題材與風格更是迥異，因此也呈現香港散文的整體風貌。相對於詩歌或者小說，散文或許比較容易上手，但也更不容易寫得精彩。我們希望這套書，除了給愛好文學的讀者提供好書之外，也希望為有志於寫好中文的同學提供範文。

舒非

二〇一五年四月

自序

　　兒時在台灣南部的屏東念的是中正國民學校，一、二年級的國語課並不需要寫作文，有一天老師忽然找了幾個同學寫「我的家庭」，其中也有我。那是七歲的我第一次一個字一個字用心描劃出我的爸爸媽媽與兩個妹妹。過了幾天，看見另外一位同學在綠格紙上謄寫我的文章，是她的字寫得比我好看嗎，所以讓她抄？她還說：「我又沒有兩個妹妹。」說完在稿紙上寫上了她自己的名字。我雖然覺得奇怪，到底沒敢去問老師。

　　不久，老師給全班發下了《正聲》月刊，方知是校刊，打開一看，我的文章赫然在上，掛的卻是我同學的名字。為甚麼老師會把我的文章當成別人的？為甚麼老師以為我寫不出這樣的文章？我的名字是沒有意義的嗎？我去找老師，當場就哭了。

　　老師大概也沒有想到事情是如此不通情理，正不知

怎麼解釋，學校擴音器傳出了星期六舉辦全校作文比賽的消息，老師就說：「不如你代表我們班去參加比賽罷！」帶着一臉眼淚，我低低說了一聲：「好。」

除了小一的同學不比賽外，其他每一個年級的作文題目都用粉筆寫在黑板上，小二的題目是「歡送畢業同學」，我當時的反應是六個字裏有三個都好難：「畢業」二字，還有「歡送」的「歡」。我這樣起頭：「鳳凰花又開了，六年級的哥哥姊姊也要畢業了。」也許是後來爸爸說「不賴啊！」的歡快調子，所以我記得。這比賽我得了二年級的第一，頒獎的那一天卻病了，未能親領那張獎狀，也許有小小的悵惘，所以也記得。

六年級準備考初中，每個月都有模擬考，老師也開始讓我們每個星期都要依他發的三個題目選作一篇文章。有一次是我的父親、母親這一類的題目，我爸說他幫我寫。是不是很奇怪？是我的父親，或我的母親，不是我爸的，他怎麼幫我寫？但他就是幫我寫了。我很不樂意，看我爸用十一歲的我的口氣寫我媽，他說：「因為我最大，所以媽媽管教我最嚴，有時我想哭，但是從媽媽仁慈的眼光裏，我了解她是愛我的。當我看到她對我小妹妹的耐性時，我就知道她是如何的愛我了，正因

為她愛我，她才管教我。」看到這一小段時我是多麼的震撼！

母親心氣既高，又求好心切，也許還因為我是第一個孩子，她會催促，會緊迫釘人。我最多覺得精神緊張些，並不知、更不懂在我父親眼中這叫嚴厲。從我爸替我寫的文章中看我自己，他以為的我是我嗎？他是這樣看我，這樣看母親與我的關係嗎？他的觀察對我來說是一種喚醒、一種啟發；好像也是一種反省、一種對照；使我逐漸認識我自己與我周圍的世界：去感知、去分析、去詮釋。

而結尾全段只有兩句，我爸寫的是：「媽媽愛我，我也愛媽媽。」也曾沉吟良久，好像人生第一次專注思考甚麼叫愛。那時我的愛中似乎就已有了責任與託付；也是從那時起，流雲在天，流螢在野，我愛上非常簡單的結尾，尤其是短而有力的對照句。

考上屏女初中那個暑假，綠樹蔭濃，長夏漫漫，忽然就迷上了詩詞，每天抱着家裏的《白香詞譜》與《千家詩》看，時間長了，自己琢磨着，忍不住瞎作了一首：

草露重，人初靜，月華如水透紗輕，荷花扇底清風起，伴我安睡到天明。

　　雖然素樸，倒是剛滿十二歲的我真實的寫照。

　　中學六年，我可喜歡上國文課了。屏女初中的全有蓉和北一女高中的侯婉如兩位老師都喜歡我的作文，那些年，父親病重，愁雲慘霧的籠罩之下，不管老師出甚麼作文題，我少女的寂寞寸寸付與了紙本墨香，特別喜歡的還不嫌費事，篇篇寄給《國語日報》。

　　第一次收到郵局通知可以領稿費，媽媽鄭重其事地帶着我，在小鋪子裏刻了一枚小小的木頭圖章，工工整整四個字：「童元方印」。每領到一次稿費，就留下一張小紙條收據，上書所刊文章的題目。高中畢業時我已有了一小把，不時拿出來摩挲把玩。

　　從聯考到放榜不過一個多月的時光，父親卻在其間過世，並不知道我考上台大中文系。那一年台大新生，男的要上成功嶺軍訓，十一月才開學，我在屏東待了很久，比往年的暑假整整多了兩個月。熾烈的太陽底下，我的心是一片荒涼，不知怎麼竟開始了我的現代詩之旅。能找得到的詩集都拿來讀，有些詩句好像也能觸動

我的心弦。我準備了一個小筆記本，在自己靈光乍現時隨意記在小本上。整個大一、大二都在上課之外狂讀、狂寫現代詩。高兩班的一位學長甚至把我刊登在中文系系刊《新潮》上的一首詩，拿給了周夢蝶老先生看，並傳來「寫得不錯」的評語。我因此還去了武昌街的書攤拜望周先生。

那首詩題曰〈海祭〉，我是這樣開頭的：

擁一襟海涼
亙古的風聲駐足
駐足於八月的耳朵
敲響一片喧嘩

就這麼，囂囂嚷嚷
海何嘗寂寞？
原始的愁緒升起
自鼓噪的群波
擊打我的沉默

又是這樣結束的：
抬起頭

遠處的雲互相推擠着嗚咽

海嗚咽

風嗚咽

海底有無數的愛戀

我亦嗚咽

軟軟的海草緊緊纏着

千年的岩石，海底有

無數的哭泣

小人魚公主的花園

荒涼了好久

你的愛戀早已不朽

明天，當太陽升起

一個泡沫吐一個新的故事

　　父親的早逝在我心上恨海怒濤般翻騰了兩年，是我椰林大道上一半的日子。曾幾何時，我的現代詩句小本也在蒼茫的雨中遺失了，怎麼找都找不回來。霧鎖花城，更添惆悵。我的現代詩之旅居然跟着迷迷糊糊地結束，〈海祭〉也成了我發表過的唯一一首現代詩。

　　不久升大三，台大中文系舉辦了第一屆吉錚文藝獎

的徵文比賽，散文組的評審是洪炎秋、臺靜農、王文興三位老師，我以規定的五篇散文參賽，得了第一。新寫的〈陽光！陽光！〉後來在《新潮》刊出時以陰文與陽文兩式為標題製版，正是臨水照花，鏡中掠影，光線參差反照之處，但見斑駁；那年我二十歲。

沉浸在中國古典文學中，不知何時附上了千年詩魂，而以現代散文為自述之載具。大學畢業前後，不論是散文還是論文，我都非常享受寫作的過程，好像書寫已有其自身的節奏與韻律，不想這律動因為我結婚與出國而竟至弦斷音消。這一停差不多就是十幾年的光陰。

我在婚姻中逐漸失去了自己，來到哈佛讀書在精神上是一種舒緩，但並未能解決我人生的困境。我常常一進教室就忘了真實的世界，是在聽書時「閒愁最苦，休去倚危欄」的情思意境裏，是在講書時夕陽將殘、英雄末路的無可奈何中，寄託了我的千古情懷。但一下課，即刻回到現實，種種不堪，往往使我悲從中來，只有跑去燕京圖書館最遠的一角，躲在廁所裏默默垂淚，至於哽咽低泣。

最難堪的時刻是被逼着回答一些中國文學上的問題，還要敍述、要闡明許多細節。這些內容不久卻出現

在他人的文章之中，我感覺自己的創作意念與文學身份與人格認同都被剽竊，完全沒有了自己。但在此重重磨難與不斷掙扎之際，我卻再度提起筆來，驚覺歲月蹉跎，恍如隔世。如此花落花開，十年間寫了十多篇文章，哈佛畢業典禮後整理出來，直接寄給了爾雅出版社；同時整裝待發，前往香港任教職。

九七前夕離開人文薈萃的美國東岸來到香港，是我今生最大的轉折。香港這一個城市在困局中徐徐展現它面對的身姿與手勢，縱然是小家碧玉，卻風華絕代，原來我是以香港為榜樣，慢慢轉過水複山重的。這時隱地先生出版了我第一本散文集《一樣花開 —— 哈佛十年散記》，這題目是我問自己，也告訴自己的，錯過了春紅，在秋季開了，應該還不至於太遲罷！終於逃離了囚禁我身心的樊籠！

在香港的十八年，雪泥偶留鴻爪，山徑亦見苔痕，論文集之外，我陸續寫就了《水流花靜 —— 科學與詩的對話》、《愛因斯坦的感情世界》、《為彼此的鄉愁》、《遊與藝 —— 東西南北總天涯》、《閱讀陳之藩》幾本散文集，我的創作生命實不能與香港分割，而我人生最幸福的十年也是在香港度過的。之藩先生故去後，我回

台灣已近五年，魂魄所繫，所寫散文更不能自外於香港與香港人。

風雲幾度變幻，都成夢裏時空。然而可以在依舊綻放的花朵上採集晶瑩的露珠，如此星辰，又有何憾！

二〇一八年三月一日於東海

目　錄

第四輯　此生一諾

第五輯　化蝶而去

第六輯　過邊界

第一輯　有斜陽處

有斜陽處：
陳之藩《花近高樓》前言

近人沈祖棻喜填〈浣溪沙〉，有半闋我和陳先生愛不忍釋：

> 三月鶯花誰作賦？一天風絮獨登樓，有斜陽處有春愁。

最初是我的哈佛同學提起的，也許是他的上海口音，我一開始就聽錯了，以為是「有斜陽處有春草」，立時生出了一種淒美的意象與感覺。是春草苦戀斜陽罷？在自己正欣欣向榮的時刻，夢想留住已緩緩西沉的太陽。

我來晚了，但幸而趕上了。

事情已辦完，回到家裏。床上自然是沒有人。窗外的木棉逐漸開了，橙紅的花朵映着蔚藍的天，分外好看。陳先生還在醫院裏嗎？我彷彿身在夢中，一切都不像是真的。

自此，日子一天天過去，花開得更加燦爛，卻不見有

人回來；平時轉往輪椅通路的木門，再不見有人打開；輪椅長駐在窗前，也不見移動。四年來幫忙照顧陳先生的菲傭，竟自動開始把陳先生的衣物逐件裝箱，我看着受不了，説：「甚麼都別動，我是個人哪！」

陳先生第二次中風後，在香港的威爾斯醫院住了三個星期，救回一命，但已半身癱瘓，不良於行。接着轉往沙田醫院復健與療養。三個月後，醫院裏的職業治療師來家裏視察，看看怎麼加建一個可供傷殘人士出入的輪椅小徑，也就是台灣所謂的無障礙通道。我希望陳先生一如既往，可以從正門進出，就像我在美國所見的一樣：波士頓的公家機構、學校大樓、屋苑公寓，傷殘小徑都在正門，即使是老房子也可從側面迂迴而入。但在香港，限於各種條件，那小路最後仍然是從後門開出去的。又三個月，陳先生出院回家，我每星期帶他出去逛。沙田的商場設施尚算完備，可是港島那邊的大樓，寸土寸金，連輪椅小徑都省了。不但是從大廈後面入口，並且電梯一進去頗有異味，才悟出是運貨的，可能也運垃圾。然而我們沒有因此而不出門，只是一定會帶備口罩。香港這樣的國際大都會，人權的進展如此緩慢，讓已成弱勢的陳先生備受委屈，屢屢使我黯然神傷。而今每去一個未曾去過的地方，我都會下意識地尋覓無障礙通道。

每次要出門，一星期或十天前打電話預約叫做「易達轎車」的復康車，全港一共二十部。粥少僧多，非常難訂。

也還是因為二○○八年北京奧運的馬術比賽在香港舉行，馬會為有需要坐輪椅的觀眾預備的車子，奧運後捐了出來服務大眾，我們才有這福氣，不必悶在家裏坐困愁城。也因為這車，我們重遊了山頂。在開揚闊落的山景餐廳，隔着窗玻璃看微雨中的香港，遠處的高樓似一堆模糊的剪影，縱然看不真切，心情是愉快的，精神是舒暢的。餐後推着陳先生在凌霄閣商場散步。看着他喜歡，我買了一個小紅舞獅，回來開掛在臥室窗前的小鉤上，陳先生抬眼便能望見，給那年的舊曆年帶來了不少喜氣。也曾去西貢吃海鮮，當晚清蒸的那條星斑是他自己指着水盆挑的。

除了邱吉爾，陳先生最喜歡愛因斯坦。去年四月，愛因斯坦的專題展覽在香港科學館開幕，展品由瑞士的伯恩歷史博物館與聯邦外交部共同提供。幾年前有過一個小型的愛因斯坦展覽，由以色列的希伯來大學協辦。比如愛氏生平，大部分以展板中英對照來介紹，有些翻譯甚至有錯。而在愛氏出生地烏爾姆看到的展覽，連他在伯恩專利局的辦公桌都搬來了，也還是以這個專題展的內容最全面，呈現的方式最精彩。

許多經典照片放得很大，往往一張就佔了半堵牆。偌大的展場氣勢奪人。我們看見鏡式電流計、旋轉線圈儀器的實物，也看見許多重要文件的副本，比如瑞士聯邦理工大學發出的入學許可與中級文憑；看見愛氏的美國護照、瑞士

護照與在柏林任教職時所使用的德國外交護照。兩個兒子漢斯·阿爾伯特與愛德華給他的信，幼嫩的字跡讓人心疼。其中最不忍目睹的是愛氏的離婚聲明，那語氣真是嚴厲。但他許諾米列娃可以得到他們在蘇黎世的三所房子，以及日後準知會得的十二萬瑞典克朗的諾貝爾獎獎金等等。多數的史實我們都很熟悉，但專題展籌備當局擴大了愛氏生平的語境，前半期是整個歐洲，後半期跨越大西洋到了美國。一戰、二戰當時的世界大勢均以影音材料補充說明，從奧匈帝國到日本原爆。連以愛氏為封面的《時代》雜誌亦在展場排列成行，使人歎為觀止。美中不足的是展櫃的高度沒有顧及輪椅人士的視點，換言之，太高了。輪椅既無法靠近，陳先生又無法低頭，所以有許多展品他都看不到。我的解釋只是聊勝於無。

看完展覽出來必經一大廳，中間擺着一輛自行車，面對着大熒光幕上的伯恩街道。我爬上車，拚命騎，街道兩旁的屋宇不停向後倒退，越來越快。意思是看看在接近光速時會怎樣，結果當然是氣喘吁吁，不但不可能再加速，反而頻頻自動減速。那車，我上去了，同行的朋友上去了，菲傭也上去了。大家都開懷大笑。陳先生雖不能親自實驗，卻非常高興。之後我們再坐復康車去附近洲際酒店的咖啡廳，為的是看看香港的天與海，再複習一次鋪天蓋地而來的美麗的藍，是麗晶酒店時代已愛上的。這樣的快樂真是單純，然而

是幸福的。

不過陳先生最喜歡的，還是要數半島酒店的大堂咖啡座。那大家的勢派，最合他的個性。養病期間，我們去了無數次。最難忘的應是去年聖誕。不坐復康車了，而是包一輛計程車，信馬由韁，任由司機載着，隨意又隨興地專程去看夜香港的燈飾。又時而在忽然出現的一片璀璨之前，停車欣賞。黃埔從來沒有去過，那夜不經意地穿過，燈海如煙花，相遇即驚喜。又因為寵着陳先生，為看維港兩岸高樓上的燈火，我們來回兩次尖東，最後來到半島大堂的咖啡座吃晚飯。整個大廳只有一種裝飾：滿天縱橫交錯的枝椏；兩個顏色：白與金；是深雪的冬日與魅惑的森林。我們坐在靠近樂手的一角，往另一頭遙遙望過去，迷離恍惚，如在夢幻的王國。陳先生露出兒童似的笑顏，我的心也溫暖起來。

與復康車建立的關係，不可謂不親密。告別禮當日，似乎還見一輛停在街角，司機好像也是相熟的。他是否知道陳先生再也沒有機會坐他的車了？「不在」已是事實，但我只要在路上看到救護車、復康車的蹤影，馬上心跳加劇，腳底加速，不由自主地奔跑起來。

四年中，我們回台四次。兩次到成大赴會，兩次回台北過年。我問陳先生「去不去？」，只要他說去，我就敢千里迢迢把他搬回去。事前的準備要做足，醫生證明更不可少。而看見陳先生像小學生遠足似的那樣興奮，我還得特別

求他別開心得失眠了。且總是儘早到機場，可以去貴賓室吃早餐，小籠包與餃子是他最期待的了。但從登機門上到機艙的過道就很費勁。雖然空服員都很熱心幫忙，常常三、四個一起來，以為可以在機艙口把陳先生抱下他自己的輪椅，再抱上他們的小輪椅，直上過道。小輪椅非常輕省，撐不起陳先生的重量，而七手八腳其實很危險，真怕把他給摔着了。何況還要把陳先生從小輪椅再抱上座位。我平時與菲傭已練就一套功夫，可以自己負責陳先生上下輪椅的安全。

四次旅程，屢有驚險。一次華航臨時取消班機，我們改搭港龍，新航班較原訂時間早到一個小時。港龍地勤竟然在飛機快降落時才通知接機的人。於是在小港機場等人從台南飛奔至高雄，已經慢了，好心的司機又怕修路拖延行程而臨時改行省道，結果反而更慢，時間拉長了許多。陳先生不堪久坐，痛得他一路呻吟。

年初回台，住進台北的寓所。陳先生說周身疼，這是以前沒有過的。是不是旅途勞頓呢？就讓陳先生休息，以為在床上躺着會好些。但痛楚沒有減輕的意思，他已開始哼哼。我心中焦急，不可能如此等待天光，隨便披上件外套，立刻把陳先生推過馬路去中心診所掛急診。凌晨時分，忠孝東路四段上已沒有甚麼車聲與人聲，安靜得可愛。但中心診所的看護說醫院沒有神經科的人駐診，將我們轉介去仁愛醫院。而此時陳先生已痛得在低聲哀嚎了。

攔下計程車，才發現台北道路右行和香港左行的不同與司機位置的差異對我們甚有影響，我們平時練就的本事居然不大派得上用場，陳先生幾乎要被逼到馬路中間才上得了車。仁愛醫院我不認識，漆黑的台北也是陌生的。我是多麼地惶然無助而又淒然無告。

進了急診處，見到醫生那麼投入他的工作，護士們又個個熱情洋溢，我的精神立時為之一振。照了 X 光，做了些檢查，是筋膜炎，即時打了一針，又開了些藥。我已經知道，臥床既久，陳先生身體的情況又差了一截，連坐起來都變得比從前困難。但不論多不舒服，陳先生憐我惜我，總是默默承受其苦。他「乖」得讓我更加心痛與不捨。

出到大街時，不知何時飄起濛濛細雨來。凌晨五時，車子已經很多，在我們面前一輛輛呼嘯而過。我站在路邊，看不出可以如何叫車，呆望了一陣，悟出是單行道，才推着陳先生轉了個直角叫了車。有幾分鐘，竟不知自己身在何處⋯⋯

坐在陳先生病前常坐的角落，背對着常玉的裸女。另一面牆上從前是愛因斯坦重孫媳卡桑德拉的油畫，現在是他微笑的面容與成大為他舉辦文物特展暨論文研討會「雲淡風輕」的海報。抬頭但見門楣上，以他的簽名式為設計圖案的當日剪綵的絲帶，特別裱褙後裝框的。是熟悉的環境，看起來一切都沒變，而我卻是那麼的惆悵。

今年的六四，我終於去了維多利亞公園的燭光晚會。從油麻地到銅鑼灣，人又多又擠，我彷彿是跋山涉水過去的。廣場上消失的人群，他們到底有沒有存在過？抬頭望，十五的月亮又大又圓，清光悠悠，我分不清身上的淚與汗。是不是很傻？好想告訴陳先生這些事。多少年來，我們居住的城市究竟是個甚麼樣的地方？接着是新特首上台，國情專題教學手冊面世，我又好想告訴他最寶貴的言論自由如何開始遭打壓。如今沒有了傾訴的對象，我真正明白了甚麼叫做失落與茫然。

　　就這樣坐着發呆。這屋子裏怎麼可以沒有陳先生呢？在全然寧謐中想他以及他説過的話。「你放不放心我？」我問。「放心。」他答。這是何等的信任！正因為信任，所以放心；因為放心，所以交託；因為交託，所以無言。

　　日前高希均先生囑我為陳先生編一本選集。我拿出陳先生的文集，一頁一頁看下去，慌亂的心逐漸安靜下來。突然間這樣的句子撲進眼簾：

> 有對哲學抱有希望的人，自甘磨鏡生活；
> 有對科學抱有希望的人，自願深鎖斗室；
> 有對新大陸抱有希望的，無睹海濤的驚險；
> 有對新世紀抱有希望的，無聞目前的嘈雜。
> 所以説：本為空虛無物的生命，因為各式各樣

的絢麗的希望而充實起來。

這文字中有一股力量，使我不自覺涵泳其中：

藍天如洗，白日正中，我願你在此萬物甦生的
初春，生命裏洋溢着光明快樂的希望。

一貫溫柔的語氣，這一刻好像是特別對我說的。〈談希
望〉自然成了選集的第一篇。我的心也在此原已凋殘的春天
重新開出了花朵，雖然是細碎的。

如此低迴往復，選出四十多篇散文，大致分成四類：
有關於文明的思考的，有涉及價值的取捨的；有觀照人世的
體悟的，有偶寄閒情的隨筆的。並沒有刻意尋求甚麼主題，
選集在形成的過程中自有其獨立的生命。我與陳先生於詩人
之中最愛杜甫。有一次在床前跟他說話，忽然想起了「花近
高樓傷客心」的詩句，卻怎麼也想不起下一句。老弱病殘的
陳先生在昏黃的燈下輕輕地說：「萬方多難此登臨。」啊！
這就是我一生傾心相愛而至委身相隨的陳先生了！永遠的錦
心與繡口。這兩句本是雙重倒裝，在河山易色、家國動盪之
秋，有此登樓，乃見花開。而登高可以望遠，遠望可以當
歸，或思鄉，或懷人，自身恆是客，故心為之傷。這也反映
了初到台灣又旋即赴美的少年陳之藩的心境。老杜憂中原文

化的陷落，陳氏感時代世局之荒涼。

　　但在時間的流淌中，從望盡天涯到欄杆拍遍，我們看到長在征途、踽踽獨行的中年陳之藩。但再看下去，幾度時空轉換，已是空山新霽、大笑朗朗的老年陳之藩。如果四類作品是四首歌，那曲名必然是：花近高樓、月色中天、晴開萬樹、溫風如酒；而羅斯科的那幅畫「天與海的窗」，就是可以安身立命的曲終收撥了。

二〇一二年七月十五日於香港容氣軒

今夜清光：
《譯心與譯藝》自序

　　四年半前陳先生中風後，在香港威爾斯親王醫院急救，從在生死線上掙扎的深切治療部，也就是台灣叫加護病房的，轉到仍需密切觀察的，再轉到普遍病房，由此再到沙田醫院療養。從眼不能睜、口不能言，到終於睜開眼睛，可以開口說話了。陰霾的天色透出了曙光，我彷彿也聞到花香。這時香港的《明報月刊》希望我開一個談翻譯的專欄，開心之餘，就答應了。

　　一月裏，新當選美國總統的歐巴馬正準備就職，有感於同學，尤其是中國大陸來的，還不怎麼認識他，我就選了一篇有關歐氏的傳記文字，作為學期的第一篇功課。原作的英文，看起來並不難，沒有想到最大的問題反而出在親屬關係的翻譯上。比如 grandmother 這個字，雖然簡單，但同學一見就條件反射似的譯成祖母，完全不顧文中所述歐巴馬與美國，或者說與他母親那一邊的關係，所以我的第一篇專欄就以此為題了。

接着就是情人節。我告訴陳先生我想寫愛情，就從布什奈爾的《慾望城市》講起。有一天陳先生忽然問：「寫完了沒有？」我説：「要不要念給你聽啊！」念完了，探病的時間也到了。每晚臨離醫院的時候，我總是遲遲其行。好不容易提起腳來，他又叫住我：「可不可以改兩個字？」「甚麼字？」「加上『古典』二字。」這樣，我的題目「二月説愛情」就成了「二月説古典愛情」了。為甚麼要加上「古典」二字，難道陳先生也認為我所討論的愛情觀，在現代已近乎絕種，所以要標明？

陰曆年後，陳先生出院了，回到家裏。我也一月月地寫下去。談詩、談小説不啻賞心樂事，何況還加上文學翻譯這一層。比如《紅樓夢》中的一段經典敘事——櫳翠庵品茶，小説裏各人行止反映出各人的心事與性情，茶具竟是關鍵。既為中國所特有，大戶人家所用又分外講究，看描寫的繁複正是乾隆品味的富贍華麗。翻譯要清楚明白，唯恐失之簡；要形神俱備，又恐失之亂。這難題，正是藝術上的挑戰。

又如趙元任譯《阿麗思夢遊奇境記》中有一段阿麗思跟老鼠的對話。阿麗思問老鼠為甚麼怕 "C" and "D"，這 "C" and "D" 本是英文貓與狗的縮寫，趙元任用注音譯成 "ㄇ" and "ㄍ"，真是神來之筆。可惜除了台灣，這一套語音符號幾乎無人認識了。

這些專欄文字當中有兩篇是特別向譯者致敬的，一位

是二○○九年在牛津逝世的霍克思，一位是二○一○年於香港仙逝的劉殿爵。霍氏終身致力於《紅樓夢》的翻譯，而劉氏在《論語》、《孟子》、《道德經》的西傳上厥功甚偉。

此外，有兩篇與宗教有關。一篇涉及基督教「和合本」中文聖經翻譯的一些議題，是為我在香港中文大學的學生出書時所寫的序。還記得當時讀到嚴復以文言所譯的馬可福音部分章節時的興奮，簡直可以說是激動。原來譯《天演論》的嚴復也譯過聖經。在中國譯者身上，創造與演化的爭辯似乎從來就不是問題。也因為寫這篇文章，才知道賽珍珠的父親賽兆祥也曾譯經，更因獨力支付出版經費的困難，致使家人的生活陷於捉襟見肘的窘境。另一篇則是由利瑪竇來華四百年後梵蒂岡為他舉辦文物展所引起，而專寫利氏與徐光啟在翻譯《幾何原本》一書上的貢獻。這已經出了文學翻譯的範圍了，我是以文化的交流與文明的演進為視角的。

陳先生病前在看曾國藩與陳寅恪，病後我自然把書接過來，念給他聽，同時也繼續念我寫的文章，告訴他我想甚麼，為甚麼這樣想。他現在說話費勁，比從前更喜歡聽而不喜歡說，這新的遊戲使我們彼此更加親近，一些令人心動的片刻悄悄點綴着病中歲月。

期間蘇正隆來港，看了幾篇我探討文學翻譯的文章，當即慨然邀稿出書。但陳先生的病情時時有變，我寫寫、停停，再寫、再停，也有兩年了。始終不曾成事，有負所託。

今年二月底，正是春暖花開的季節，倏地一陣天旋地轉，陳先生過世了。正隆來電郵弔唁，並再次提起出書的事。此時此刻，才忽然悟出這是他要我保重的方式。往昔愛戀的甜蜜化成今日的心傷，但卻在沉痛中孕育了未來的希望。於是在天昏地暗中，我居然開始將過去寫的有關文學翻譯的稿子，逐篇電郵至書林。

四月初，我飛往台北參加陳先生的「不滅記憶」追思會，在桃園機場等國光號汽車進城。可能剛走了一班，等的時間長了些，傷痛的情緒竟在我毫無防備之下從四方八面來襲。我的眼淚驀地狂瀉而下，迎風灑在溫柔嫵媚的春光裏，幻化成一片霧氣。在國光號上，在旅館中辦入住手續時，我都止不住淚水，只是強迫自己不要哭出聲來。好像在香港憋住的，到了由此出身的母親之地，就再也憋不住了。我的失落豈止伯牙之悲，花好月圓之後，瞬間已在不同的時空。能轉世七次，世世再相遇嗎？

在書林見到編排好的稿子，已是新書的清樣。日子真是往下過的，不計悲歡。半年來，返台多次，還曾赴美一趟，處理紛至沓來的物事，同時為新書，補些小注。這樣，竟然就到了中秋。

想起十年前陳先生第一次中風，其時新婚未久，我飛美去照顧他。那年的中秋節，就在雲海中的飛機上錯過了。至於這四年來的中秋，一次他尚未出院，一次烏雲蓋月；其

餘兩次他在床上可以望月，我陪着他望，那不遠處高樓頂上的月亮，緩緩轉過樹梢，橫過天宇而逝。

今年本來說會有颱風的，結果神清氣爽，中天一個大月亮。清光依依，仍是舊時月色，但終究是一人的中秋了。回到燈下，續完此文。

陳先生最喜歡聽我說話，於是出之於口，繼而筆之於書。是熱情的聆聽者催生出一篇又一篇的文章。沒有陳先生，就沒有現在的我，自然也沒有這本小書。如今幽明相隔，只是暫別而已。就像從前或車站、或機場無數的別離與無窮的思念，不知盡頭的等待都等了過去，天殘地缺時終將再相見！

謹以此書獻給永在心頭的陳之藩先生。

壬辰中秋於香港容氣軒

在繁花滿樹的春天：
為大陸版讀者而寫

　　《譯心與譯藝》在台北出版的時候，說甚麼也不曾料到自己會在來年仲夏的蟬鳴中，離開住了將近二十年的香港，飄過了海峽，回到了台灣——我的出生地，在東海大學的濃蔭綠樹中駐足了。台中沒有之藩先生的蹤跡，我從尋覓他的音聲與身影的夢中醒來時，不至於因惜春、送春而太過傷春。花殘、花凋、花落時，面對斜陽流景的悵惘也可以是在有無之間了。

　　這一轉眼，就又兩年了。花事正濃的季節接到書林轉來的外研社的電郵，原來這本書的內地版，已經在二校了，真有說不出的驚喜。外研社的編輯甚是仔細，提出了許多問題。其中大多是有關音譯的不同拼法。一些早期的翻譯，很多出自英國的譯者，遠在漢語拼音頒佈之前，自然用的是威氏拼音。有些我以為是人盡皆知的引文，尤其是引自《論語》的段落，都不再加小注，但既然編輯問了，加回去罷，可以更周延些。還有我提到的許多人名，比較現代的、當代

的都沒有附上生卒年，為了形式上的統一，也一併注上了。

在本書最後的〈翻譯餘話〉裏，我舉了一個例子是韋理（Arthur Waley, 1889-1966）翻譯的〈衛風·淇奧〉：

瞻彼淇奧，綠竹猗猗，

有匪君子，如切如磋，如琢如磨。

Look at that little bay of the Ch'i,

Its kitesfoot so delicately waving.

Delicately fashioned is my lord,

As thing cut, as thing filed,

As thing chiseled, as thing polished.

編輯問我這「kitesfoot」作何解釋？這個字在傳統字典、網上字典都不怎麼查得到。時日已久，我也怕有抄寫的筆誤或傳訛的可能，想再查查韋理的《詩經》翻譯，*The Book of Songs*。書是一九三七年在倫敦出版的。當年寫作此篇時用的是香港中文大學錢穆圖書館的藏書，東海圖書館則有兩本：一是一九五四年倫敦再版的，一是一九六○年紐約印行的美國版第六刷。原來韋理為「kitesfoot」做了一個小注，說是一種蘆葦類的茅草。這是對綠竹的不同解釋，開啟了新的話題。也許來到了淇水的小灣，方可知道當地適合

種的是竹子，還是蘆葦。

這兩個本子，不論是英國版，還是美國版，因為是後出的，其實都是第二版。摩挲舊卷，我想起第一次讀到韋理的《詩經》譯本是在七十年代初到美國時。當時着重在義理，沒有留意其他。這第二版有兩篇序，韋理鄭重其事列出第一篇與第二篇。二在前，一在後。原序甚短，還不到一頁。他特別感謝了一個人，和一套書的幾位編輯。這個人叫Gustav Haloun（1898-1951），這套書是哈佛燕京學社在一九三四年出版的《毛詩注疏引書引得》。

Gustav Haloun 是捷克漢學家，我沒有找到他的漢名，不知道有沒有。韋理感謝他在哥廷根的漢學書院做主任時成立了中文圖書館，而且從德國其他的圖書館為韋理借書，並指導他做研究。否則沒有書，這研究很不容易做。我後來在Haloun 的訃聞中知道他日後去了劍橋，隸屬於國王學院。英國漢學家翟理斯（Herbert A. Giles, 1845-1935）以威妥瑪（Thomas Wade, 1818-1895）之名在劍橋所建的中文圖書館也是在他的努力之下成為世界知名。從歐陸到英國，在歐洲漢學的推廣與傳承上他功不可沒。

《毛詩注疏引書引得》是哈佛燕京學社所出「引得叢刊」的一種。學社於一九二八年春在哈佛大學成立，但引得編纂處卻設在北平燕京大學的圖書館。經費由哈佛統籌，編輯、印刷、發行都由燕大負責。韋理說如果不是「毛詩引得」的

出現，幾乎不可能有嚴肅而獨立的研究。也因為此書，我們對《詩經》的了解超過了西元前二世紀以來所有論詩的書卷所言。引得編纂主其事者是燕大的教授洪業（William Hung, 1893-1980）。不過韋理在序裏只說編纂而未稱其名。

第二篇序略長，但也只是一頁多一些。韋理提起了一件事，又談到一個人。這件事是因為燃燒彈的意外引起火災，他的《詩經》譯本因而絕版。他也就利用這段空檔，修闕補遺。意外發生在一九四一年，我不禁浮想聯翩。是在二次大戰的炮火中，窮經究譯；在文明銷毀的過程中再逐步建構。短序沒有詳加說明，但多少呈現了俯瞰全景的格局。

韋理談到的這個人，是瑞典漢學家高本漢（Bernhard Karlgren, 1889-1978）。一九四二至一九四六年間他在遠東文物博物館館刊分三次發表了他的《詩經》翻譯與注解。

高氏這個文本的特色在逐字翻譯，韋理在修訂自己的譯本時，因此套書的出版而及時參照了高本漢的研究。

在第二篇序的最後一段，韋理提到自己在第一版中銘感於心而今已然逝世的 Gustav Haloun 教授。這第二版還是要獻給他。韋理說：「這書是我的，也是他的，在十三年的停頓之後，能夠再版，他一定會很開心。」樸實的字句，沒有甚麼修飾，卻在簡單中看到求知若渴的那種激情。想起八十年代早期我初到哈佛，洪業剛辭世，在哈佛燕京圖書館徘徊流連時，彷彿還能感覺到他的聲息與腳蹤。在圖書館的

參考室中，看見整套的「引得叢刊」。我讀了他的名作《春秋經傳引得序》，也譯了他的《史記三講》。在知識的積累與傳遞中，依稀看見輾轉的流光。

從燕京到哈佛，哈燕社的設立是一個故事；從燕京到東海，大學的創建是一個故事；而我跨洋渡海，從哈佛經香港來到東海，又是另一個故事了。在繁花滿樹的春天，走在校園的大道或小徑上，每當微風拂過枝頭，便不由得想起了一個又一個種樹的前人。

我也像韋理似的，仍以新版獻給永在心頭的陳之藩先生。相信新版的發行一定會讓天上的陳先生感到無以倫比的快樂。

二〇一五年四月二十九日於東海

夢縈香江

　　一九九五年，在人生的冰雪與泥濘當中，我離開了波士頓，到香港中文大學去教書。主事人問我：「你怕不怕九七？」我說：「不怕。反而更想見證那歷史性的一刻。」如此，在香港的移民潮中，我離開了美國。從東岸到西岸，再飛越太平洋，將近二十個小時的飛行之後，飛機轉了一個漂亮的四十五度角，在九龍城櫛比鱗次的群樓之間安然降落。我看着下面的啟德機場，流下了眼淚。身陷窘境早已無甚退路，只有孤注一擲，投奔到未來。那天是十月十六日。香港會接納我這個外地人嗎？

　　雖說香港與台灣的地理位置很近，但在感覺上卻是完全不同的世界，與美國的差異反而沒有那麼大。每晚在電視新聞中都要見到港督彭定康，除了他的英國口音，還有罵人不帶髒字的風采以外，跟之前夜夜都要見到美國總統克林頓也頗類似。我在美時正追看的電視劇在港可以繼續，向中大的電腦中心登記電郵帳號，也與在哈佛科學館用電腦一樣。

想看音樂劇，可以去尖沙咀的文化中心，不一定要趕到紐約去。香港的雙語社會，多方面均與國際接軌，日常生活上沒有太大的落差，法治的基礎落實在個人身上，自由之外，隱私（即香港的私隱）也得以保全，使我逐漸體認到中西兩個制度並行的好處。

但終究是不同了。國語幾乎不通行，粵語我完全不懂，只好說英文。可是在沙田與鄉親說英文，自己都覺得彆扭，所以在中大的賓館住了兩個星期，我就搬到附近的富豪花園，住到香港人中間了。剛搬去時，對「富豪」二字甚感難為情，其英文名為 Belair Gardens，是洛杉磯群星居住之地，列根總統的家也在那裏。原來是港人住者有華屋的夢想投射，其實是中級的屋苑，並非豪宅。後來港島的貝沙灣也用此英文字，拼成 Bel-Air，倒是名實相符了。

看電視更有新的體驗：那時亞視在熱播大陸央視的《三國演義》，我晚上九點下了課，即刻往回趕，不想錯過片頭曲，也就是原書卷首的〈臨江仙〉。這是我看的第一部大陸連續劇，在楊洪基慷慨悲歌之際，在古今之事俱付笑談之後，孔明上場了。因我不會轉換語音，就由着唐國強的諸葛亮說廣東話，而我聽得也挺順耳。原來香港的諸葛亮，是說廣東話的。後來的《還珠格格》也說廣東話，再後來的韓劇《大長今》自然也說起廣東話來。竟由此領略了粵語的抑揚頓挫，配音組的專業能力實是功不可沒。

在港看的第一部百老匯音樂劇《棒球狂想曲》，是舊戲重演的 Damn Yankees，港版是翻譯劇，粵語演出。仗着在紐約看過原版，我也不自量力跑去看。原來的笑點都以粵語換例來呈現，我雖只猜得一二，但現場觀眾都笑得東倒西歪，可知港版翻譯劇的魅力。日後再看粵語翻譯的《窈窕淑女》（My Fair Lady）或原版的《南海十三郎》，均能得其神髓，與全場觀眾共悲歡。

那時我都去第一城的市場買菜，葡萄怎麼成了提子了？榴槤、山竹、火龍果我都沒見過。一開口，更招看攤檔的笑話，嫌我太斯文。有一天，我大聲說要買木瓜仔，那音量高得把自己也嚇了一跳。看攤檔的婦人竟然說：「這樣還差不多。」不久坐的士不被司機反問，甚至做夢夢到自己在講廣東話，就知道在不知不覺中已經有了新的家鄉。

從前看美國新聞，是以華府為中心輻射出去。此時此地，港督的政改引起了沸沸揚揚的討論。此外，新聞的重點包括了東協的國家，新加坡、馬來西亞，一直到斯里蘭卡、巴基斯坦及印度，再往西到中東、歐洲。原來香港的世界觀是這樣的，與過去的英屬殖民地依然維持着微妙的聯繫與牽絆。後來我發現澳洲的旅客北行時，多在香港或新加坡轉機，而九七後很多英國人走了，卻來了許多澳洲人，我的視野遂逐漸開展到南半球。

我在香港待下來了，九七前後港人爆發了嚴重的身份

認同問題，我卻斬釘截鐵般地認同了香港。在不能做主的困境中，港人敬業、勤懇、努力，因而成就了幾代的繁華。是香港這城市給了我勇氣，我以香港為榜樣，在人生的中途幡然改戲，重寫我個人的故事。就算是過客，在借來的地方，以借來的時間，改變我的命運。是香港成全了我，或者乾脆說拯救了我。我願化作維港上空的一朵煙花，為美麗的明珠多添一刹那的璀璨。我期許自己致力於寫作與翻譯，同時為香港的未來培養優秀的青年。法治是甚麼？Rule of Law 與 Rule by Law 又有何不同？翻譯系的學子殷殷詢問，相思樹飛花的五月，漫天金黃雨中，也曾細細作答。日升月落，光陰流轉，匆匆就過了十八年。

我在台灣南部的屏東出生，十五歲離家到台北求學，八年後負笈美國。住過的城市以波士頓為最久，也只是十五年。留駐的地方沒有比香港更長的了。且我一生最感幸福的日子是與陳之藩先生在香港的十年。朝朝暮暮的相知相守，火炭的家是我們的桃源。冷雨敲窗的時節，說的再也不是寂寞。我們融入了香港的脈動，與港人一同吐納呼吸。沙士時兩人戴着口罩寫文章，社區的事，就是我們的事。我也投票，我也上街。

陳先生選擇了香港度其晚年，總以為自己也就此終老是鄉。二〇一三年陳先生已然過世之後，我為他在聯合書院認養了一棵英雄樹，在中大的校園留下些許苔痕。青青子

衿，悠悠我心，但為君故，沉吟至今。想起從前，每當花季，夜深露重，碗大的木棉花承受不了自身的重量，在天將破曉之際，訇然跌落枝頭。絕美的容顏，有的落在院子裏，有的落在牆頭上，真是驚心而動魄！小苑中細數落花，為之惆悵不已！

哪裏知道夏天一到就應邀來台灣的東海大學了？離台數十載，倏忽間回到了出生地。又一次改寫了人生的劇本。臨離香江，正值多事之秋，原本以為會與香港共存亡的，彷彿在無形中背棄了港人，心中很是沉痛。然而不論多麼難捨的情緒，也只能保留原來在港使用的電話號碼，想着甚麼時候再回來？而情感慢熱的港人，卻一次又一次擺上了別離的筵席。他們沒有眼淚，也沒有愁容，反而笑着說：「我們會去台中看你的。」

他們真的一波一波地來了，在東海的路思義教堂前留下了歡樂的身影。有一對男女朋友為了來看我，甚至選擇四月裏在日月潭拍婚紗照。六月杪，我們約着一起去曼谷。我從桃園出發，飛機一降落在赤鱲角機場，我的舊電話就可以用了。從電動扶梯上來，我發現自己在購物區的中心，而我的朋友正排隊通關，一下就見面了。回程時我離轉機還有一段時間，就直接跟他們入境到機場大廈的美心去吃了一頓。之後他們進城，我再出境返台。

離台留美，再去美赴港，又自港返台，幾度時空轉

換，處處牽情。不論是遇到來台旅遊的、求學的，還是移居的，聽見了廣東話，總要説説故鄉事罷！我當然是台灣人，也是香港人，如今更是在台灣的中大人。

二〇一五年二月十一日於台中

搬家

　　我搬家了。搬出綠樹蔥蘢的東海校園，搬入附近西屯的社區。

　　三年前背着之藩先生的骨灰離開香港，在赤鱲角機場，驗證了死亡證明書，港龍的經理看着我的背包，含着歉意對我說：「也要通關。」我低聲答：「知道，沒關係。」與送行的友人、學生一一擁抱，雖然依依不捨與香港十八年的感情，也只能帶着祝福往前行去。一個在港龍服務的學生拿着我的手提行李送出境外，再與另一學生會合，一起在機場餐廳吃了下午茶後，直送到閘口。如此體貼，我的離情別緒瞬間化成一片冰心！

　　陳先生過世後，我為他在香港中文大學聯合書院認養了一棵木棉樹。學校允許我在樹下留三分之一的骨灰，可是我必須向香港政府的食環署申請。臨別匆匆，來不及辦，就帶着他歸鄉了。

　　在東海的校友會館一住半年，他都陪着我；後來搬進

宿舍，他也陪着我。想找個地方把這罈給安置好，忙起來沒有積極去尋覓，下意識又不捨得，就這樣拖下來。

最近詢問三峽天主教公墓，想着可以同時探視父母與陳先生，方知墓園出了一些問題，暫時不開放。搬家在即，只有帶着陳先生一起先搬到公寓大樓。之前窗外看到的是扶疏花木，現在則是萬家燈火了。

從前不論是在美國，還是在香港，我們最喜歡聊的大致説來有三類話題：詩、科學史與藝術。詩是我們倆的最愛，説起來沒完。藝術則從我這兒過去，科學史從他那兒過來。種種細緻的分析與幽微的感覺常使我心旌搖動而又惆悵不已！紅顏辭鏡花辭樹，相知相憐的時光，過了就是過了，又能奈其何？

陳先生心儀的偶像是杜甫，是愛因斯坦。杜甫我還可以談，愛因斯坦在陳先生走後，反而一想起就心中刺痛，變成不能碰觸的話題！以為從此絕緣，倒也不遺憾！春花秋月，擁有過，也珍惜了，如同行走江湖，關隘渡口，就此別過。相伴的歲月早盡，獨行的日子已來，我的人生也只能走向下一個驛站！

誰知在布拉格，在查理大橋上散步，橋上行人，橋下流水。我癡望着一座雕像發呆。旁邊一位街頭畫師説：「這是瑪利亞與小耶穌，上面那位女士是瑪利亞的母親。」我説：「她是聖安納。」之後，我問畫師：「你認為這座雕像是

巴洛克風格,還是文藝復興晚期?」他想了想,說:「好像比較接近文藝復興晚期。」我高興地說:「我也覺得是。」他突然悟出甚麼似的說:「你怎麼知道我們捷克這些事?」「因為太美了,就會知道嘍!」與一位陌生的捷克畫師隨意聊藝術,因為從容自在而有單純的快樂!

極目遠望,紅色的樓塔起伏錯落,伏塔瓦河一路往前流去。逝者如斯,這也是愛因斯坦曾經徘徊流連之處。空間可彎曲,時間亦可彎曲,幾度時空轉換,最深層的思念終可還諸天地。

二〇一六年八月二十九日於東海

花事

　　我與陳先生都愛花，從前住在香港的時候，每到周末，便要走下斜坡去小花鋪買些鮮花，順便欣賞各種花器與花材。有時買櫝還珠似的，好像是為了花器而買了更多的花。

　　客廳裏有十扇大玻璃窗，窗台也很寬，可以放各式各樣的花盆。我們喜歡花期長的，所以買的多半是蘭花。最初買些花朵較大的，後來也買些開得繁密而細碎的。顏色我偏愛清雅：純白的，還有白色泛黃頭的，或是淺黃的，雖然素了點兒，但映襯着窗外橙紅的木棉花與粉紅的洋紫荊，深深淺淺地雲霞一般，我常常看着看着就醉了。

　　花鋪裏很多花盆，都是小店主人去佛山的石灣小鎮買的。石灣的民窯自宋代以來，就以製作日常所用的陶瓷器知名，與官窯的品味不同。有些粗陶花器仿石樹根，有些則是荷葉邊喇叭口，都有些拙趣。另外還有甚麼流水噴泉金魚缸，對我來說，想得太巧，造型又太複雜。我們挑的一般器

形簡單，如此不會奪了花卉的丰神。有些陶盆又有些像紫砂土燒製的，很有些古意。這樣的盆子種上一枝蝴蝶蘭或石斛蘭已甚具風姿，或者栽上報歲蘭或素心蘭，心靜的時刻自會聞到一股淡淡的幽香，似有若無。

　　過大年前，買花的人特別多，花鋪主人會在商場裏臨時租一個相當大的場地擺花，有如花市。許多平時少見的大盆的蘭花，立地數尺高，花上卻披掛着各種象徵金玉滿堂的小飾品，甚至小燈籠、利是封甚麼的。我們則是在尋常花事之外，還要特別去挑開得最圓滿的金黃蕙蘭。

　　除了蘭花，我們種的最多的是各種好看的草，置於各種好看的小盆中。至於最特別的則是一盆相當大的九重葛，枝上開滿了花；不是常見的紫紅，而是非常嬌嫩的粉紅。每年四、五月，不知吹的甚麼風，總有些花瓣給吹進窗裏來，落紅翻飛，浪漫極了。

　　陳先生病了以後，原來清雅的蘭花越發顯得淒冷，我全給換成了粉色系，是各種層次的粉紅之暈染與搭配，感覺溫暖些。陳先生過世後一年，從知道自己可能要搬回台灣開始，花謝了之後，就不再添新的了。

　　臨離香港時，想問問小花鋪，他對我那麼多花器有沒有甚麼想法？他竟然説，十多年來我買的那麼些蘭花，都是台灣進口的，既然搬回去，不如把花器全帶走，養花可以養得更痛快些。可能學校的園林太美，房舍皆在群樹之中，透

過玻璃就是自然，所以窗戶都沒有窗台，花器都閒置了。也曾經與家人逛台北的年節花市，花的種類與姿態比在港所見更加美不勝收，但我只買了一小盆水仙應景，情懷亦不復從前。

移居公寓大樓未久，身體有恙，精神亦差，每天只能勉強對付日常生活基本所需，顧不得其他。有一天，看見堆滿陽台的大小花器，居然忍不住收拾起來。接着打電話給一家剛認識的花店，小姑娘願意來家裏跟我一起挑花盆。一個星期後，我三年來第一次有了兩盆蘭花、一盆小草。可以管花的事，我知道自己已逐漸康復。這次一病，就是四個月，終於活過來了。

我又開始在讀書寫字之餘，望着我的花發呆了。書桌上這舊盆新景展現的是五莖小朵的蘭花：兩枝白底深粉心，三枝粉紅花瓣上卻顯出兩種不同的紋路。背景看來隨意種些蘭草，間中擺兩塊山石。我一向怕太刻意、太雕琢的物事，譬如配出來的豹紋或條子，好像給蘭花改了性情；譬如寄大山水於小盆栽，反而多了限制。小姑娘送來的這一盆，讓我在生機之外悠然懷遠與懷人。

二〇一六年十一月二十二日於東海

我們的查理河

今年到了二月二十五日，就是之藩先生五周年的忌日。九年前的六月，我剛剛過了一個快樂的生日，雖說過生日的是我，其實他比我還要興高采烈。那天大雨滂沱，天氣看着不對，我們提早坐的士到了新城市廣場。學生們還沒來，他拉着我在商場裏閒逛，看見一件泛着午夜藍光的晚禮服，煞是好看。他慫恿着：「進去試試。」進去了，又看見另一件黑底上滿天繁星的款式。怎麼辦？猶疑間，只聽見他說：「那兩件都要了罷！」

在香港那麼些歲月，我們每年暑假都在美國獨立紀念日前後回波士頓，二○○八年也不例外，尤其他要在國際電磁波會議上發表一篇有關「史密斯圖」（Smith Chart）的論文，我也受邀主持一場。當時我開玩笑：「我這個學人文的，他們敢找我，我就敢去當主持人。」七月四日晚上，大會有一席正式的晚宴，也是慶祝國慶。既然看見合適的衣裳，我也就順便治裝了。

第二天，是個星期六，大雨仍然下個不停，我說：「今天就別去學校了罷？」等到十一點，雨沒有停的意思，他當然還是要去。平時我總是與他說說笑笑，並肩而行，現在下雨又霧濛濛的，我怕危險，於是一人打一把大傘，一前一後，走下斜坡。我在前面，聽見他說着愛因斯坦與佛教的關係，說到好玩的地方，自己哈哈大笑起來。我惦記着他，不時回頭望。到了坡下，我們過馬路，站在駿景廣場前。他說：「不如先進去吃個午飯，再買個漢堡包帶着走，待會兒就不愁吃的了。」我說好，又一前一後下台階。正說時，有個甚麼一閃，他已摔倒在地。我一直提防着他跌倒，以為他往前時，我一定可以抓着他，怎知他向後，我根本來不及反應。坐上救護車時，我腦中一片空白，是一個延長的休止符。之後我們的人生劇本就完全改寫了。

一年前的暑假離開波士頓時，寓所的門我們一鎖就走了。二○○八年未能回去，此後陳先生先在醫院，後在療養院，一共待了將近九個月才出院返家。住院期間我沒有一天不跟他在一起，幾次八號風球，療養院裏風平浪靜，感覺不到外面的雨驟風狂。他回家後我兩次返台，一次一日來回，一次在台北待了一夜。在香港四年半臥床的日子，有半年他睜不開眼，也講不出話。他想念波士頓，想念我們在查理河邊散步的時光。

因為是突然間走不了的，一顆心不免懸着，但也沒有太多思緒掛念波城的家。只能對着他那張看不見我的臉，握

着他那隻還能動的手，絮絮述説着那些心旌搖蕩的瞬間，不論是如在詩裏，還是猶在夢中。每天早晚兩次沿着查理河散步，晨曦中可以走到露天蜆殼音樂廳，回轉來再到附近的荒園，坐在水旁的枯木上看書。向晚的夕照下，我們多半行經紀念金恩博士的雁塔，穿過波士頓大學的校園，在天橋上橫過大馬路，徜徉於河邊。河對岸可以看見麻省理工學院的大樓，近處我喜歡傻看大石塊旁輕輕激起的漣漪，有時還有鴨群，有野花。

　　大型的連鎖書店還在時，我們會各捧一堆書分別找個位子坐。看到甚麼精彩之處想與他分享時，會去找他。他的制式反應是：「喜歡就買了罷！」瞎逛的當兒，最愛看書店的陳列，甚麼適合夏天海灘閱讀的書，有海明威的《老人與海》，也有珍奧斯丁的《傲慢與偏見》，都是經典欸！而且放在當眼處。大多數的作者已成古人，在慵懶的海邊看這樣的書，我大為佩服！也會順手買幾本。而他呢？一定會去尋覓科學史的新書，有一次，他尋到了一本泰勒的回憶錄，泰氏是楊振寧的博士論文指導教授、日後列根總統的星戰計劃負責人。還有一次，他覓到了一本小書，作者是甘地的孫子，內容居然是他在孟菲斯城的小大學教書的基督兄弟學院的現況；甘地的孫子在那間學校客座。這些書着實讓他高興地跳了幾天。真的是好玩！

　　陳先生過世後，已經多年沒有返美的我，惦記着波城的一切，卻不得成行。第二年暑假，想着真的該去了，又因

決定搬家回台灣而延遲了行程。在東海教了一學期書，趁寒假空檔跑一趟波士頓罷！北美洲天寒地凍也管不了那許多。

從台北經芝加哥轉機飛波城，我一路忐忑，自己嚇自己。六年未歸，拿鑰匙開門時不知會看到甚麼？蛇鼠蟲蟻？也許是天氣乾燥，家裏並沒有甚麼變化，可是冰箱裏連水都沒有，踏着冰雪即刻出去買。整條街與從前並無太大不同，連店鋪也一樣，唯有那中餐館，張大廚的換成四川菜了。

收拾出舊冬衣以對付波城的奇寒，我在冰雪中無聲地呼喚一個名字、一個暱稱。然而，潮打空城，我所愛的城市，沒有了我所愛的人，我的心靈失了色彩，身體失了溫度。幾次坐車經過朗費羅橋，橋下查理河的流水依依，竟也像在嗚咽。家裏沒了昔日的電話，我也無意新裝 Wi-Fi，只是每天去路口的甜甜圈店收發電郵，與世界的另一端通些聲氣。曾經如此熟悉的地方竟然不習慣，也不適應了。整整十天，不時降下大雪。我仔細留意風雪的消息，緊張地怕誤了新的歸程。第一次，我動了離去的念頭。

第二年的夏秋兩季，我連續兩次回到波士頓，把波城的家給結束了。帶不走的查理河，在沒有他的我的未來，永遠在我的記憶裏流淌，伴着我們的歡聲笑語，依然如一首詩，如一個夢。

二〇一七年二月八日於東海

第二輯　光景宛如昨

歸來

　　背着陳先生的骨灰，我回來了，落腳在東海大學綠樹參天的校園。

　　是精心挑選的大理石罈，人稱漢白玉的，上刻：先夫陳之藩，河北霸縣。搬家公司的人，用泡泡膠一層層裹好了，端放在背囊中，在從前中文大學的學生與港龍航空的職員護送之下，從香港直飛台中。就這樣，我背着他通關，一起回來了。

　　回來才一天，就跟着東海的治校團隊去金門，商討新學年的教學大計，在成排的燕尾與馬背優美的弧線下，在成堆的高粱酒與牛肉乾慷慨的情懷裏，我尋覓半世紀前父親的腳蹤。

　　走上長長的坑道，是開放給遊客憑弔的，雖然我不是來觀光或來旅遊。坑道中仍然濕氣瀰漫，不敢想像隆隆炮聲中，炮兵指揮官的爸爸在伸手不見五指的光景中是如何度過每一天的。平生收到爸爸寫給我的第一封信，便是從金門

寄出的。給媽媽的一封，給我的一封。信皮子上工整的毛筆字：「童元方先生」。那年我九歲，不明白為甚麼是「先生」呢。

抽出信來，八行書上寫着：「『烽火連三月，家書抵萬金』，隔着海峽的水，給你寫這封信。你要體貼媽媽，照顧妹妹，學着給爸爸寫信。」我的第一首杜甫詩，是爸爸在炮火中教給我的。

到台中後的第一個周末，跟小妹去屏東，參加排灣族佳平部落的豐年祭。我們在內埔住了一晚，第二天一早先到萬金，再從萬金到佳平。是多少年沒回過屏東了？又是多少年沒到過萬金了？炮戰結束後，爸爸從金門回來，論功之際，體檢發現了肺結核，是坑道中作戰時染上的嗎？如此病榻纏綿，八年的光陰輾轉而去，爸爸終埋骨在萬金的天主教墳場。我高中剛畢業，小妹還是小學生。

想看爸爸，要先到潮州，再換公路局的車到萬金，跑一趟就是一天，回程時總要在萬巒吃一碗豬腳，才有力氣趕車。四十年後的今天，則是坐着小妹學生開的車子在平坦寬闊的公路上直奔萬金。

屏東大得我不認識了。驀地，我們駛過了屏東醫院。當年在屏東女中讀初中，知道圍牆那邊是醫院，卻從來沒看過醫院的大門。開慢點，那是我的出生之地啊！因為圍牆已拆，一眼可以望見醫院的招牌。

漸漸開出城去。熟悉的香蕉、木瓜、椰子、檳榔，一片連着一片。遠處大武山的幾座山峰在藍天下巍然而立，如一排五指的屏障，畫出了美麗的線條。我童年的歲月，又回來了嗎？

小學時遠足去過三地門，好山好水，風景絕佳，但最難忘的，是吊橋。過橋時橋身搖晃，如鐘擺搖盪，可以從橋板的縫隙中看見溪澗，水聲潺潺，而橋板並不牢固，隨時可以掉下山谷去。我們扶着橋身的繩索發抖，回程時橋乾脆斷了。現在只記得那一片水綠與青蔥，是怎麼過的橋，又是怎麼回的家，全想不起來了。

父親下葬那天，從八歲到十八歲的四個姊妹，披麻戴孝，坐着靈車，從屏東天主堂到萬金墳場，送爸爸最後一程。我很怕想起那一幕，萱堂猶在，卻被人視為孤女，而媽媽是未亡之人，爸爸是無子以終。我要在看了孟克的《吶喊》之後才釋然，因為他畫出了天地泣血、宇宙蒼涼，畫出了叫不出來的夢魘。少年喪父那種痛，是一種隱痛，總在你不提防時，冷冷抽打你。那種痛，一生都未能平復。日後萬水千山的泥濘與坎坷當中，更未能以成年女兒的身份，再承庭訓，跟爸爸說話，聽爸爸教導。

記憶中的萬金一切都小，但眼前的天主堂，堅實的構造，素樸的風格，原來是西班牙堡壘式建築。這次我才看清楚了，當年沈葆楨奏請同治帝而頒賜的「奉旨」，及「天主

堂」的勒石就嵌在山形牆和正門的門楣上。這是天主教在台灣所建的第一座聖堂。從戰時在安徽成為天主教徒的爸爸，曾經歇息在此南方邊陲由西班牙神父拓展的教區，是西洋中世紀進香歷程的變奏。來到中庭，看見另外兩座大樓，與天主堂鼎足而三，一定是後來加蓋的，不僅未減原來的壯麗，反而增添了磅礴的氣勢。

不記得甚麼理由了，爸爸須遷葬。當時我與小妹俱在國外，已定居台北的二妹與特別趕回國的三妹，僱了屏東的計程車，載了新揀的骨，將爸爸再葬三峽。但我們與萬金早已有了千絲萬縷的牽掛，尤其是小妹，她的田野工作就是環繞着萬金的地與人的。

天主堂旁邊有一家小咖啡館，自然坐進去吃早餐，是蘿蔔糕加咖啡，這組合怪怪的。但小館子很舒適，陽光斜照進來，並不太熱。牆上的飾品又多又雜，一眼望去，件件小巧精緻，所以我就一樣一樣看過去，先是聖像，最多的是玫瑰聖母，耶穌聖心，還有許多小天使，那造型多是我小時候在屏東天主堂慣見的，應是道明會的西班牙神父、修女帶過來而成了傳統。有各種圖案的咖啡杯碟，有各種姿態的陶瓷小貓。有古董唱機，也有裝着巴西咖啡豆的大口袋。上面的葡文，紅綠對比，鮮明耀目。這小咖啡館奇在沒有統一的品味，卻仍然是好看的。那煥發着歐洲沉鬱的色澤與光彩的，可以追溯早期萬金的傳教史；那飄蕩着狂野的南美風情與熱

力的，也可以深思新近蓬勃的咖啡文化。而在通往佳平的路上，已經看到結子的咖啡樹了。

上到佳平，又見到一座天主堂，而旁邊是部落頭目的家，二樓並列。歐洲小鎮一般以教堂為中心而發展，佳平村則是雙焦點，好像在說宗教的歸宗教，民情的歸民情，各有所司。豐年祭就在頭目家前的廣場舉行，獻上了碩大無朋的老玉米、白蘿蔔、竹筍，然後是成年禮，男女老少歡樂起舞，我也加入其中隨着音樂左擺右搖。

未成年的少女，在排排凳子間殷勤送酒，空氣中瀰漫着小米酒的甜香。爸媽的家鄉遠在居庸關外，兩重長城間。兒時大米與麵粉都是主食，星期一、三、五吃飯，二、四蒸饅頭，星期六全家動手包包子。如果有小米粥，可就是故園的滋味了。而小米都是排灣族的婦女頂在頭上帶下山來的。小米銷融了父母的鄉愁，小米使我想起年輕美麗的爸媽。燕趙兒女是怎麼從太行山下、黃河岸邊來到這海角一隅，又養大了我們四個台灣人的？

恍惚間，年輕人笑着、鬧着，請頭目以及其他部落中舉足輕重的人物，輪流坐在椅中，將其拋向空中，如此數回。大家興奮得又叫又嚷。突然他們簇擁着小妹，把這貴客也給拋上去。耳際聽見人說：「對童教授要慢慢地、輕輕地。」啊，她是小童教授哩！在時間飛奔而去的明暗與光影中，我看見她開懷而腼腆的笑顏，彷彿映照着八歲那年的迷

茫與失落。

　　中午用餐的空檔，小街上沒甚麼人，心中一閒，在村子裏隨處亂逛。舉凡抬頭，總有百步蛇的圖騰以各種造型撲入眼簾。有大到在青年活動中心的牆上、亭子的柱間，蓄勢待發的身姿，飽滿而昂揚，涵養着生命的巨能；有小到排灣族婦女身上的刺繡，錯綵鏤金，精細而繁複。我追逐着那樣的美感，幾乎看花了眼。這麼華麗多變的三角形與菱形，是百步蛇神秘的靈氣，還是大武山絕美的峰巒？午餐後，有送情柴的禮節，看着一個個少年郎扛着一綑綑柴火，走下坡道，送去心儀的女孩家。日照朗朗，天地有情。

　　在內埔的客家會館住了兩晚，小妹的學生帶我們去附近的昌黎祠看看。一千兩百多年前的韓愈貶到了潮陽，然而這全台唯一的昌黎祠位於客家而非潮汕人的聚落，而祠前的廣場已為一條大馬路所切割開來，不復再見。

　　臨離屏東前，我們三人找小館子吃飯，小妹記得一家叫半畝園的北方館，在天津街、開封街左近，打算吃完了就北上。但找來找去找不到，反變成了遊車河。是仙宮戲院附近嗎？仙宮多映西洋片，爸爸以前最喜歡去那家戲院看電影，看完了就去旁邊的古今書局走走，最後總會看上幾本二手的舊書，張潮的《幽夢影》、劉鶚的《老殘遊記》都是這樣買回來的。

　　不知怎麼到了中山公園了，從前只要上公園玩就是開

心的一件事。媽媽説：「公園裏的睡蓮多美啊！」爸爸説：「也可以釣池中的山光雲影啊！」

　　車過屏女，這是我的初中啊！牆裏依稀見到婆娑的樹影。屏女校園有很多熱帶樹種，想起自己在第倫桃、麵包樹、波羅蜜的庇蔭底下沉思，度過多少孤獨的時刻。車過仁愛國小，我不好意思要求再轉到中正國小、我的母校去。有一次雙十國慶提燈遊行，我們學校發現仁愛國校有一個鼓笛隊，還是甚麼樂隊，為了輸人不輸陣，臨時去倉庫裏挖寶，東翻西找，終於尋出一面特大號的鼓，接着把我從隊伍裏叫出來。我這一人樂隊站在掌旗官的後面，引導大家前行，當即領略了一夫當關的氣勢；而爸爸跑在我們學校遊行隊伍的前面，快樂得在每一個街角叫我的名字，向我揮手。

　　這樣彎來繞去，居然就繞到中山路上了。每個小城似乎都有這樣一條主街，從火車站出來就是。過了金碧輝煌的媽祖廟，除了令人生畏的養安醫院與幽深靜謐的東山寺外，就該是一望無際的稻田了，而現在全成了商店。兒時老是奇怪着為甚麼變電所在稻田的中央？我愛亂走田埂，但沒敢走得那麼遠。

　　小學四年級開學日當天，正是大颱風之後，豪雨雖停，大水未退，和念小二的妹妹走路上學，但哪兒有路呢？兩旁的稻田水漲，路已成河，跋涉到校門口，卻不知大門在何處？這才悟出來，根本不用上學了。

最難忘的一次水漲，我四歲。附近人家養的雞鴨鵝，全讓大水沖了出來。有一隻鵝，從後死咬住我的裙子，就是不放，而我嚇得一邊叫嚷，一邊掙扎，最後，逃是逃掉了，但裙子給咬下了一個三角，原來鵝是很兇的家禽。

　　天晴的日子，路邊總有人曬東西，最多是蘿蔔乾，還有芝麻渣，不知是不是榨麻油後剩下的？因為實在太香了，忍不住嚐了嚐，真是難吃。

　　左轉拐上了勝利路，隨便找了一家餃子館，居然還有小米粥。廚房裏掌杓的、外頭跑堂的，都不是一九四九前後渡海來台的北方人，而菜式卻是一樣的地道。勝利路不是當年的一巷嗎？雖然它是一條大馬路。我們吃飯的小館從前是菜場，對街是空軍的眷村。叫眷村其實不太合適，因為是開放式的，未曾成一真正的聚落。近鄉情怯，我並沒想要回老家看看，我不敢啊！在時間的面前，誰敢頑抗？但我可以過門而不入嗎？

　　站在勝利路上，向前眺望。想起有一次晚飯後，爸爸牽着我和大妹去散步，就這麼往前走，走啊走的，一直走到了屏東機場。天地何其遼闊！星星一眨一眨的。遂教我們看星星，看見沒有？最亮的三顆是獵人的腰帶，還有一顆亮的，伴隨着一堆朦朧的星雲，是他的劍。獵人叫奧利安，天后赫拉討厭他吹牛而派毒蠍螫死他。之後宙斯不忍，又把奧利安與蠍子都擺上天。一個是獵戶，一個是天蠍。一個從地

平線上升起時，另一個就落下。兩個仇人可以永不相見。在清冷的冬日，心急地想着趕快到夏天，好去認天蠍座。爸爸忽然說：「『人生不相見，動如參與商』，那二十八星宿中的參宿就是獵戶，而商宿就是天蠍。」參商二星，生離即死別，不知為甚麼，我竟流下淚來。

再望遠些，馬路那邊應是我念過的幼稚園了，名字也叫「勝利」。那時媽媽要生大妹，日常起居作息均感吃力。我雖剛滿兩歲，因為會分辨顏色，又會數到一百，幼稚園就破格收了。後來聽母親說，園長看我太小，所以經常抱在手上。幼稚園畢業時，已經認了很多字，證書上有圖章，知道她叫孫菊人。我記得她長年一襲素淨的旗袍，人澹如菊，風姿亦雍容。

與一巷平行的，自然就是二巷、三巷、四巷、五巷。這幾條巷子均屬勝利新村。聽說人稱「將軍村」。三巷，叫青島街，也是一條大街。兒時常有野台歌仔戲上演，很多小孩爬到榕樹上看，我跟大妹勉強擠得上防空洞去看，也看得津津有味。

有一次我以為前面的婦人是媽媽，就在後面叫，媽媽，媽媽，但她走得很快，我怎麼都追不上。一路追，一路喊，一路哭，她終於轉過來了。啊！不是媽媽！但追不到她的那種着急與緊張，想起來就椎心刺骨。

中山路與青島街口的房子，圍牆都拆了。從前的深宅

大院已經變成開放的將軍之屋。是叫活化罷？活化的結果，古樸的、含蓄的味道全沒有了，新漆的五顏六色給整條街的歷史帶來了一些娛樂效果，實在是可惜。孫立人曾居於此，但也沒有工夫進去憑弔了。

那稱為二巷的，就是我的家了。八·二三時父親的信就是從金門寄到「台灣省屏東市中山路勝義巷七號」的。我好像仍然可以看到信皮子上工整的毛筆字。爸爸練魏碑，那些字帖也都是從古今書局買回來的。

小妹，還有她學生都說，去家裏看看罷。回家看看，當然是從外面看，但已在意料之外，在計劃之外。怯怯走到巷口，這是張家、羅家、馮家、盧家、吳家，啊！我們家。勝利新村，昨海今田，房舍猶在，只是物非人亦非。

母親愛花，我們四姊妹亦因而全愛花。每一個人都有從外面帶着花回來，或播種或插枝的經驗。整條巷子是日本人蓋的和式家居。院中花木扶疏，石子小徑兩旁種滿了如蘭的草花，短磚牆上部是空的，底下栽着大紅的扶桑與燈籠花、炸彈花，還有許多不知名的甚麼花，我們的遊戲之一是把花上的細管子一根根抽出來吸蜜。蔚藍的晴空下，常有花葉在短牆的鏤空處迎風招展。幾盆麒麟花開得飽滿，草本的雞冠花、鳳仙花、千日紅之類的，大概是我們幾個從別人的院子裏挖來的。

這邊牆角幾棵檳榔樹，那邊牆角一棵大王椰。年年檳

椰、椰子結實的時候，有工人前來採收，腳上套了草繩圈直直爬上樹頂，又快又帥，我們都看傻了。每一次工人走時都會留下幾個椰子給我們吃。

艾倫襲台的那天，中南部風雨交加。我夜半醒轉，聽見爸爸起身開了大門。跟着父親到了大門口，他說：「你看那大王椰，搖擺得厲害，我怕打到屋頂上，可就危險了。」夜色中看着大王椰吹過來、彎過去，有一種說不出來的詭異。

十五歲我離家，二十歲全家搬到台北。兩年後畢業旅行到屏東，曾到過舊居一次，那時的花草已無從尋覓。何況幾十年流光如飛矢，射向不可知的長空。屋雖未拆，鄰居全不相識，但見窗裏一老翁閒坐。大概我沉吟良久，引起他的注意而走出門口，雖然我站在短牆之外，卻似闖人家宅的怪客。

但我的腦袋卻不聽使喚，已在想像中穿堂過戶，進了大門。那厚重的門閂、高起的玄關、凹入的壁龕、塌塌米的臥室，還有花紙門的櫃子。最喜歡家裏過年換花紙了，媽媽總是挑淡雅的，有菊花，有蘭花。

想起昔日有一晚，媽媽帶了幾個妹妹出去了，只有我跟爸爸在家。也不過是八點左右的光景，忽然雞叫了，遠近的雞鳴隨即此起彼落，讓人心裏害怕。接着是狗吠，大聲小聲，遐邇應和。間中還夾雜着蟲鳴、蛙聲與壁虎的怪叫。我

在燈下做功課，怕得叫爸爸，而病中的爸爸早已昏昏睡去，又似乎聽見我的叫喚，悶沉着哼一兩聲。一燈如豆，四野無人，竟感到曠古的寂寞與悲涼。夏日炎炎，當下驅走了荒蕪之感，小妹與學生在旁，更知今時不是往日，最徹底的痛已痛過了。

離家後，魂牽夢縈的青果樹，如今不覺得高大了，養滿了布袋蓮的蓄水池也以土封了。終於可以心平氣和地跟我的童年徹底說再見，跟我的少女時代說再見。夢中即使沒有笑容，也不再有眼淚了。

我忽然悟出：在外面走了一大圈回來，我也像萬金的那個小咖啡館，身上留下了各種文化的印記，除了是民國的，是台灣的；也是波士頓的，是香港的。離開波城赴港教書時，懷抱着對波城的依戀，在九龍的樓群中，飛機轉了四十五度角降落在啟德機場。現在又懷抱着對香港的不捨，飛離赤鱲角機場，留駐在東海的校園。綠草如茵，綠樹如海，跳躍其上的，是無數青春的夢，閃爍如星光。

沒有甚麼掙扎，也沒有怎樣多想，靜靜收拾了一切。

如此，我背着陳先生，一起回來了。

二〇一三年九月二十八日於東海

夢憶縱貫線：
我的南來北往的青春文本

一

　　那一年小六，我們屏東市中正國校六年己班的同學，要去畢業旅行，目的地是台北。縱貫線起於基隆，訖於高雄，我們搭支線從屏東到高雄，再換車到台北，就距離言，差不多是全程了。我跟爸爸早上四點起床，趕五點多出發的第一班北上列車。爸爸騎着他的狗頭牌自行車送我到火車站，後面沒有座位，我坐在前面的槓子上，爸爸用他厚重的大衣把我扣在裏面，像一隻小小的袋鼠。在初冬清晨冷冽的空氣裏，我聽得到，也感受得到爸爸溫暖的鼻息。我們沿着中山路前行，電線桿上的麻雀尚未醒來，兩旁收割後的稻田安靜地俯臥着，只有長長的街燈在深沉的夜色裏投射出橙色的光影，偶爾點綴着幾聲狗吠。

　　但火車站卻是完全不同的景象：站前的小吃攤上坐滿了南來北往的旅客。爐火的熱氣給黯淡的燈光抹上了一層白

霧，彷彿從漆黑的國度突然闖進了一個奇幻的小鎮。我們坐在夢境裏，爸爸叫了兩碗鹹豆漿，說：「給她加一個雞蛋。」是從那時起我就愛上了火車站，還有鹹豆漿的。

因為是普通車，每站都停，十三個小時當中我幾乎都在看窗外。在高雄換車後，天，逐漸亮了。火車穿過平整遼闊的原野，那斑駁的黃綠一路連接到天邊，緩緩隱入一片淡淡的藍。遠處偶見幾個人、幾座村舍；然後是魚塭，是埤塘。幾十年後讀到下面這幾句台語詩，是詩人看了陳澄波油畫的感想，卻倏然想起了我的嘉南大平原：

赤艷厝瓦，
是阿媽大紅棉被，
露出春夢的燕尾。
圓滿埤塘，
是母親梳妝鏡台，
照出歲月的影彩。

層層疊疊的青青稻禾在火紅的太陽底下搖盪出悲歡交集的夢。而鐵灰色的火車在記憶的底層一逕向前奔跑着，出鏡了又入鏡。我在淚光中看見靜謐的水田與暴烈的暗流。

我就這樣往外望着，看火車向前一站站奔馳而過。從左營、岡山、台南、永康、善化而柳營、新營。這一路上有

多少以營為名的小鎮啊！之後是嘉義、民雄、大林、斗南、斗六，接着是員林、彰化。我現在已記不清了，大概賣竹盒便當的小販這兩站最多了，好像有一塊酸蘿蔔是第一次吃到，而那半個滷蛋是我吃過最香的。我傻看着窗外，連地名一一嵌入腦海。

　　從彰化到后里可以看見馬場，還有大片的甘蔗園，過了泰安及大安溪鐵橋後，突然間就進了隧道。只聽得轟隆轟隆，才出隧道，又進去另一個隧道。火車在隧道中穿行，車輪滾動，感覺特別快。那山洞好像穿不完似的，一個接一個，連着跑了八、九個，過了勝興、三義、銅鑼，慢慢緩下來，進了站，才知是竹南，我們剛剛穿過了一連串苗栗的山洞，就要開往新竹了。而進隧道前，也總要先會車，一直等到對面的車飛奔而過，我們才進去。這時也才悟出來，我們走的是山線。在晨曦中出發，到台北時已是萬家燈火。回程走海線，與蜿蜒在山谷中的隧道之行是完全不同的經驗，而老師說，回來就要模擬考了，叫我們收心，窗外的光影頓時黯淡下來。

　　二

　　在屏東女中念初中，二年級下學期快結束時，有一天放學回家，鄰居說：「你爸爸住院了。」我不信。但在家裏

幫忙的老胡看見我也這麼説。進了家門，果然媽媽不在，爸爸的床是空的。那天晚上媽媽很晚回家，從金門回來在陰濕的坑道裏得了肺結核的爸爸，現在又患上了肋膜炎，住進高雄的二總醫院。最緊張的時候，媽媽待在醫院裏，實在放心不下，再趕回屏東。眼看撐不下去了，我們三個大的姊妹自告奮勇輪流搭火車到高雄給爸爸送雞湯。我十四歲，二妹十一歲半，三妹不到九歲。我有時帶二妹，有時帶三妹；有時她們兩個一起去，有一次沒有人手，三妹提起了小罐兒燉雞，二話不説自己摸索着上高雄去了。

那一段日子，往來於高屏間，站頭都記熟了。先是六塊厝小站，上下車的沒幾個人。無論有沒有座位，我一定站到門邊去。只有在門邊，才能感受到火車經過下淡水溪鐵橋的氣勢。鐵打的花樑桁架像是水面上垂直企立的蕾絲花雕，那種細緻的剛強，坦然立於天地之間的姿態，使我心覺寬廣；過橋如聞驚蟄時的雷聲滾滾，因腳下震動而更感痛快。我也可以看到聯結兩節車廂的那個自動掛鉤，隨着火車奔馳而顫動。車廂與車廂的間隔與縫隙裏，可以看見滾動的輪子，同時聽到東次、東次的聲音。再望遠一點，可以望見平緩的溪水與沙上的西瓜。等看到一叢叢的香蕉樹我就知道鳳山近了，而高雄也不遠了。

曾經問過母親這個火車掛鉤有沒有名字？媽媽説：「有啊！叫詹天佑。」多奇怪啊！哪有掛鉤用人名的？中國人自

己設計、鋪設的第一條鐵路，是清末從北京到張家口的「京張鐵路」。總工程師就是詹天佑。民國以後，鐵路延展到歸綏，也就是現在的呼和浩特，就從「京張鐵路」改叫「平綏鐵路」了。如今的終點在包頭，又已改稱「京包鐵路」了。我們老家在居庸關外的宣化，離八達嶺不太遠，也是京張路上的一個站。這鐵路要穿過長城內外的燕山山脈，工程非常艱鉅。我母親在家鄉時到過八達嶺長城，看到過詹天佑的銅像，所以最佩服的就是詹天佑了。其實火車的聯結器叫做詹氏車鉤（Janney coupler），是一位名為 Hamilton Janney 的美國人發明的，可能因為他的姓氏譯成中文是詹氏，雖是詹納而非詹天佑，卻因此成了一個美麗的錯誤，但絲毫未減損詹天佑在中國鐵路發展上的貢獻。我是在從六塊厝往九曲堂的站頭愛上聽着金屬撞擊的聲音過橋的，尤其還可以看着掛鉤與輪子的擺動，那種特殊的視效與音效是多麼的迷人。感覺上與橋身好近，似乎伸手就可以觸及。不過火車上到處貼着這樣的標語：「不要把頭手伸出窗外」，所以我也從來沒有想過要犯規。我的青春文本早早標示出驛馬星動，火車的交響與節奏遠在我的少女時代已為我的人生譜就了背景音樂。不只是夢憶，我是情迷。

三

父親在二總醫院的日子還沒有結束，媽媽發現她得了乳癌，也住進了同一家醫院。母親是個責己甚嚴的人，她又怕爸爸知道，又怕麻煩別人，我擔心她會孤獨地自己爬上手術台，所以對我那三個還是兒童的妹妹說：「你們要乖乖聽老胡的話噢，大姊去高雄看媽媽，看了就回來。」

每次去高雄，都是早出晚歸，但這一次是晚出，放了學才去趕火車。我到二總醫院時暮色已蒼茫，而媽媽並不在醫院裏。原來手術並未安排在當天，媽媽去了醫院附近、她的國畫老師王令聞與爸爸少年時的籃球偶像王玉增伉儷的家。看到媽媽慈愛又堅強的面容，我忍不住哭了。當晚在沉沉黑夜中再趕火車回到屏東的家，看到那麼信任我的小妹妹們，又忍不住哭了。然而媽媽終究是一個人上的手術台。

爸媽同時住在二總醫院期間，終因護士無心的傳話讓爸爸知道了母親罹癌的事。之後幾個月我們姊妹一起趕火車與爸媽在醫院相聚。先去外科看媽媽，再去內科看爸爸。康乃馨在花店裏堆得滿坑滿谷的時節，我們這樣在醫院慶祝了屬於母親的日子。

初中畢業時我直升屏女，可是爸爸希望我去台北考高中。這時媽媽已去了台北榮民總醫院照鈷六十，而我準備北上趕考。臨行前父親從二總醫院請假回家。這一次是正式離

家了。爸爸有病在身，不能幫我，於是口述教我怎麼收拾行李。把需要的東西塞進他從美國回來時拿的舊行李卷，用腳踩實了，把繩子拉緊再打結。他囑咐了又囑咐，叮嚀了再叮嚀：「這一回買的是對號快，絕對不會沒有座位，但你要記得在高雄換車時不要跑錯月台，中午肚子餓了，可以買在車上賣的排骨飯鐵路便當，很好吃的。」

　　第二天早上搭七點二十六分的普通車北上，再在高雄換八點半出發的縱貫線對號快列車。爸爸牽着四歲多的小妹，陪着我先到火車站的行李室去寄行李，然後送我上車。看着窗外面色蒼白的父親與穿着咖啡色小短褲、白底小綠葉上衣的小妹，突然覺得眼前模糊一片，玻璃窗上全是雨水，我看不清楚他們的樣子了。一直到列車出站，見了藍天綠樹，方才悟出根本沒有下雨，那一片模糊竟是我臉上的淚珠。

　　雖說高雄火車站有四個月台，轉車的時間其實綽綽有餘。但我太緊張了，見到月台就上，發現錯了再下，在長長的台階上上下下，如此兩三次，直到爬上了第四月台，找到位子，我的心都快要跳到嘴裏了。坐在位子上，那麼些月台在眼前延展開去，竟然好像看到〈背影〉中的父親在吃力地爬上爬下，我的視野，聚焦在月台上想像中的那袋橘子，重如千鈞，不禁又流下了眼淚。火車兩點多到台北，去站上領了行李卷，心中忐忑，不知爸爸自己怎麼回的高雄的醫院，

而妹妹們又如何？

在台北寄人籬下，恆常惦記着母親。待了兩天，實在受不了。清晨五點多，送牛奶的把牛奶擱在門外的鏗鏗聲吵醒了暫住客廳的我。本來有心事，在客廳裏也睡不沉，乾脆起來摸索着走向木柵公路局站，搭六點五分開的第一班車前往火車站，再走到公路局東站往石牌。輾轉找到了癌症病房，看見了住在大統艙、因照鈷六十而掉了大把頭髮的母親……

媽媽在台北待了三個月，照完了一個療程，要回家了。我站在台北車站的月台上送母親。想起她放療所受的苦，我的心都碎了。此後北上南下，離家回家，我經常在車裏呆望着遠看相交、實際平行的鐵軌，還有會車、錯車的情景。多半時候我是一個人上路，習慣於自處。有一次媽媽要去台南開會，我們一起坐火車。不知為甚麼她在車上講了「碾玉觀音」的故事。她下車後，倒害我一路哭到了新竹。好像古往今來的遺憾，都讓我一人承擔了。那些年，回家是多麼艱難的一件事。是不是不說話的車站與月台，親眼目睹了我少女時代無數的眼淚與無窮的離思，所以只要看到火車進站，我的心就溫暖了起來？

四

我考上了北一女，頭兩年先住在附近全是稻田的延吉街，後住在三輪車伕聚居的和平西路二段。高三時為了減少路上的交通時間，又搬到貴陽街。清晨或深夜，火車開過中華商場都清晰可聞。每天早上我走過中華路的平交道，在路邊攤吃早餐。我總是叫上一碗鹹豆漿，一邊借看豆漿攤訂閱的《聯合報》。當時副刊上連載的是瓊瑤寫的〈月滿西樓〉，在聯考的壓力之下，平交道旁的晨餐時光是最快樂的，讓人可以暫時物我兩忘。我每天早晨好像都是為了要知道那幾位男女主角的感情發展而撐下去，雖然他們的情緒表達有時激烈了些，但小說敘事的文筆優美，使我在「此情無計可消除」的當下，倉皇中有些許慰藉。

火車經過平交道，叮叮叮，柵欄放了下來；轟隆轟隆，火車開過去了，柵欄又起。這樣整整聽了一年火車急駛而過的聲音，平交道柵欄起落的聲音，「停、看、聽」變成了生命的符碼，我駐足，我傾聽，我觀看。我熱烈地活着。

學期結束後我回到了家，可以多陪陪這些年來一直臥病在床的父親。一個月後再北上奔赴大專聯考，然而沒等到放榜，爸爸已棄我們而去。

進了台大，寒暑假回家，是不是都有返鄉專車可以坐，已不甚記得。但過年返鄉的平等號專車一定有。是在後

車站上車，人多得不得了，又沒有劃位，車一來，同學們蜂擁而上，有些居然從窗外爬進去佔位子。堅持要送我的學長人長得高大，眼看我上不了車，情急之下就把我的行李從窗外送進去，我再隨人潮從門口擠上車。汽笛一響，火車開動了，慢慢加速，越過中華商場的屋宇，駛向一望無際的大地。家一點點近了，我又一次坐着火車奔向黃昏的燈下。

那樣的日子遠去了，在歲月重疊的光影中，隱隱浮現出在縱貫線上南北奔波的我：我與我的火車，我的月台，我的車站。

二〇一五年五月二十日於東海

有士林風：
在靜夜中想起了我的母親

　　春寒料峭，春雨連綿，寂靜的夜裏無端停了三次電，在如墨的漆黑中，不知怎麼，想起了我的母親。

　　母親是古上谷郡宣化府人。有明以來，屬直隸省宣化府宣化縣；北伐以後，改置察哈爾省；今河北省張家口市宣化區。姓耿，名欽謝。這三個字擺在一起，各是各，小時候不認得幾個字，看着特別覺得奇怪。耿甚麼，謝甚麼，是怎麼個意思？後略有所悟，問母親，姥爺給她取這個名字，要她以一位謝姓人士為典範，是誰呢？母親說：「是謝道韞。」我又問：「那二姨叫甚麼呢？」母親說：「耿欽班。」這又佩服的是誰呢？「班昭。」那時我已經知道謝道韞「未若柳絮因風起」的詩才，也知道班昭繼父兄之業續成《漢書》。姥爺對她們姊妹的人生，在起名時，就已有了才與學、詩與史的祝福。雖然母親認為她若叫「耿欽韞」，而二姨叫「耿欽昭」，可能更加蘊藉有韻味。

　　我看過媽媽的身份證，父，耿錫蕃，母童氏。是從來

沒有學名，還是那個時代，女子嫁作人婦，就喪失了原初的身份？姥姥跟我一樣，也是童家的姑娘。母親說：「姥姥叫啟士。」啊！生於清末的女子，不論是親的，還是堂的兄弟姊妹，大排行不分男女，都是啟字輩，有啟曾、啟顏、啟蒙、啟昧、啟泰、啟新等。是我的曾祖父，不！想來應該是高祖父，在我的爺爺、姥姥、姑奶奶的生命孕育時，已嵌入了他對國族、對個人未來的希望與想像。女子無名即失語，又怎知有名還可當作無名。沒有話語權，還是完整的人嗎？

母親行四，大、三兩位姊姊因病夭折。大姨九歲離世前，已經讀完一整箱書。玉露凋林，姥爺傷逝，這可能是二姨沒有太讀古書的原因。三姨特別聰慧，姥爺就又督促着讀書了，她死時僅三歲，姥爺徹底傷了心。母親自出生後，身體羸弱，姥爺根本不敢讓她讀書。等她年紀稍大了些，身子仍然不好，姥爺似乎有意讓她待在身邊，留在家裏。但媽媽自有主張，學齡到了，自己背起書包上學去，去的是新學堂。

母親生前我沒想起問大姨、三姨的名字，不知姥爺心目中另兩位傑出的女子是誰？現在更無從問起。姥爺四十二歲時染上傷寒，腹瀉三日即棄世而去。民國三十八年大陸政權易手時，二姨留在老家，兩個舅舅也沒有機會出來，母親隨父親南來，父親在民國五十六年過世。媽媽少年喪父，中年喪夫，老來無子，孑然一身，在傳統的中國社會裏，面對

的是一個多麼孤獨的旅程。

　　我在全然的黯黑中想母親，一些黑白舊照片中的場景陸陸續續飄進腦海裏：母親十幾歲在北平就讀輔仁大學女附中時與同學的合照，已經戴眼鏡了；在頤和園中的清秀佳人，蹲着也見優雅。媽媽自小手巧，小學六年級時老師要結婚，叫媽媽幫忙繡嫁衣。姥姥有微詞，但媽媽認為是老師的交代，自己又是一個乖巧的性子，晚上在煤油燈底下趕工，一心一意的結果，眼睛就弄壞了。其時鄉下地方哪有配眼鏡這回事？也是有人有副眼鏡，借來戴上了，看得清楚，就託人從北平依樣配來。這樣，年紀輕輕近視就上了千度。

　　最難忘而又時刻想起的是一張非常多人的大合照，母親若不是坐在第一排，怕是不易找到。第一次凝視照片時，瞬間撲上眼簾的是兩排白色大字，由右至左：國立第十中學三十五年，夏季散學典禮合影。細看，那些字是印在城牆上。再細看，大概是師長坐在前面，後面的學生隨着山路蜿蜒而上，直到校門口。男着長衫，女着旗袍。國立第十中學在甘肅的天水，前排同仁手持的板子上也寫着四個字，曰：澤被隴上。一時恍惚，眼淚就流下來了。

　　抗戰時念國立北平師範大學的母親，是臉上抹着煙灰，易容化妝隨大嫂和表哥逃離淪陷的北平，奔赴戰時改名為國立西北師範學院的校區讀書。前在陝南城固，後遷至甘肅蘭州。是不是因此而在戰後單身赴天水就職呢？甚麼是國

立中學？甚麼又是散學典禮？原來抗戰時為了安置大批奔向大後方的流亡學生，教育部在五省設立了國立中學，以成立的時間先後順序命名，國立十中，專收容河南籍的學生。民國三十五年六月國立中學結束。這一次的散學，不是放學，也不會再有開學，是真正的曲終人散了。而散了的又怎麼會知道明日的命運？在散學典禮結束之後，三十六年九月，十年參商的媽媽和爸爸在北平結婚之前，除了又曾任教於宣化師範、張家口女師等校，是復員還鄉了嗎？還是又去了別處？

想起高中時上地理課，說黃河上游水勢湍急，不利船行，只能坐皮筏。母親輕描淡寫：「我從蘭州到包頭就坐羊皮筏子，還騎過小毛驢上山去看你舅舅。」跋山涉水，千里流離，我對母親是如何從造次顛沛的旅途中走過來，幾近於一無所知。而這次姊弟相聚，居然就是最後一次見面了。想到之後雲山遠隔，斷無音訊，若干年後母親輾轉得到的卻是舅舅早已故去，母親那時的傷痛豈是哀歎造化弄人可以釋懷。

父親北京大學物理系出身，畢業未久，旋即遭逢盧溝橋事變，當下投筆從戎，幡然改寫了自己的志向與生涯。在台的歲月中，發生了兩件大事，一為孫立人事件，一為八二三炮戰，爸爸在漫天烽火中任炮兵指揮官。因長期在坑道而感染了肺結核，終在八年後撒手塵寰。

母親的眼淚，落在父親生死不明之時，落在獨力教養兒女之際，在這樣的環境中，風裏雨裏，她咬牙苦撐，然而拚命守護着的，日月昭昭，僅是胸中的一點丘壑。她曾說，在北平時應該考藝專的，畫畫是她最喜歡的事。記得她趕火車從屏東到高雄去拜師，細緻的工筆仕女帶出婉轉婀娜的秋庭雙艷與桐蔭美人；巷子裏臨時成立的克難畫室，開展了寫意山水的疆土與花卉翎毛的世界。她心中的宇宙浩瀚，至於無涯。

　　民國八十七年，母親與二位女士合開畫展，同時出畫集。她以一女子之力，畫擬人高的大畫：池邊觀鵝的王羲之，松下賞菊的陶淵明，澤畔行吟的屈原。幾筆刷下來，有如書法的線條。墨色淺深，鋒收刃斂。清光靜凝之處，萬古寄情。

　　另有一類水墨畫，是我最喜歡的。比如松陵唱遊，比如江村消夏；又比如春韻，比如秋興；是朦朧雲樹，是橫斜枝椏；是霜林醉晚，是踏雪尋梅；而遊湖的，漫步的，聊天的，烹茶的，人都畫得很小，彷彿隨意塗抹而不見五官，但自有音聲氣韻流動其間。

　　封面呢？是她自己選的一幅春耕圖。漠漠水田，只見一農、一牛、一犁。觀者所面對的是那農夫的背影。除此之外，僅有她虛懷一隅的小小簽名「欽謝」二字，畫題「日出而作」。我從香港回台參加畫展開幕，乍見此畫集，便淚濕

眼睫。老農是我母親的自喻，扶犁深耕，絕不回首後望。這是她的精神所在，一生不改其志。

畫冊裏歐豪年太老師為母親題辭，有這樣的句子：「平日作畫，覃思精拮，故恆能於墨韻筆情，多含蘊之美，有士林風。闡發新意，尤為難得。」並以「有士林風」為標題。

母親小字林風，善則善矣，但她以為不如一位大學同學之字漠鈴。無垠平沙中的鈴聲，足以振聾發聵，助人辨識方向；林中之風，忒平凡了些。而我所認識的媽媽，有如謝安之贊道韞，「有雅人深致」。

想起了《晉書》提及有濟尼者論謝道韞：「神情散朗，故有林下風氣。」「有士林風」可以讀為「有士（名）林風」，或「有士（如）林風」，亦可讀為「有 士林風」。母親的人，含蓄而內斂，但她的畫卻是神清而氣朗。這「士林風」不在詩，竟是在畫上。

在這樣安靜的夜裏，依稀有小風吹過林梢，我，癡癡想起了母親。

二〇一六年四月三日於東海

那時此刻：
我的五四

　　之藩先生生前，我曾問過他，到底民國八年五月四日那一天，胡適本人在做甚麼？陳先生說：「我也問過胡先生同樣的問題，當時他舉起食指，笑着說：『五四就是一天，我根本不在北京。』」後知胡先生當天人在上海。這個回答多少預示了五四運動本身與文學革命之間的複雜關係。五四是怎麼從愛國運動變成了新文化運動？還是新文學運動？為甚麼英譯後又成了文藝復興？

　　二十幾歲的胡適從紐約回國就任北大教授，之前在哥倫比亞的同學圈裏已開始倡議文學改良，正是意氣風發之際。後來也是聽陳先生轉述胡先生的話，說胡提出新文學，主要是希望與保守的舊文學對話，從對話中為中國文化找出路。沒想到保守派如此不堪一擊，隨便兩下就倒了，沒有達到對話的目的。

　　我既不在歷史的現場，也不鑽研近代史，但以一個文學愛好者的角度來看，不知如果當年不用那麼激烈的手段，

使新文學從舊文學的傳統中自然生長而出，譬如枯木逢春，老幹發了新枝，是不是強過直接移植或嫁接西方的品種？尤其以北京為中心，編輯《新青年》的劉半農、陳獨秀、錢玄同都是激進派，要非孔教，要廢文言，要棄漢字，其暴烈，不免形同兒戲。把一切都損毀打爛之後，剩下的還有甚麼？回顧這幾十年，林紓、辜鴻銘固然有些迂闊，但以南京《學衡》雜誌，譬如吳宓、梅光迪、胡先驌所代表的觀點，真的是一無是處嗎？

所謂文學，我接近性靈派，五四以來文人的各種說法，我比較贊成林語堂的觀點，雖然不是特別喜歡他的作品。一九六一年一月十六日他在美國國會圖書館的演講稿，後來由香港的今日世界社節譯出來。他認為文學永遠是個人的創造，是個人心靈的活動，若表達的自由受限時，文學的花園便荒蕪了。所以革命的代價，不可謂不大。好在在這荒園中，畢竟還是開了幾朵花。

小時候大多數五四文人的著作都在禁書之列，幾乎不可能有甚麼看法。初一念屏女，常去圖書館看閒書，有一次借了一本郁達夫的《沉淪》，其實沒看懂，但站在南部熾熱的陽光底下，只看到處處黑影。瀰天漫地的陰翳中，竟覺得想死。至於魯迅的名作《阿Q正傳》則是大學時同班的香港僑生偷帶進來的，大家輪着看，刀筆之犀利，令人既驚且懼，又歎為觀止。

說起來，我們比較熟悉的五四文人還是以胡適為首的新月派。梁實秋說根本就沒有甚麼派，那麼就是在《新月》雜誌上經常發表文章，互動親近的同遊了。胡適《嘗試集》裏的新詩，我最喜歡的自然是下面這兩句：「山風吹亂了窗紙上的松痕，吹不散我心頭的人影。」每次去胡適紀念館，就是要買有這兩句的明信片、紀念品甚麼的，後來知道了這人影是曹珮聲，落實了胡先生一生為了對得起人而終身傷情，我更加替他痛此萬古不復之痛。

　　也許因為胡適說他是「一片春光，一團火焰，一腔熱情」，也許是梁實秋寫的《談徐志摩》，我讀徐志摩：他的詩，他的散文；心儀他的純美天真，也讚歎他為了愛情而不顧一切的浪漫。大一下的送舊會，在傅園的石碑前，搖曳的燭光裏，我朗誦徐的〈你去〉：

　　　　你去，我也走，我們在此分手；
　　　　你上那一條大路，你放心走，
　　　　你看那街燈一直亮到天邊，
　　　　你只消跟從這光明的直線！

　　　　你先走，我站在此地望着你，
　　　　放輕些腳步，別教灰土揚起，
　　　　我要認清你的遠去的身影，

直到距離使我認你不分明。

再不然我就叫響你的名字，
不斷的提醒你有我在這裏，
為消解荒街與深晚的荒涼，
目送你歸去……
念着，念着，夜色中浮起曠世的悲涼。

　　五四文人在試驗各種新內容或新形式時，常借助於翻譯。就小說而言，不論是魯迅經由日、德、俄文的文本轉譯的，還是梁實秋由英文直接譯出的；不論主張是寧信而不順的硬譯，還是其他議題的論戰，檢視二位的譯作，其成就自不可與他們的創作相比。不論內容如何，就文字本身來看，譯作失去了創作的晶瑩剔透，辭彙也相對貧乏。
　　但徐志摩不一樣，我們舉一首為例，把他的譯詩與羅塞蒂（Christina Rossetti, 1830-1894）的原詩列在下面：

Song　Christina Rossetti
When I am dead, my dearest,
Sing no sad songs for me;
Plant thou no roses at my head,
Nor shady cypress tree:

Be the green grass above me
With showers and dewdrops wet;
And if thou wilt, remember,
And if thou wilt, forget.

I shall not see the shadows,
I shall not feel the rain;
I shall not hear the nightingale
Sing on, as if in pain:
And dreaming through the twilight
That doth not rise nor set,
Haply I may remember,
And haply may forget.

歌　徐志摩譯

我死了的時候，親愛的，

別為我唱悲傷的歌；

我墳上不必安插薔薇，

也無須濃蔭的柏樹。

讓蓋着我的青青的草，

淋着雨，也沾着露珠；

假如你願意，請記得我，

要是你甘心，忘了我。

我再不見地面的清蔭，
覺不到雨露的甜蜜；
再聽不見夜鶯的歌喉，
在黑夜裏傾吐悲啼。
在悠久的昏暮中迷惘，
陽光不升起，也不消翳；
我也許，也許我記得你，
我也許，我也許忘記。

　　隨意亂翻徐志摩的詩集，早期的版本沒有標明哪一首是創作、哪一首是翻譯，這一首譯詩夾在創作裏面，也不顯突兀。而羅塞蒂的原詩我第一次讀到，是在王文興師的課上。老師的朗誦清脆極了，間中還有一些顫抖，聽來迴腸而蕩氣。我們同學個個陶然欲醉，至少我自己是即刻愛上了浪漫詩。當時那種似曾相識的感覺，其實是來自對志摩譯詩的印象，而那種少女情懷，在後來讀到陳之藩所譯的雪萊〈印度小夜曲〉時，又曾激起千重的浪花。

　　另外還有一首詩，也就是《猛虎集》題目所源自的猛虎詩，徐氏也曾將此布萊克（William Blake, 1757-1827）的原詩譯出。此詩有六節，每節四句。我們看開頭：

The Tiger　William Blake

Tiger Tiger burning bright,

In the forests of the night;

What immortal hand or eye.

Could frame thy fearful symmetry?

猛虎　徐志摩譯

猛虎，猛虎，火焰似的燒紅

在深夜的莽叢，

何等神明的巨眼或是手

能擘畫你的駭人的雄厚？

　　這開頭最後一句的原文是「Could frame thy fearful symmetry?」，徐譯作「能擘畫你的駭人的雄厚？」我們再來看結尾：

Tiger Tiger burning bright,

In the forests of the night:

What immortal hand or eye,

Dare frame thy fearful symmetry?

猛虎，猛虎，火焰似的燒紅

在深夜的莽叢，

何等神明的巨眼或是手

膽敢擘畫你的驚人的雄厚？

這最後一節大致重複第一節，但最後一句是：「Dare
frame thy fearful symmetry?」從 Could 變 Dare，只改了一
個字，首尾呼應。如能、如敢與猛虎相對凝望，才能感受到
灼灼燃燒的猛虎的雙睛，那令人驚懼的對稱之美。志摩可能
錯過了詩意的真髓。想起十多年前暑假，在波士頓買到我
的哈佛學長徐一鴻教授的書 *Fearful Symmetry: The search
for Beauty in Modern Physics*，曾與之藩先生促膝長談，
為之徹夜不眠。現代物理所探索的美，就在對稱，在對稱所
展現的美。美到極致的鬼斧神工，使人不由得驚懼，不由得
敬畏起來。這書名自然是來自布萊克的猛虎詩，一鴻學長寫
給一般讀者的科普書，見解精闢而靈氣逼人。

張愛玲有一短篇小說，表面上是平凡男女戀愛結婚之
事，好像沒甚麼，但篇名直接點題，一矢中的，曰「五四遺
事」。有人說是張氏據胡適、曹誠英的故事而寫，其實羅姓
男子的形象更近於徐志摩。我們看兩位男主角的風采：

兩個青年男子中，身材較瘦長的一個姓羅，長
長的臉，一件淺色熟羅長衫在他身上掛下來，自有

一種飄然的姿勢。他和這姓郭的朋友同在沿湖一個中學裏教書，都是以教書為藉口，藉此可以住在杭州。擔任的鐘點不多，花晨月夕，盡可以在湖上盤桓。兩人志同道合，又都對新詩感到興趣，曾經合印過一本詩集，因此常常用半開玩笑的口吻自稱「湖上詩人」，以威治威斯與柯列利治自況。

再看兩位女主角的姿態：

　　兩位密斯也常常聯袂到宿舍來找他們，然後照例帶着新出版的書刊去遊湖，在外面吃飯，晚上如果月亮好，還要遊夜湖。划到幽寂的地方，不拘羅或是郭打開書來，在月下朗誦雪萊的詩。聽到迴腸蕩氣之處，密斯周便緊緊握住密斯范的手。

〈五四遺事〉應是以民國初年幾樁轟動一時的已婚男子與女學生戀愛種種為素材而創作的。其原文本是英文，一九五六年張愛玲剛到美國不久，發表於美國的雜誌，後來自譯為中文，次年再發表於夏濟安所主編的《文學雜誌》。英文原作的題目是「Stale Mates」，擺明了譏笑「Soul Mates」，也就是「靈魂的伴侶」。此中人物的原型自是呼之欲出。再說，譯文的副題是「羅文濤三美團圓」，回歸

舊小說章目、回目的作法。而英文原作的副題是「A Short Story Set in the Time When Love Came to China」。所以我們也可以說 the Time When Love Came to China，是張愛玲對「五四」的詮釋，「五四」就是愛情從西方傳到中國的那個時期，如此拖泥帶水的窩囊結局，不啻好整以暇地消遣了「浪漫」二字。原作也好，譯文也好，發表時當年各領風騷的五四人物：志摩早隨煙雲消散，而胡適亦已風燭殘年。但愛玲依然惦記着昔日風流，把那新與舊、傳統與現代在改變時的曖昧與尷尬，毫不留情地寫了出來，諷刺的意味比錢鍾書狠毒多了，也殘忍多了。

兩年半前從香港遷回台灣，前些天才利用春假整理四十年前母親從屏東老家搬出來的什物。只拆了一個紙盒，竟是我中學課堂上的作文簿，與初中的周記，還有一些初讀大學時系裏鋼版刻印的刊物。隨手抽出一本作文簿，封面上正正式式印着：台灣省立台北第一女子中學作文簿。高中部二年級愛班，學生：童元方，教師：侯婉如先生，則是用毛筆恭敬地填上。倏然面對的是十七歲的我：我的想法，我的感情。

翻開簿子，一看還有目錄，一共有九篇，第一篇是〈青年應該怎樣接受時代的考驗〉，最後一篇是〈自我批評〉，也有〈田單復國論〉、〈時評一則〉這樣的題目。比較抒情的是〈對鏡〉與〈春風〉。我想不起來都寫了些甚麼，好奇

地翻到〈春風〉：

　　春天來了，只因為那輕巧的、柔和的、醉人的春風吹過，我就知道春天的確是來了。

　　閉着眼，我能聽到春風吹過的微響，我能感到生命震顫的喜悅。看！流鶯在枝頭婉轉輕歌，小草掙出了地面；新來的潮潤沾上了半枯的枝條，到處是蓬勃的新芽。

　　春風吹過了山坡，吹過了原野，吹過了小河。啊！天藍了，楊柳青了，小河發胖了，簷前的燕子正軟語呢喃。

　　漫山遍野待開的花蕾，春風吹過，都綻放了。東一團、西一團，到處都是。紅的、粉的、紫的、白的，簇擁着，層疊着，是花叢，是花海，是黃昏時五彩斑斕的晚霞，晃漾着，晃漾着……。

　　萬紫千紅的春花襯出了春山的朗潤，青翠的樹木點綴了春山的活潑，嶙峋的怪石裝飾了春山的清新神秘。春水是溫柔的，在春風吹拂下蕩起了一圈圈細細的波紋，柳絲兒迎風款擺，喁喁低訴。

　　是誰？帶來了煥發的朝氣？是誰？帶來了向上的生命力？我告訴你，是春風。是誰？使春如此富麗溫柔？是誰？使春如此燦爛多彩？我告訴你，是

春風。是誰妝點了山的黛綠，水的嫵媚，燕語鶯聲的殷勤？啊！啊！我告訴你，那是春風。

我，並非不嚮往夏日的炙熱，並非不欣賞秋天的沉鬱，並非不愛戀冬季的冷清，只是春啊！你的豐足高雅，你的濃淡情趣，怎能使我不沉醉。

夏風是燠熱了一點，秋風是蕭索的，冬風又太凌厲了。只有春風，只有春風，是輕巧的，是柔和的，是醉人的，只要她的羅裙一擺，大地將整個改觀。不只是那山、那水、那些樹、那些花，就是那山水間的人物，樹上的鳥，花間的蝴蝶，哪個不是精神旺健？哪個不是滿面清爽？她帶給自然界進取與希望，我對她的謳歌讚美幾時能休？

讀着半世紀前的文章，對自己這樣單純的信念、這樣飽滿的情緒，多少有些難為情。但這情是真的，意是切的。去年春天，校園裏花事爛漫，我沒來得及以筆追蹤滿園的妊紫嫣紅，想着今年一定要從櫻花開始，跟着花期捕捉春色。哪知風雨無定，我簷前的紫藤初開，亦不堪吹打而落英無數。看着這篇傻文章，忽有所悟：原來，原來，我的五四是青春。

二〇一六年四月十五日於東海

光景宛如昨

　　十五歲以前，我沒有離開過屏東，之後北上就讀一女中，直到在台大讀完二年級，全家就搬到台北了。五年內每年寒暑假回家，在縱貫線上跑兩個來回，屏東是我第一個地理的家鄉。

　　上星期參加紀州庵的一場推廣屏東文學的座談，小妹與乾妹兩位特地租車南下接我，免我舟車勞頓又加重腰傷。主持人問我，是否可以講講兒時難忘的事。歲月奔忙，少有停歇，這一問，倒讓我沉浸在回憶中了。

　　在屏東的日子是最能德智體群四育兼顧的，小學五年級中正國校的田徑隊在一千五百公尺大隊接力這一項的選拔賽中拔了頭籌，可以代表屏東市參加縣運。三十棒的比賽，我好像是跑第二十七棒，體育服上寫的不是校名，而是屏市，好神氣啊！在中山公園的跑道上，我拿到棒子後拚命跑，還飛奔着超過了一個對手，可惜才五十公尺，一眨眼就跑完了。爸爸來看我跑，我們跑了第一，他比我還樂。

主持人又問，屏東的生活對我人生最大的影響是甚麼。如果只能說一點，那一定是與自然相親了。從小學到初中，我每天都走中山路上學，前期走路，後期騎單車。路兩旁都是稻田，春耕、夏耘、秋收、冬藏，兩期稻作雖不盡隨季節變化，兩度循環的田間風物自是盡收眼底。我喜歡看牛犁田，看人插秧、割稻、打穀、曬穀；從水意盈盈到焚田後的金黃稻稈，在在使我流連忘返。

樹木、花草更讓人駐足。中正與屏女校園都種了很多花樹，尤其是屏女，除了常見的榕樹、欖仁之類，有很多熱帶植物，比如波羅蜜、麵包樹、印度紫檀等。街巷裏頭的花草猶多，我家就種了鳳仙花、紫茉莉，但我們當時都說是指甲花、洗澡花；還真的試過用鳳仙花來染指甲。另外又有波波草，果實「波」地一聲彈出來，順手就往嘴裏送，酸酸甜甜的，只是我到現在也不知道這波波草正式的名字是甚麼。

不用說抓蝌蚪、蚯蚓、泥鰍，捕蟬，還是捉蚱蜢、螳螂、蟋蟀，追蝴蝶、蜻蜓、螢火蟲；也是在屏東，我的耳朵對我所在的世界全面開放。從五更雞啼、黎明鳥叫到正午蟬嘶、夜晚蛙鳴、狗吠，加上蟋蟀、壁虎的叫聲，或間歇、或連續、或此起彼落。剛到台北讀書時我最想念的是這個聽覺的饗宴，是在有如小鎮的城市享受大地音聲的交響。

大三時正式選修《詩經》，讀到「女曰雞鳴，士曰昧旦」，好像看見那上古的女子說：「雞叫了。」意思是該起

來工作了。而男子還想賴會兒床，就說：「天還沒亮呢！」那半明半暗中忽聞雞啼的場景何其熟悉！而「風雨如晦，雞鳴不已」又何等悽愴！

至於我最喜歡的則是〈豳風·七月〉，且引第五章中的幾句：

> 五月斯螽動股，六月莎雞振羽。
> 七月在野，八月在宇，
> 九月在戶，十月蟋蟀入我床下。

六句講了三種蟲鳴：斯螽即蚱蜢，動股作鳴；莎雞是紡織娘，振羽作聲；而自秋入冬，寒意漸次相逼，蟋蟀也從野外轉到屋子，到門口，最後來到床下。古豳國大約在現在的甘肅罷？與屏東的距離相去只可以萬里計，南枝北風，各在天涯。但我讀到這裏，卻總是憶起兒時。近日再讀此詩，又彷彿這三年來住宿東海校園的光景，亦宛如昨日。

二〇一六年十月二十七日於東海

我的山西姑爺

　　早上起來知道九十多歲的姑爺在睡夢中離開了人世。如此長壽，又不曾病榻纏綿，怎麼都是喜喪，但我仍然發了半天呆，為之惆悵不已。

　　想着該去新店看看姑奶，也許七月搬研究室，八月搬家，裝箱、拆箱傷了脊椎，遵醫囑不敢冒然北行，這樣就更覺惆悵了。

　　曾祖父是長子，下面只有一弟。曾祖有四男二女，叔祖有二男四女。三十八年渡海來台的家人、親戚只有四家：父親與大爺兩家，六爺爺與五姑奶兩家。當年沒分家，序次都是大排行。

　　母親在廣州上船的時候，肚裏懷着我，下了船，我就生在屏東了。那一輩的小妹是父親最小的姑姑，輩分雖高，年紀卻比我父親小。她在台灣結的婚，是我的六姑奶，姑爺是山西人，在月眉糖廠做事，他們與五姑奶一家都住台中。一歲半時爸媽帶着我去台中，我只記得雨中坐着三輪車，路

邊一些廣告牌被雨打得字跡渙散……

後來六爺爺從中和鄉移居美國，五姑奶搬到台北，六姑爺調到屏東糖廠，我們兩家走動得勤了、近了。小學二年級時有一段時間媽媽有事經常去台北，就把我放在姑奶家。姑奶的大兒子還在幼稚園，不用做功課，所以姑奶不知該怎麼督促我寫作業。昏黃的燈下，姑奶陪着我，看我一行一行寫國字，看看鉛筆寫禿了，家裏又沒有鉛筆刀，她居然想出來用剪刀幫我把筆刮尖了，寫出的字比較有骨。

我很喜歡去糖廠員工宿舍探望姑爺姑奶。到底是怎麼去的，現在完全想不起來，但員工宿舍花木扶疏，家家整齊有致。我總要拐三個巷子才能走到姑奶家，而那一段幽靜的散步之路是兒時的美好回憶。

九歲開始不知道怎麼瘋狂迷上了舞蹈，鬧着媽媽終於讓我去了洪錦雲舞蹈社學芭蕾舞。家裏玄關到客廳的那道拉門是毛玻璃的，一拉上就可以看見自己的影子。爸爸給我們姊妹買了全套的世界童話，我想像那些故事的情節，對着毛玻璃門編舞，最迷戀的是各種飛越的動作。但完全沒譜，都是自己瞎編。

之後不記得是否過年去姑奶家拜年，姑爺忽然拿出一本《拾穗》譯叢的書送給我，叫做《芭蕾舞與樂曲的故事》。我津津有味地啃完了這本書，內心感到極大的快樂。我之認識西洋音樂是從舞蹈音樂切入的，而且不是從唱片，而是從

文本啟蒙。對柴可夫斯基、史特拉汶斯基的《胡桃鉗》、《天鵝湖》、《春之祭禮》等都是這樣認識的。書中美麗的芭蕾伶娜，比如瑪歌‧芳婷的舞姿，是我對着玻璃門幻想時的模仿對象。後來赴美留學，竟然在亞特蘭大城親眼目睹了她跳的《羅密歐與茱麗葉》，圓了我兒時的夢。

日後姑爺陸續送給我一堆《拾穗》月刊。封面開宗明義，但簡化了米勒的名畫，取其輪廓，勾勒出三位撿拾麥穗的女子。每一期都是這畫，但顏色不同。彎腰女子那種專注，看着令人感動。

忘了是在封底，還是封底裏，雜誌每一期都會介紹一幅西洋畫，米勒的《晚禱》，也是在這裏看到的。而印象最深，也是我最愛的畫，不是米勒，而是另一位法國畫家柯洛的《靜泉的回憶》。沒有看過那麼大的樹，佔了將近三分之二的畫面，而一鄉間女子與二女孩正在採摘旁邊枯樹上的蘑菇。因為人畫得很小，那渺遠的朦朧之意就像夢境，是回憶中的一個斷片。後來在波士頓美術館看見這畫的複製品，立時就買了，一直掛在波城家中的壁爐上。

我的山西姑爺讓我永誌難忘的一句話是：「你們拜不拜關公？關公是我們山西人。」如果不是姑爺説，我還真沒留意關雲長是山西人。但他這個晉人，也兼愛秦人。是不是因為他姓秦？還是甚麼其他的淵源？前些年我又從香港回來跟姑奶姑爺拜年。已經很老的姑爺又鄭重地拿了一本書送給

我，這一次是他從西安買回來的兵馬俑圖錄。

　　南來的童家人與童家親戚幾已花果飄零殆盡。姑爺一生在糖廠，從月眉到屏東到新營；姑奶一生在教書，從屏東師範到新營中學。他們實實在在、勤勤懇懇地走過一世，是我們台灣出生、長大這一代的榜樣。

二〇一六年十月九日於東海

姊妹

　　近日陪我的外甥去參加大學的説明會，與我的老二妹妹在一起一整天。從小一起長大，之後各自為自己的人生打拚，一眨眼，日午已過，只是未近黃昏。回台快四年，跟家人的來往自然比在國外時頻繁得多。很多時刻，在人群中我頗為自覺地用眼睛尋找她，就怕她丟了；過馬路時很自然要去牽她的手，怕她迷糊給車碰了。總要顧着她的這種感覺，來得熟悉，來得應然又必然。

　　為甚麼會這樣？好像在沒怎麼留意中，已經回到兒時，回到從她出生到三妹出生之前、她是我唯一妹妹的年代。母親生她時已知胎位不正會難產，所以一路從屏東跋涉到高雄檢查並生產。雖然我只有兩歲多，也仍然記得父親當年如何憂心母親與孩子的平安與健康。

　　這個妹妹折騰了一陣，終於平安地生出來，也活下來了，所以我好疼惜她。該在幼稚園念小班時，她內向害羞不肯待在小班，老師就讓她到大班來跟我坐，而她總是好乖好

乖。吃點心的時候，她吃得快，我還沒吃，她就吃完了，一邊大聲說：「大姊，我還要。」我說：「噓！不要給老師聽到。」一邊把我手上的點心給了她。這件事後來成了我們家的笑話。有一次，母親不知想起了甚麼，忽然說：「小妮妮只有一個姊姊，怎麼不是叫姊姊，而是叫大姊？」

　　沈常福馬戲團有一年來台灣巡迴表演，居然也到了屏東，爸爸帶我們兩個小學生去看。好像是在中山公園的籃球場，現在已記不清了；但記得清楚的是散場時人太多，妹妹竟然走丟了。我很害怕，爸爸說：「來，別着急，我們上看台，居高臨下，準找得到。」不一會兒就看見她隨着人潮往外走，我們大聲叫她，她抬頭看見我們就笑了。她的嘴特別小，笑起來憨憨的，好無辜，那笑容一早就在我的記憶裏定格了。

　　在上世紀五十年代，台灣第一次辦商展，記得只在台北、台中、台南三地舉行。要逛商展，最近也只能坐火車去台南。那時已有三妹了，爸媽帶着我們逛，除了家電，到底展些甚麼，完全沒印象。記得最深刻的是第一次喝果汁機打出來的新鮮果汁，而買甚麼店家都送小禮物，我們逛得開心極了。三妹多半時間是爸爸抱着，我跟二妹跳跳蹦蹦走着。每一次有禮物，老二妹妹就要求拿着，不久她手裏就滿了。再走一陣，爸爸忽然說：「妮兒，妳手上的那瓶香水呢？」真的是不知甚麼時候給丟了。妹妹一急，簡直要哭。爸爸

說：「不要緊。」帶着妹妹走了。等他們回來，妹妹手上又多了一袋肥皂與一瓶香水，香水本是買肥皂送的小禮物。爸爸怕妹妹丟了香水傷心，寧願為了香水再買一袋肥皂，九歲的我懂；但剛丟了東西，又讓她拿着，我就不懂了。爸爸說：「這樣她才不會失去自信。」也是在那一天，我體認了那種細膩的愛。

也許因為父母親感情極好，自然以為天下事本是如此。不想還在少女時代，父親即已生病過世。家中遭變，母親與我們四個女兒，只是堅忍對付各種困境，將之視為外在因素。這樣在單一性別的環境中長大，又一直念女校，可以說完全不認識另一個性別。只說我自己，後來在感情上遭受千瘡百孔有如凌遲一般的折磨，因為自小的教養，我選擇了沉默，只是想到天上的父母若有知，該是多麼的傷痛。回頭看看幾個妹妹，全都如此勇敢地面對人生，我對她們的那種憐惜，彷彿又回到兒時。

二○一七年三月二十六日於東海

父親

　　本來是妹妹的大學同學，後來也成了我的朋友，妹妹大學時我已經認識他，因緣際會，也曾一起吃飯，也曾一塊兒聊天。有一年他們幾個同事從廣東中山坐船到九龍入境，下榻在半島酒店，特別約了我們在有名的大堂咖啡廳相聚，看望已是病人的陳先生。

　　他的公司在新竹科學園區，老家在台中，前些日子他父親往生，我跟着訃聞上的地址與他一位住在東海宿舍的小學同學結伴去參加這位父親的告別式。按址尋訪到舉行的地點，沿着擺滿各種白色花朵的長長步道往裏走，方知就是他的老家，靈堂即搭在四合院裏。

　　從西屯到北屯，有一些距離，我們怕找路遲到提前出發，反而早到了，竟趕上家祭。院中有兩棵松樹，勁秀多姿；門後新瓦，頗見古意。坐定後留意到祭台後門楣上由右至左正是「裕敬堂」三個大字，左右兩聯自然是家訓了。上聯第一個字是「裕」，裕甚麼匆忙中沒能記住，下聯好記，

就記住了：敬先教子修身而後齊家。正中的相片子女選用的是老年的伯父，隨意穿着舒適的襯衫長褲，因為沒有裝鏡框，老先生彷彿站在一片白蘭花中望着我們，自在從容；他自己好像就是家訓的化身，完成了在世時承先啟後的使命。我長年在國外，沒有機會認識朋友的家人，看着家族在文化生命上的傳承非常感動，逕自淚盈於睫。

家祭大致根據五等親行告別之禮，男女皆計，但分別獻祭。朋友是長子主祭，繼之以長媳主祭。他們行三跪九叩的大禮，肅穆莊嚴，每一跪、每一叩，是最後一次向父親表達養育之恩、教導之德。在吃人的禮教革命之後，中華禮儀回歸它原初的敬，那種純粹，着實動人。

誦念祭文時，傳出來的是事先錄好的朋友的聲音，左側的屏幕也打出了祭文的手寫原稿，連他改寫的部分也原樣呈現。以前總覺得他雖學商但很愛看書，對園林造景亦甚有品味，我跟同伴兩個人的座椅旁、松樹幹的彎折處就吊着一個花盆，盆中只有一枝白蘭。在老家，在在可以感受到他所承教的家風。

一個開科技公司的企業家用最貼近他的心的方式表達了追念父親的情思。集錦的照片緩緩訴說了他父親的一生：辦公的樣子、看書的樣子、旅行的樣子、與妻子與兒女與親戚與朋友的各種活動與聚會。勤勤懇懇、顧妻教子的一生，享年九十歲。

我想起了自己的父親，離開大陸北方的家園，再也未能回去過，而在五十六歲的年紀溘然長逝。我與父親的記憶，再多也只是十幾年，小妹更只有七八年，而且多是殘片。每一殘片縱然是一粒水晶，剔透玲瓏，也串不成一條項鍊。親炙的時間如此少，這是有父親，還是沒有父親呢？到今年八月，父親離世就已半個世紀，我比當時的他都大了。這想念在後來的重重陰影底下，越發深沉。

雖然短，還是感激上天有這樣的父女緣分，給我足夠的底氣，可以在黑夜中仰望星辰，只是長溝流月，在我們姊妹成長的日子中，父親的缺席無奈仍是永遠的遺憾。

二〇一七年四月四日於東海

畢業典禮

校園裏的鳳凰花開得真是艷麗，不覺又是畢業季節了。

忽然想起陳先生《在春風裏》的一篇散文，題曰〈幾度夕陽紅〉。寫的是他在美國田納西州的小大學、初任教職時第一次舉行畢業典禮。他想起十年前，現在該是將近七十年前，他的大學沒有甚麼典禮，他的家長沒有人到校，戰後的校園也沒有眼前這樣多的綠樹；而有的是學校外圍的城防工事、鐵絲網、堡壘及彈痕。他在傳達室裏領了文憑，肩上行李，邁過鐵絲網，走出校門。耳旁此起彼落的祝賀聲：「前程似錦」，在他心裏都化成「往事如夢」。所以他一生努力的背景，是在荒涼的人世間尋覓一略可安頓身心的所在。我發現引這篇文章的人不多，喜歡的讀者都是他那一輩的，都是在艱難的環境中完成學業的，哪敢奢求其他？如今我想着都覺得淒涼。

而我是喜歡畢業典禮的，儀式劃分，也紀念每一個人生的階段。我從幼稚園起，小學、初中、高中、大學，後來在美

國的碩士、博士，很幸運，沒有一次錯過。與父親的典禮緣，止於小學，之後他就一病不起了。哈佛的畢業典禮，媽媽倒是遠道來參加。當年請來捷克的詩人、劇作家，寫《無權者的權力》的哈維爾總統演講。我們同學都撐着傘，在細雨裏聆聽溫文爾雅的領袖說話。他的嘴裏吐出鏗鏘有力的話語，人類的未來，在東西兩大文明之外，有沒有第三種可能？他的個兒不高，站在哈佛園裏偌大的台上，卻覺氣壯山河。

在香港中文大學，我已任教職，差不多年年參加畢業典禮。上午是大學的，下午是新亞書院的。每當布拉姆斯的《大學慶典序曲》雄壯地響起，我就下意識端正衣冠，隨着音樂邁步。我一次又一次重溫當年初生之犢的快樂，也戰戰兢兢反省：傳道、授業、解惑，有沒有盡到老師的責任？而每一次榮譽博士的答辭，譬如為弱勢發聲的阿瑪締亞森，都使我心堅定，期許自己要努力跨過種種藩籬，把視野推向天外之天。

今年東海大學二○一六的畢業典禮，再次看到東海特有的一個傳統，亦即傳遞木魚，以示薪火相傳。木魚上的題辭如下：

維澤有魚　圉圉洋洋　既之東海　鬣奮鰭揚
乘雲變化　萬里騰驤　為霖為雨　其道大光
波瀾壯闊　銜尾相將　迢遙前路　來者勿忘

我很想知道是誰題的辭？四言的格式回到《詩經》的典重，承繼了經史的分量與高度。東海一如北溟，有魚，不化為鵬，但化為龍。乘長風而興甘霖，澤被萬民。

這是何等胸襟！風雨之後，東海的樹更是美得清新、美得純淨。萬民從社區開始，由大學而城市，一點點開展出去。我莫名地感動，眼睛立刻濕了。咦！最近特別愛哭。

在這個畢業的季節，我要特別祝福一個人，就是我的三妹元任。她的職涯開始得早，曾經做到一家北歐電訊公司的第三把交椅。但她始終有一個謙卑的夢想，以基督徒之心為人諮商。前些年，她提早退休了。先回台讀完中華福音神學院的課程，打下基礎，再去加州的富勒神學院專攻家庭諮商。兩年的碩士學程她讀了四年，外加四百七十七小時的實習，還不算受訓、督導、寫筆記的時數。中間許多令人沮喪的挫折，我都不忍，也不敢替她回憶。十一日的畢業典禮之後，她會正式投入諮商的志業。

三妹！這次的畢業典禮我無法出席，所以一定要在這裏恭喜你。你還是那個五歲時連拔四顆牙而面不改色的三妹，是那個九歲時獨自搭台鐵轉公車從屏東去高雄二總醫院給病爸爸送雞湯的三妹。我們，你的姊妹，還有天上的父母，均以你為榮！我要説「前程似錦」，連雲端的姊夫也笑了。

二〇一六年六月六日於東海

歲暮

　　全球化以後，許多西方的節日傳了進來，最特別的一個應是萬聖節了。有時覺得只是多了一個做生意的花樣，與在地文化沒有甚麼直接的關係；化妝晚會也可以是個娛樂的藉口，讓孩子們樂一樂。但是我自己比較怕這個節，在美國時，很怕看到巷口暗處忽然跑出來一個頭上長角的撒旦，或是血盆大口的吸血鬼，更怕看到已成傳說的開膛手傑克之類的。倒是市場裏滿坑滿谷的南瓜，那一片金黃映襯着樹上逐漸轉紅的葉子，為秋色加深了層次，為回憶描劃了佈景。

　　感恩節在哪一天，年年不盡相同，總之是在十一月的第四個禮拜四。這一個節日，是專屬美國的，沒聽説其他的國家也慶祝。早年我曾用烤雞來代替烤火雞，因為火雞太大了，不知要吃到幾時？火雞三明治不能真的吃到聖誕節罷？在香港那些年，都是受邀去一位綺色佳來的建築系同仁家裏吃感恩節大餐。我很喜歡以數算恩典的方式來慶祝佳節。大家酒酣耳熱之際，為彼此的平安健康而謝天。

女主人提到她每年都要辦大餐，而且樂此不疲的原因。她說自己一家人八十年代客居上海，住在隔壁，也來自美國的單身教授說要準備成家，買了當年價值不菲的洗衣機，要放在她的住處，接着說放着也是放着，不如她先用。這樣好多年，她才悟出來：他是看她一家四口，家務繁重，故意買了洗衣機給他們用。可是又怕他們難為情不接受，才說是為自己結婚而購買。女主人說不論何時想起這件往事，都是滿懷感激之情的。

　　感恩節翌日，商家就該為聖誕季促銷了。這時商場前常有扮成聖誕老人的救世軍人員在搖鈴募款。我們多少也給一些，希望每個人至少在聖誕夜有一餐好飯吃，有些少關懷和溫暖。有一年大兒聖誕留在美國未返香港的家，參加了一個慈善機構聖誕夜發放晚餐的服務，當他發給一個七八歲的小朋友兩塊巧克力糖，小朋友說了一聲「謝謝！聖誕快樂！」時，他就忍不住哭了。第二天發現有店鋪的睡袋在減價，他又買了送去庇護中心。

　　回台後的第一個聖誕節，我先去台北與家人共聚，晚餐後赴美，下了飛機還是聖誕夜，再與美國家人共度一回。行前自然是逛了好幾次東海大學文理大道上的聖誕燈景，有一幅世界地圖的裝置吊掛在枝椏間，白天不覺得特別，夜晚亮燈後卻顯得又美麗、又有氣派。也許是點亮世界的概念

罷！現在只記得台灣世界展望會很欣賞這個裝置，所以有一個推廣認養兒童的活動，我也登記資助兩個小朋友。

九年前的聖誕節，我與兩兒一起去柬埔寨的吳哥窟探訪世界文明遺跡，看見他們專程去暹粒的兒童醫院捐血，而我卻因身體條件不合而不得捐，心裏很是難過。那捐一點錢罷！怎知醫院只收美金支票，我從香港去，身上也不會有，只得作罷。剛巧這次展望會說東南亞的小朋友需要資助，因緣所至，我就指名柬埔寨，一男孩，一女孩，也算是遂了先前的願。

兩年多來忙於文學院的院務，除了按月資助，跟兩個小孩並沒有甚麼聯繫，時感慚愧。如今既已卸任，這兩天想起這事，正思忖着給孩子們寫封信，竟先收到了他們的，也許應該說是卡片。形狀猛一看像蘋果，原來是椰子，是兩個兒童送來的送水節的祝福。一個畫了一本書、一條魚，是在說他有乖乖讀書嗎？那魚一定是來自洞里薩湖的了。

過了十一月，枯水期的湖水經洞里薩河流至湄公河，最後流向大海，把災厄都帶走。送水即送瘟神。另一個畫了一束花與一位女士，那些花是要送給想像中的我嗎？小女孩的畫頗多細節，她給我戴上項鍊、繫上皮帶，髮上還紮了蝴蝶結。椰子上她用英文與柬語雙重問候，祝我好運。歲暮天寒，我想起溫暖，或者應該說炎熱的柬埔寨，我們娘三個遊

洞里薩湖，在湄公河畔小飲談心！時間雖已逝去，光景可以
重來……

　　我提起了我的筆。

二〇一六年十一月二十八日於東海

讀譜

今年是在歐洲過的年。臨走時問大文:「要我帶甚麼給你嗎?我在布拉格比較有空,可以逛逛街。」他說:「不用特別去找,但假如看到了,可以幫我帶德弗札克的《新世界交響曲》的譜子嗎?」我心裏想:帶譜子不知是甚麼意思?

我的行程是從桃園機場經香港、蘇黎世到布拉格;待一天即坐火車去維也納,接着去薩爾斯堡,各待上幾天後再回布拉格。時值二月,然而天氣並不比台灣冷,由於聖嬰現象,今年是暖冬。當地人說往年此時,路上都是十五呎高的積雪,可是寸步難行。

住在老城區,一出來就是大街。我們沿着櫥窗慢慢逛,波希米亞風的裙子,開滿了花朵,已經聞到春天的氣息了。一家專做馬卡龍的糕餅鋪,從玻璃櫥窗望進去,滿坑滿谷的點心,美麗的色彩與形狀並列堆疊,還有甜甜的香味緩緩飄了出來。除了幾個英文招牌,間中一些中文菜名之外,一街都是捷克文。我們看不懂,不知都是些甚麼店。所以就

這樣在外頭逛着，覺得有點意思才進去。是一家賣文具的，我好奇有甚麼新巧好玩的東西，就推門進去，原來是書店。

既然看不懂書，我直接問：「有樂譜嗎？」那男店員用手一指：「二樓。」上得樓來，看看全是書架，德弗札克在布拉格，自是在當眼處。隨意一望，就看到了我要找的《新世界交響曲》，沒想到不是薄薄幾張紙，而是厚厚一本書。紙有點黃，邊緣裁剪得似乎不太齊整。我問：「裏面有沒有新的？」答曰：「這是二手書店，你看到甚麼就是甚麼，不然你挑別的版本。」別的是有幾本，都很新，都是薄薄的；而我這本厚的，不那麼新，卻是質樸可愛。《新世界交響曲》另外一個名字叫「第九」，所以旁邊擺了幾本也叫「第九交響樂」的譜子。海頓的那本好像一直望着我，看得我挺難受的，所以一併買了。

回到台北時，大文還在洛杉磯他哥哥處，我留下譜子，即返台中。等我再到台北，自己拿鑰匙開門，在門口即看見大文斜倚書桌一角正專心在看書。我問：「你看甚麼書呢？」他說：「《新世界交響曲》啊！」「怎麼樂譜會那麼厚？」「是交響樂譜啊！每一個樂器的部分都有。」這感覺太奇怪了，他在讀譜。「看譜子好過癮，好像在指揮。」

我倏然想起大文五歲時，我帶他去萊克辛頓小鎮的城中心吃早餐。這是我們例行的星期六親子時間。車子裏流瀉出貝多芬的《田園交響樂》。我逗他：「你會不會哼？」「會啊。」隨即哼起來。他哼得一板一眼，我簡直驚訝極了。接

着他說：「剛才是小提琴，現在是喇叭了。」「是法國號了。」「我嘴巴不夠了，需要五個嘴巴一起。」對我而言，這真的是石破天驚的一瞬。我不知道他於音樂是這樣聽的，樂器與樂器之間有獨白，有對話；有齊聲，有爭拗。我只是聽到一串串優美的音聲而已。之後我就送他去學琴了。

大文十三歲時我們一起去紐約百老匯看 *Show Boat* 音樂劇，戲裏的故事從一八八七年說到一九二七年。第一幕點出流經美國四大州的密西西比河與河上一條船走埠賣唱的煙雨人生，背景是南方的棉花田；第二幕是南北戰爭以後的芝加哥，我們看到年輕的女子在汽車上唱跳爵士。大文興奮地搶着說，第一幕的黑人音樂如何，第二幕的爵士音樂又如何。而我則是完全被一黑奴碼頭工人所唱 Ol' Man River 低沉而壓抑的歌聲給震懾住了：老密河！它滾滾流向前去。它甚麼都不說，它甚麼都看到，只是滾滾流向前去。而汽車使我想起二十年代福特公司的發明，知道了從十九世紀末到二十世紀初這四十年的語境，我還是只聽到了文學。

耽溺在自己的文字世界，彷彿心滿意足；看到大文讀譜如讀書，方始領略音符宇宙的浩瀚。目前尚未進入樂器與人聲交響的秘境，但知其有浪濤翻滾，有漣漪迴旋，以至於大音無聲。雖然仍在殿堂之外，已不由得浸淫其中，感受到風光無限。

二〇一六年六月十日於東海

在呼嘯旋轉的風中

　　剛搬回台灣時，有位讀者寄了一個風鈴給我。當時辦公室與住家都沒有可掛風鈴的屋簷；現在搬到高樓，反而有了陽台。把風鈴從原裝的盒子裏拿出來，用一條灰米相間的寬絲帶，繫上陽台一角。鞭炮似的圓筒，上書「祝福」二大字。小些的字體寫着：願風帶給你我輕輕柔柔的想念；願雲帶給你我心中濃濃密密的祝福。下面吊着的圓片則是「風之頌」三個字。

　　掛上纔一兩天，梅姬來訪。是不是先拿下來？不然不是吹爛了，就是吵翻天，把心都攪亂。新近遷居，環境不那麼熟悉，不如站在漸起的風中，看看那風鈴的動靜。風似乎並不往陽台的方向吹，所以風鈴只是搖擺，沒發出甚麼聲音。我就進屋了。

　　下午兩三點，雨驟風狂，有如千軍萬馬。天色轉黑了，我心有些惶然，又有些淒然起來。遠遠地傳來細細的音聲，似有若無，好像遙遙來自亙古山中的鐘聲。到底有沒

有？我凝神細聽。有啊！忽然悟出了：是呼嘯旋轉中一葉溫柔的風之頌。

這時住在加州的大兒簡訊問詢颱風的消息。説起他們幾個朋友開車穿過洛杉磯北面的沙漠，去造訪一處收養狼狗的庇護之地。寫來寫去説不清楚，又着急，乾脆打起電話來。

他們去的是狼的救援中心，我聽了很覺奇怪。洛城這樣的大都會，附近山中居然還有狼；而這在印象中又聰明、又兇狠的動物卻需要救援。中心現在的狼家庭有二十六個成員：兩隻純種真狼，一公一母；一隻土狼與狗的混種，其餘二十來隻都是狼與狗的混種。英文 wolf 是狼，coyote 是土狼，不知是不是黃鼠狼？而其他混種的狼／狗皆稱為 wolf-dog。即使狼、狗同宗，中文的狼狗是指長得像狼的狗，德國牧羊犬、阿拉斯加雪橇犬都算狼狗罷！但救援中心的是狼與狗的混種，説得更清楚些，是狼與雪橇狗交配出來的，只好暫譯作狼／狗。是很壞的譯名，但至少不至於誤解。牠們並不一定比較像狼，故亦不可譯為狗狼。

馬與驢配出騾子，讓牠們負重工作，是為人類服務罷？但讓狼與狗配，為的是甚麼？這種混種在加州是非法的，但一隻狼／狗值一千美金的毒品，這勾當就有人幹了。有一隻這樣的動物給救到中心時，例行的體檢發現牠體內有許多氣槍子彈，竟然成了惡人練習打靶的玩物。

狼／狗小時候長得很可愛，總有人偷着養。稍微大些，狼性漸顯，無法像狗一樣待在家裏，會一而再，再而三的逃出去偷雞、闖禍，鄰居、附近社區聽到狼嚎而心生恐懼，很難不向警局告發。這意味着七十二小時之內人道毀滅的命運。還有因主人禁逃而被鎖上大樹或柱子的，發現時脖子上一片血肉模糊……

　　窗外風雨一陣緊似一陣，我說我都不敢往下聽了。他說當他聽到中心每一隻狼／狗都曾受虐，而且多半跟媽媽在一起的時間不夠就被送走，他那麼大人都快哭了。他說：「你是媽媽，你懂的。」我太懂了，光這樣聽着也快哭了。

　　人類違反自然造出的混種，長大了又嫌討厭而棄養。牠們無法與人共同生活，也不能回歸荒野。有心人士籌款向加州政府買了一千英畝的土地，讓牠們有一個最接近自然的環境可以重生。有些狼性較重的不受馴養，也允許自己獵食。他們一群朋友參訪時跟着幾隻狼一起去爬山，也可以說是遛狼。

　　更始料未及的是：由狼／狗的經歷，救援中心悟出了受傷的人跟受傷的狼一樣，應有第二次機會，所以成立了青少年教育計劃，讓參與的孩子與有緣的狼／狗打破人、狼的界線建立關係。動物不會妄斷人，孩子們不用擔心被批評，這樣逐漸從關懷狼／狗中丟掉自己遭背叛的傷痛，丟掉被拋棄的傷痛，培養自信並信任他人，因而與狼／狗一起療癒與

成長。

　電話結束在這裏，希望的音符是我們的曲終收撥。驚風急雨中依然隱隱聽到了風鈴聲。啊！我的風之頌。

二○一六年十月二日於東海

春暖花開：
過大年香港去來

　　三年半前匆匆歸來，許多未竟之事都在日後回港處理；去年特別忙，年初專程去參加了朋友的婚禮，下半年抱恙，竟然一整年沒有再回去過。看看非回去不可，就趁着年假回香港罷。

　　也許病後心情大好，臨離台中前收到星雲大師的一筆字「名聲天曉」的祝福，我自己也貼了許多春字、福字。與家人在台北過年，我對於每扇大門上的春聯、每塊玻璃上的窗花都細細欣賞，是彩鳳，還是金雞，我都看得高興。從桃園機場到赤鱲角機場，我一路追趕着年節歡快的氣氛與調子，竟然像兒時一樣，我見到人就想說：「我好喜歡過年噢！」

　　從前一位中大學生的女兒來接我與大文。想起我在東華教書時，學校在旺角，馬路正對着她們家所在的屋苑。那時之藩先生剛過世，我茶飯無心，精神甚差，她家裏幫忙的每天中午走下山坡來給我送飯，知道我喜歡吃魚，還換着花

樣做，一直到我離開香港當日，都這樣吃着她們預備的熱騰騰的飯菜。

她又不怕麻煩，體貼地開車帶我們去沙田、火炭一轉，看了大文的高中，不用説他去芝加哥上大學後幾乎沒有再回去過，我平時也不會上山經過那裏。站在校門口，大文看見學校加蓋的新游泳池，他們以前要借其他的地方上課。他也記得最先學會的廣東話是「有落」，否則小巴不會停。

我們看到從前所住的公寓，原來在巷子裏可供烤肉的空地，已經豎起了一座牙籤樓，目前還在施工中，看不出是甚麼樣子，但掛上的樓名讓人聯想起歐洲。陳先生病後，我們常推他來這裏，可以看見下面高聳入雲的大樓與樓中的燈影。而今全堵上了，甚麼都看不見。

我們住在上環的酒店，這是我第三次住這間酒店。這種感覺很好，像是在如寄的人生中，早已認識暫居的驛站。小時候看美國的公路電影，有貨車司機每星期穿州過省運送物品，跑的是一樣的路線，吃的是一樣的食店，最常看見的是一樣的侍應，他們都在他鄉，對奔波在路上的征人來説，有時不是比近鄰更為熟悉嗎？

出了門，拐個彎，便是茶餐廳。我最懷念香港的茶餐廳，最有庶民風味。先來個下午茶，叫兩個小菜，我的十八年香港歲月就全回來了。流過去的是時間，留下來的是記憶。陳先生中風最危險的那段日子，我每天清晨在茶餐廳吃

早餐，人多嘈雜，但在熱鬧中我反而可以不受喧嘩干擾，又不覺孤獨無依。所以來港第二天，我們又去了茶餐廳，這一次自然是吃早餐，為了複習那苦中帶甜的況味，一定要點一杯香港咖啡。

當然，在光陰流轉間，還是有些甚麼改變了：上環本是地鐵藍線一頭的終點，現在多了四個站，可以直接到港大了。我也可以從新站西營盤出入，閘口就在茶餐廳的對面。而去年結婚的朋友，因為心疼我，怕我們在地鐵上長程跋涉，住在新界天水圍、在九龍工作的兩人，竟然選在港島上環的潮州飯館請我們吃晚飯。

見面時他們拿出一個木瓜來，屏東長大的我最喜歡吃木瓜，香港卻不常見到，當年他們只要看到木瓜，就一定會買給我。已經返台的我，很容易吃到木瓜了，是怕我不可一日無木瓜嗎？他們喜歡吃鳳梨酥，我每次赴港，都帶鳳梨酥。這次出發前，有機會去了一趟鹿港置辦年貨，忍不住買了一個古早囍餅給他們。結婚周年，仍是新人，要甜蜜，要圓滿。

大年初八，又從台北回台中了。我的兩盆春蘭、一盆春草，花開得絢爛；而台中朋友送的水仙，在我離家時也開了，才一進門就聞到了那特殊的香氣。窗裏窗外皆是春光無限，我，不由得醉了！

二〇一七年二月六日於東海

第三輯　誨我諄諄

誨我諄諄：
想念我的三位老師

是因為教師節剛過嗎？我想念我的老師。

一九九五年到香港中文大學任教，第二年翻譯系主辦了規模盛大的國際研討會，貴賓中有齊邦媛教授與林文月教授。千禧年起，文學院又連續幾年主辦新紀元全球華文青年文學獎，籌備會邀請的決審評判中，短篇小說組有齊邦媛，散文組有林文月。在台大讀書時，她們兩位都教過我，是我直接承教受業的老師。

一

大學畢業後曾經上過一年研究所，齊老師的「高級英文」是必修。當年期末考的時間、地點都是貼在佈告欄的，後來時地都改了，我迷迷糊糊地沒注意，參加考試那當兒才知道已錯過了考期。老師叫我們兩個錯過的同學到她麗水街的家裏去補考。走在路上，突然下起雨來。我們小跑步到老

師家，老師打開門看見我們頭髮淋得濕濕的，大聲嚷嚷說：「唉呀！好可憐啊！趕快來喝杯熱茶，免得着涼了。」看着玻璃杯裏緩緩張開的茉莉花，我想除了兒時家裏，只有平等號快車上是用大玻璃杯泡茶的，喝着又香又溫暖。那時我並不知道老師住的正是鐵路局的宿舍。

離台後就再沒見過老師了。將近三十年後初次在香港相見，老師手上拿着一疊相片，依舊快人快語：「看！林海音讓我帶來給你的。她喜歡這張，可我喜歡這張。」說着，一邊指給我看。那是「純文學」出版了我譯的《愛因斯坦的夢》之後，我由美返台去拜望林先生，她拉着我在國父紀念館拍的。老師接着說：「書譯得不錯，我到處給你推薦哪！」我的臉倏地紅了。

研討會中老師負責評論所有台灣學者的論文，最後她說：「我還要說說兩個人，一個是好朋友林文月，一個是我學生童元方。就算一個遷居美國，一個在香港工作，他們永遠是台灣的。」這就是我可愛的齊老師的本色。

有一次文學獎她評小說，非常感慨：「怎麼很多同學都寫宿舍生活，尤其愛寫吃，寫來寫去都是吃吃吃。我做學生時，是在漫天的烽火中上學，大時代的兒女即使談戀愛，也是在家國情懷裏默生情愫的，背景彷彿可以聽到柴可夫斯基的音樂。」我迅即想起《亂世佳人》裏面郝思嘉穿過戰火焚城的烈焰回到家鄉那一幕。這是老師以八十五、六歲之齡，

卻能寫出波瀾壯闊而又氣勢磅礡的《巨流河》的基調。而在
紀錄片《沖天》的結尾、抗戰勝利的鞭炮聲中，老師問：「勝
利是甚麼？」也讓我想起劇終郝思嘉說的一句話：「明天是
新的一天。」少女齊老師的深沉悲痛實際上化成了堅忍不拔
的力量，為她後來的人生譜寫了無數新章。

老師要我陪她在香港買些冬衣，說要去血拚一下。那
是我第一次聽到「shopping」這個字譯成血拚的，香港人
一般會說掃貨，好像隨便一掃就把幾條街的衣物給搶光了。
兩個詞語都好好笑，老師說起來又特別好笑。最後買了兩件
毛海的毛衣，一件橘色，一件紫色，很鮮艷，老師穿着卻顯
得特別好看。在金鐘我叫的士送老師回沙田，老師先跟我說
了：「不准付賬，老師現在一切都好。」我默然良久，知道
老師其實是心疼我。

從香港回台參加天下文化成立三十周年慶祝茶會，那
時陳先生過世未久，我看到老師就哭了。老師說：「台灣有
合適的工作，你就回來罷。」並摟了摟我，把新的通訊地址
塞到我口袋裏。

二

在研究所選修「陶謝詩」，由鄭因百先生授課。他上學
期教完陶淵明後赴美講學，下學期的謝靈運就交給了林文月

先生。林老師上課時穿着當年流行的靛藍色小喇叭褲套裝，頭髮向後梳，紮成低垂的馬尾，再繫上一個黑色的大蝴蝶結，露出式樣簡單的珍珠耳環。老師長得好看，我經常是盯着她的臉聽課。那時年紀輕，總等着甚麼時候美麗的老師嘴裏會吐出熱情洋溢的字眼來說謝靈運。然而老師講書的風格從來不會有甚麼戲劇性的轉折與高潮，是內斂矜持的，是樸實無華的。我的期待只證明自己幼稚罷了。

學期末論文發還了，綠格稿紙上滿滿的批注，這才有些懂老師了。她內在的秀美從安靜的性格與認真的態度上慢慢滲透出來。她說過的話在人生走了一大段坎坷崎嶇之後再回想，方知那滋味：不露鋒芒，因而雍容有致。

一九八五年老師到哈佛做研究，我正好在修讀博士學位。多年未見，高興地約老師吃飯。見面那天，老師以她一貫平緩的語氣對我說：「你還在念書，這餐飯老師請，還是去你本來想請老師的那一家。」

再見到老師就是十年後香港的研討會了。老師剛替臺靜農師編了書畫集。她說：「臨行時特別帶上一本，一定是要送給誰。但誰呢？看到你就知道是你了。」翻閱臺老師的書畫集，恍如隔世。臺老師替我寫過《詩經》的〈蓼莪〉、〈淇奧〉，一以慰親，一以自勵。在他封筆之後還替我寫過一個斗方：多情應笑我、早生華髮。這是他的鄉愁。用的兩顆印，一個圓的，一個方的，把我名字的意思都放進去。

老師的書法我看得較多，但畫則全沒看過。林老師收了很多臺先生畫的梅花：一枝獨秀，丰神俊朗。林老師是老師，臺老師也是老師，而不是太老師，我的「楚辭」與「中國小説史」都是跟臺老師念的。在香港收到這個禮物，感慨頻生。

這七、八年來我生活上迭有變動，不見林老師久矣。今年「他們在島嶼寫作」整套影片在東海大學放映，老師也特別自美返台出席。我到高鐵台中站去接她，遠遠望見已經八十多歲的老師。她走得比誰都快，把陪同的人都拋在後面。我驀然意識到我優雅一世的林老師，真正是個内心堅毅的現代女子。

與老師一起看她的傳記影片，真是奇怪的經驗；她的映後談話也由我主持，我的心卻盤桓在老師曬書的畫面：陽光下小風吹着，書一本一本攤開來。這一個鏡頭已在永恆裏定格。

三

我在香港教過的一個大陸學生，無意間在網上看到我談人文底子的訪問。她說：「要是還有誰還在意人文素養，在意學生讀不懂文章裏的典故，無法跟我們的先人交流、跟詩人溝通，大概也就只有您還會有這樣的癡心。讀得我既感動又傷心。過去這兩三年我真的走得好灰心，好像看着自己

所信仰、所持守的一切分崩離析……」我擔心她抑鬱，還沒來得及打電話給她，她接着發來電郵，說偶然看到葉嘉瑩先生最近接受「魯豫有約」的訪問，說自己「莫名其妙一邊看，一邊從頭哭到尾，大概是如此江山如此世，我們所持守的一點情懷都已煙消火滅」。我心悽惶，即刻點進所附檔案去看了。

已經九十二歲，仍然一秉初衷、講授詩詞的正是我的葉老師。我應該算是葉老師在台灣的關門弟子。當年大二，必修「詩選」，另外我旁聽老師的「杜甫詩」。她每次上課都穿旗袍，我最喜歡的是一件墨綠色的絲絨，領口好像還鑲了一道金邊，還是紫色的邊。她的嘴角透露出一絲無可言說的苦意，散發出一種憂鬱的氣質。她講柳絮，忽然吟詠出東坡的〈水龍吟〉：

　　不恨此花飛盡，恨西園落紅難綴。曉來雨過，遺蹤何在？一池萍碎。春色三分，二分塵土，一分流水。細看來，不是楊花，點點是離人淚。

她輕輕地說：「我就像這楊花。」我望着老師，想着：您有甚麼委屈呢？十九歲的我，當然不敢問。回想當初，也只能是王國維的一句詞：「可憐心事太崢嶸。」

但我與老師並未緣盡於此，在哈佛讀書那幾年，老師

暑假都會從加拿大來哈佛燕京圖書館做研究。她第一次出現在圖書館，是去辦公室找中文部主任。我當時在圖書館打工，就在辦公室外多擺的一張桌子上工作。看見一位女士沿着大書籠施施然而來，大概是我亂做白日夢，雙眼儘盯着她瞧，只見她越走越近，我隨即聚焦於她走過來時的裙幅款擺。她進了辦公室，沒兩分鐘，中文部主任，也是中文系出身的嘉陽姊就朝外喊：「童元方，你來一下。」我進去了，嘉陽姊指着這位女士對我説：「葉老師。」我還來不及説話，葉老師説：「童元方不認得我了。」不是不認得，是認不得。是來不及從穿旗袍的老師聯想到穿襯衫、裙子的老師。沒想到在經歷了更多的挫折與失落之後，老師卻開朗起來。我們中午一起吃自製的三明治，老師也曾借嘉陽姊家的廚房請在哈佛的前後弟子大唼波士頓龍蝦，我在她身上逐漸看見東坡的瀟灑與稼軒的豁達。

在視頻的訪問裏，看見老師住在為她所建的迦陵學舍。大門上一對聯：入世已拼愁似海，逃禪不借隱為名。是她大學時所寫詩中的兩句。迦陵此別號是老師給她起的，字也是老師所題。這位老師就是苦水先生顧隨。葉老師當年課堂上也曾對我們提過，也曾把他的詩詞寫在黑板上。學舍牆上掛着一幅幅裱好的鏡框，內容全是顧太老師為葉師的詩詞著作所作的批注。我想起老師後來還出版了自己的聽書筆記，也就是太老師的詩詞講話。

另有一幅字，是老師填的一闋詞：

　　一世多艱，寸心如水，也曾局囿深杯裏。炎天流火劫燒餘，邈姑出世真仙子。歷經冰霜偏未死，一朝鯤化欲鵬飛，天風吹動狂波起。

老師解釋冰霜的時候説，典出陶淵明詩：

　　青青谷中樹，冬夏長如茲，年年見霜雪，誰謂不知時？

　　看到這裏，我再也禁不住，眼淚簌簌流了下來。我的老師早已不是拋家傍路、無人惜從教墜的柳絮，而是風裏振翅、自在飛翔的大鵬。

　　訪問的最後，魯豫問她最想跟他作心靈對話的古人是誰？老師堅定地説：是孔子。竟然不是詩人詞客，而是我們大家的老師。葉師六歲開蒙的書是《論語》，老師打趣道：「孔子説：『三十而立，四十而不惑，五十而知天命，六十而耳順，七十而從心所欲不踰矩。』可他沒説八十與九十啊！」

　　我那看視頻看到一直哭的學生説她會選孔子，問我會選誰。我説我也會選孔子，且要告訴她：「最近脊椎有事，以致行動不大方便，心裏難免也有些灰灰的。但看着妳

九十二歲的太老師仍然在呼喚詩詞的生命，我怎麼可以向後望呢？這一點癡心還是要堅守！」

　　想起這三位老師，她們不是在講堂裏拿着麥克風在演講，就是在書房裏伏案疾書。想着，想着，我的眼睛又濕了。

　　　　　　　　　　　　　　　　　二〇一六年十月十五日於東海

起落黑白：
記一段友情

　　搬離東海宿舍已一年了，暑假裏才一箱一箱慢慢拆從香港海運過來的書籍。我先用美工刀拆，然後把書一本本拿出來。書籍在紙箱裏埋藏了四年的光陰，竟沒有一本破損的，也沒有一本發霉的，實在是令人高興。在一堆堆文學書、科學史書、畫冊中，跳出一本特別的書來。這書封面本身是一個棋盤，落着幾顆黑白子，還有十來個大字：沈君山說棋王故事／吳清源。「沈」字旁邊是一個漫畫小人，一看就是沈先生。

　　我坐在小凳子上默默翻起書來，書中夾着一封信，左下角印着朱紅正楷「君山用箋」，而手寫的字跡略顯歪斜：

　　之藩先生：

　　　　第二次中風以後執筆不便，故有二來函未覆為歉，寄下之清華成功湖圖甚美，較北京清大之未名湖動人得多，但其名未若北京「未名」之含蓄，「成

功」之名係早期任總務長之某君所取，大概那個年代一切以反攻大陸為口號，成功兩字就配合出現，但這也反映清華欠缺人文科系，成功大學前身名台南工學院，這兩所理工大學都是欠缺文采風雅之士，一笑！

　　兄與弟函鼓吹勸弟用嘴講故事方式寫圍棋典故，和我自己原有想法符合，尤其二次中風以後，幾近全身半癱。但主要讀者是兒童，出版社以漫畫配合，而且主角是吳清源、林海峰等，若寫 Dirac 下棋，恐怕讀者會只有陳大教授之藩一人，一笑！此套漫畫共五冊，每冊選中、日、韓、台各一代表棋士，再加上吳清源無所屬，是世界級人物，一世紀只出一個。五冊書六月出齊，到時全套一定送兄，現在先送一冊請過目，你是不下棋的棋士，也有代表性，把圍棋的簡單（因此困難），對稱、普遍、平等精神了解得十分透徹。

　　祝　好
　　元方女士請代問候

　　　　　　　　　　　　　　　　沈君山上
　　　　　　　　　　　　　　　　二，十八，〇六

啊！好像給雷擊中了似的，我蟇地裏震了一下。上個月受邀為居禮夫人化學營的中學生與一位生理科學家做了一場科學與人文的對談。會前見到主辦的教授來自清華，我不由得想起了沈先生。探問沈的現狀，對方欲言又止，說：「這個你最好不要問。」我忍不住說：「陳先生與我多年前特從香港回來看過沈先生，還在留言簿上寫了幾個字，留下些祝福。他還那樣嗎？」一晃十年了，若還那樣，是病情沒有變差，但終究沒有醒來。沈先生曾約我對談，這當然成了不可踐之約。看看滿坑滿谷都是之藩先生的書，而手中的信箋君山先生的字跡猶新，我就這樣坐着發呆。盛年已去，故舊凋零，為之惆悵不已！

　　陳沈二位，彼此是舊雨，至少可以回溯到吳大猷，以及楊振寧自港來台探望老師的年代。我是新知，認識沈先生時他剛二度中風，走路很不方便，但他都堅持自己來，盡量不要人扶。

　　說起清華的水木風情，我們，還有紀政，一起去了湖邊，之後去了風雲樓，看看書苑，喝喝咖啡，相與甚歡，真是難忘的聚首。我不知道這湖也叫「成功」，總以為叫「成功」的湖在成大。沈先生信裏說，老清華園的湖叫「未名」，恐怕是記錯了。那湖，有人叫它「荷塘」，是由朱自清筆下的月色而來。未名湖則在燕京大學的校園，是錢穆起的名。大陸院校調整後燕大煙消雲散，校園歸給了北京大學。我當

時所在的香港中大，崇基學院裏有個「未圓」湖，「未名」、「未圓」，我都喜歡。

提到狄拉克（Paul Dirac, 1902-1984），這是之藩先生欣賞的物理學家，是薛丁格以外另一位量子力學大師。不知陳先生怎麼發現狄拉克會下中國圍棋的，又發現沈先生還真跟狄拉克下過棋，所以有請沈寫與 Dirac 下棋之事。我還記得沈先生笑着説：「其實狄拉克圍棋下得不怎麼樣。」

手上這本君山先生説吳清源的漫畫書，是二〇〇六年送給陳先生的初版，我倒是搶着先看了。我佩服沈先生可以鉅細靡遺口述圍棋大師的一生，也感念漢聲小編們的創意與堅持。沈先生謙虛，説書是寫給兒童看的，其實也是寫給我這種深感興趣的外行人看的。

林海峰成名人時，舉國歡騰。也是那時候，我第一次聽到「吳清源」的名字。我母親説：「林海峰的老師是吳清源大國手，雖然沒得過甚麼頭銜，卻是最深藏不露、最厲害的棋王。」聽起來好像説的是個哲學家。現在回想起來，挺奇怪的，我媽媽怎麼知道？

漫畫書從吳清源大師的童年説起，他在十四歲時如何東渡日本進入棋壇，一九三三年十九歲時又如何在與本因坊秀哉名人的大對決中開創驚天的新局。第二年日本棋院的主編記載並出版了二十歲的吳清源與二十五歲的木谷實討論圍棋新布局的書《圍棋革命　新布局法》，當年的川端康成還

為此書寫了一篇文章，曰〈新布局的青春〉。沈氏的漫畫在中國抗日的大環境中鋪陳了吳清源「升降十番棋」的氣勢，呈現了他與木谷實的「噴血之局」，也講述了吳清源此後接續十七年的連勝不敗，直到車禍受傷為止，幾乎把所有的對手都打到降級。

我最喜歡的是沈君山的結論：他跟諾貝爾物理獎得主楊振寧說，吳清源是圍棋界的愛因斯坦；他跟香港中文大學的文學博士說，吳清源就好比圍棋界的韓愈。

這個中大的博士說的不知是不是我，他的重點自然是打開新視野，展現新布局。敘述的側面我們也看見年輕又活潑的小編們的視點，由張栩切入，與沈先生互動。所以當我們知道林海峰的弟子張栩娶的女棋士小林泉美，居然是木谷實的外孫女，也不免格外感到親切。

紙箱裏全套的棋王故事，是沈先生第三次中風以後，出版社直接寄給陳先生的。正如沈先生自己所說，除了吳清源、林海峰之外，其餘三本他選的是日本的木谷實、韓國的曹薰鉉，以及大陸的聶衛平。口述五位跨國棋王的人生，在歷史風雲與相應而來的棋壇煙雨中，沈先生的敘述結構分明，而又互為表裏，我們看戰局烽火，也看人事從容。看了吳清源，還要看木谷實，才明白最終進入圍棋最高境界的那種清明。

我不由得想起沈先生在清華宿舍的日子，簡單、樸

實。為了邀陳先生寫字，書房的大檯上早已備好了紙筆，紀政忙着磨墨，我與陳先生從前的秘書在旁起鬨，讓平時疏於練字之藩先生笑開了懷。那些天他正在讀湯川秀樹的自傳《旅人》，知道湯川題字永遠只有「知魚樂」三字，自然是出於莊子與惠子濠上觀魚的典故，所以他也照題，只是都改成問句，「知魚樂」都變成了「魚樂乎？」那個愉快的大年初二，他寫了一堆「魚樂乎」。我想說的是沈先生蘊藉的風流文采之下，其實是嚴謹的條理與邏輯，而陳先生，是無可救藥的浪漫。

才不過幾年，之藩先生的背影已隱然不見，相信臥病在床的君山先生也不知道吳清源大師亦已在二〇一四年悠然遠颺。一百歲，不多不少，是個圓。而我這個後來者也耳聞、也目睹這些人、這些事在我眼前耳後靜靜地飄過，雖然甚麼也抓不住，但卻時常憶起他們曾經有過的風華。晚鏡流景，現在的沈先生還能感知周遭的脈動嗎？沒有他的棋界，幾成空局，早已沒了熱鬧。是我還在現場便已知人生如戲？是我尚清醒時已感繁花經眼不過夢梁一場？還是，Alphago下贏了世界第一的柯潔，圍棋從藝術變成了運算，世間也不再有對弈這回事？

二〇一七年八月十七日於東海

敬悼楊絳

上世紀八十年代中，我剛到哈佛求學，聽說錢鍾書才來過。人人津津樂道：他的才智過人，隨機引經據典，隨時切換語言，連拉丁文都不是死文字。九十年代中，在香港中大任職，中大翻譯系與香港翻譯學會幾次邀請楊絳來港，她都婉謝。對錢鍾書、楊絳夫婦，我都是緣慳一面，失之交臂了。

在「翻譯名著選讀」課上，錢鍾書的著作討論最多的是《圍城》，楊絳則是《幹校六記》。《幹校六記》用《浮生六記》之題意，如實記錄了二人在五七幹校下放勞改的生活。這六記是：〈下放記別〉、〈鑿井記勞〉、〈學圃記閒〉、〈小趨記情〉、〈冒險記幸〉、〈誤傳記妄〉。《浮生六記》所記乃是：〈閨房記樂〉、〈閒情記趣〉、〈坎坷記愁〉、〈浪遊記快〉、〈中山記歷〉、〈養生記道〉。姑不論浮生後兩篇的佚失與偽作問題，單看前四篇篇名的浪漫唯美，對照起來，楊絳六記的篇名只能是樸實而無華。但若念及文革的大背景，楊絳的筆怨

而不怒，哀而不傷，既冷靜又收斂，則是傷痕文學所不能概括的了。如此錢氏仍忍不住在為楊絳六記所寫的小引裏說，六記其實漏了「運動記愧」，而在運動裏受冤枉、挨批鬥的人，也可「記屈」或「記憤」。這是反諷的標準錢氏幽默，也映照出沖澹的典型楊氏風采。

我到香港後所見到的第一本楊氏新書，是一九九四年香港三聯出版的《雜憶與雜寫》，封面題字是錢氏手跡。〈拾遺〉那部分有兩篇文章專談翻譯：一為〈《堂吉訶德》譯餘瑣掇〉，是有關一名物的探索與塞萬提斯的三封信；一為〈失敗的經驗（試談翻譯）〉，從實際翻譯的過程：造句、成章、選字，以慢鏡頭的觀察來解釋。

談翻譯的這篇文章很長，是楊絳自己從英文、法文、西班牙文的原著譯成中文時琢磨出來的心得。她引道安翻譯佛經時「胡語盡倒」之意，藉以說明西方語言若要譯成通順的中文，得翻個大跟斗才顛倒得過來。「如果『翻譯度』不足，文句就彷彿翻跟斗沒有翻成而栽倒在地，或是兩腳朝天，或是瞥了腳、拐了腿，站不平穩。」西譯中猶如翻跟斗，這是個好玩的比喻。「翻譯度」指的是中間的轉換，文化的轉換暫且不論，單就語言部分而言，句子內在的結構如何從長複句轉成短單句，實考功夫。但是原句不論多繁複，只要分清各個詞組的從屬關係，重新斷句再組合即可。在此楊絳又用了一個比喻，譬如「九連環，一環扣一環，可是能

套上就能解開」。

談翻譯，造句是關鍵，其次是如何連綴成章。楊絳舉了一例，用她自己的話說是半成品，不列出原文，單看二譯文：

一、我沒有和他們同到那裏去，因為我頭暈。

二、我頭暈，沒去。

第一例自是翻譯體的遺毒。去蕪存菁，又不失原文語氣，才是點煩成章的要義。至於選字，尤其是為外來概念定名目，或雙關語的翻譯上，更屬特殊之不易。楊氏點到為止，我以為期盼一筆橫空，天外飛來，真正是可遇而不可求。

楊絳活了一個多世紀，在丈夫錢鍾書、女兒錢瑗均已謝世之後，以將近九十歲的高齡，二十年來，寫了《我們仨》、《走到人生邊上 —— 自問自答》、《洗澡之後》；譯了柏拉圖的《斐多》；整理出版了《錢鍾書手稿集》。

又是一位揚眉女子，在兵荒馬亂中，到底從容過了一生。

二〇一六年七月十七日於東海

懷念劉述先

　　二十多年前由美逕赴香港中文大學任教。中大採書院制，現在有九個書院，當年只有四個，我屬於錢穆所創立的新亞書院。地處沙田校園的最高點，與大學火車站一出來就到的崇基學院大致有七層樓的高度之別。翻譯系在人文館，對面是藝術系所在的誠明館，與中間的錢穆圖書館三者形成「冂」狀。

　　書院俯瞰吐露港，我每每沿着相思樹的小徑走到後面的飯堂去吃中飯，跟中大的山、水、竹、樹打打招呼。後期有了天人「合一亭」，更常在那兒駐足，緬懷一下錢穆，也望望海天一色的遼闊天地。

　　新亞飯堂有個好聽的名字，叫「雲起軒」，用的自然是王維的詩句：「行到水窮處，坐看雲起時。」倒是應情應景，非常貼切。這飯堂最特殊的是賣北方麵食，水餃、麵條，還有滷牛肉。第一次去時就被拉到第一桌坐下，原來有個小傳統：這桌保留給說國語的人，廣東話一般不說「桌」，所以封為「國語檯」。台灣出身的學者想吃麵食了，就會自動加

入。日子久了，誰都愛去。現在回想起來，是不是太自由了、太放鬆了，從盤古開天到香港回歸，七嘴八舌、隨意胡講，有如「集體心理治療」，竟至解了鄉愁？

國語檯的名嘴大將是劉述先教授。我一聽見大名即刻反應說：「您是不是寫《文學欣賞的靈魂》那位劉教授？我剛上大學時認真讀過。探索文學而求其靈魂，對我來說有啟蒙的影響。」可能大家都與他切磋儒學，我忽然提文學，又是少作，他似乎有一些腼腆。

縱橫國語檯的人物大部分是學哲學的，但大家聊的最多的還是戲劇與電影。有一次說起張藝謀，我大放厥辭，說自己最不喜歡東洋味濃的《菊豆》，尤其是染坊裏的誇張表演；比較喜歡的是《秋菊打官司》，可是文革烙下的「紅爛漫」美學仍不時透過鏡頭呈現出來。劉教授說：「終於有生力軍了，歡迎加入。」當時香港的亞洲電視台正在播《三國演義》，我們自然也討論得很起勁。因為有工商管理學院的閔建蜀教授在，大夥兒甚至談到從三國故事看企業管理的問題。

不久我的第一本書《一樣花開 —— 哈佛十年散記》出版，劉教授讚賞〈如果再活一次 —— 從「楊振寧是唱甚麼歌的？」說起〉一文中實際追索答案的研究過程；更喜歡〈戲如人生 —— 李漁的〈比目魚〉小說及戲曲〉，以致讓我幫他從圖書館借出李漁的《無聲戲》與《笠翁十種曲》來看。

國語檯的交情甚至延伸到了檯外。劉教授伉儷請常客

十名，在沙田大會堂後面的敦煌海鮮酒家晚餐。説得高興了，又臨時起意請大家去看電影，當然只能是最後一場了。

最難忘的是劉教授又號召大家去看戲。他不顧舟車勞頓，自己從新界跑到在港島的新光戲院去買票。當晚的戲碼是越劇《王老虎搶親》和《梁山伯與祝英台》。我們這一夥，坐了一整排，除了我。我問為甚麼，竟然是非長者，意思是他們都買敬老票，我只有坐在最左邊的陳特教授前面，自己一排了。梁祝是熟悉的，但全女班演出的搶親鬧劇，我居然與後一排相呼應，也笑了個人仰馬翻。

劉教授離港返台之後，喬健教授偶爾回來；勞思光先生曾回中大客座一年。勞先生走後，故人星散，國語檔差不多是不存在了。

很早就體悟聚散無常，所以小時候怕聚，又因為不能承受散的時刻，我總是哭。大了以後，只願珍惜曾經相聚的時光。每一個階段的人生，因為這些記憶，而顯得扎實與豐美。

在《文學欣賞的靈魂》跋中，劉教授提到華茲華斯如何歌頌虹：「我的心跳動，當我瞥見一道虹在天空中的時候。」他說，高貴美妙的文學作品，有如長虹，照亮了四周，也溫潤了人們枯槁的心靈。

這是第三代的新儒家之外，我所認識的劉述先教授。

二〇一六年七月三十日於東海

大度山頭嶙峋立：

聽徐復觀先生學術論壇並觀其手稿特展

　　高中時第一次讀到徐復觀的著作，是《中國藝術精神》。除了愛看書、愛看母親作畫以外，好像沒有讀過這類的書。我立時為此書磅礴的氣勢與優美的文筆所吸引，後來在美讀藝術史，可以說是由此書開蒙的。之後又常去波士頓的中國城買香港出版的《明報月刊》，一路追蹤徐氏與諸學人討論故宮院藏黃公望《富春山居圖》子明卷與無用師卷的真偽。在哈佛時受教於徐先生高徒杜維明先生，不過念的是道家，而非儒家。杜師也准我學期報告寫嵇康的《聲無哀樂論》。

　　前些年自香港來東海大學的第一晚，住在邦華會館，始知原是徐先生的故居。後聞先生手稿、藏書、文物等均贈予大學圖書館典藏，館中也一直在做目錄整理、文物選粹的工作。中間經過九二一大地震，藏品幸未受損，年初即擬定計劃有系統的分類，並將之數位化。初步成果以論壇方式呈

現，精選手稿出版圖錄並展出。

展區不大，透露出的信息量卻極為驚人。在先生八十年的歲月中，前半生任軍職，後半生為學術，轉折點是四十七歲，然而成就斐然，有如奇蹟。他所用稿紙，有綠的，有紅的，非常醒目。所展手稿往往不是一頁，而是一疊，如〈莊子的藝術精神主體的呈現〉，如〈陸機文賦疏釋初稿〉，其巨大的生命力似乎破紙而出，穿透了玻璃展示櫃，瀰漫在展場。彷彿與另一篇文稿的題目相呼應：〈中國文學中的氣的問題 —— 文心雕龍風骨篇疏釋〉。特展的主題：大度山頭嶙峋立，來自劉述先所記徐先生的一句話，說的正是風骨。

著作手稿之外，有許多札記，譬如《文心雕龍》札記，所抄資料最早是為東海所開的課程做準備，也看明白他做學問所用的「笨」功夫、「死」功夫，在資料抄寫的緩慢過程中，細細思索其中的真義。之藩先生生前也愛寫札記，前輩學人錘煉深沉，實為我們的榜樣。

書籍評點方面，譬如瀧川龜太郎以中文寫就的《史記會注考證》，展品翻到的那一頁，是《五帝本紀》講黃帝的那一段，而圖錄選出的是《太史公自序》的開頭。也許是要回應太史公所言，徐先生的批語密密麻麻，填滿了所有的空白。斯人已去，這些大小不同、深淺不一的手跡，是他的遺澤。我曾譯過從前在哈佛任教的洪業的三篇談《史記》的演

講稿。他説瀧川最大的貢獻，在於使用了許多日本版《史記》，補充了至少千條在中國已失傳的張守節《正義》，因而使他自己的會注更有價值。徐先生的評點不知內容究竟如何，着實令人好奇。

復觀先生曾留學日本，就讀於陸軍士官學校，與會學人有提到先生日讀八份報紙，其中包括《讀賣新聞》，他的評點亦及於日文書。展品中有為紀念二松學舍創立百周年而寫的兩份法書：日本漢學家專研王陽明的安岡正篤與曾任內閣總理大臣的福田赳夫。論壇中亦有專題談及先生的台中舊遊，中有楊逵、孫立人等。研究先生的交遊圈，回歸人的本質，或可看出在生關死劫的亂世中，讀書人堅持傳遞人文傳統的一點癡心。

先生在東海大學春風化雨十四年，後離台赴港。有學者探討其二度飄零之遭際，我卻在炎涼世態中看見他忍辱負重、開疆拓土，把命懸一線的文化種子灑向寄寓的香江，如今一樣開出了美麗的花朵。參與論壇的香港學者與香港門生娓娓道出先生在拮据的經濟環境下，著書立説不改其志，我不由得想起新亞書院唐君毅、錢穆、牟宗三諸位先生來。不論是台灣的渡海，還是香港的南來，幾度滄海桑田，大師們拚死守護的正是中華文化的精氣神。

二〇一六年十二月五日於東海

不一樣的出版家

　　大概是八、九年前罷，受三民書局之邀為新出版的三本科普小品寫一篇書評，大約一千五百字左右。這三本新書是高涌泉、王道還、潘震澤在當時《中央日報》副刊上的專欄〈書海六品〉的結集。一讀之下，不僅看見三種不同的行文風格，也看見他們對普及科學的熱誠所反映在友情上的力量。我心中的火苗迅速竄起，如漆黑的夜裏突然點起一根蠟燭。怎麼可以只寫一篇？結果那年的春天我陸續寫了三篇，而一篇自然單說一本書。評論我不敢當，但說的都是老實話。

　　不久，三民的劉振強先生聽說陳先生與我來了台北，要請我們吃飯，席間他提到潘震澤剛剛離台赴美，我與他失之交臂了。至於涌泉與道還兩位，日後有幸相識且成為好友，雖然相見不易。當天也認識了中副的主編，我台大中文系的學妹林黛嫚。

　　餐後，大家回到復興北路的三民總局，劉先生帶我們

參觀新大樓的各層，並介紹由三民所研發的各種電腦排版的中文字體。工程之艱鉅，我見到劉先生的膽識與魄力。如此上下樓梯，劉先生一直拉着陳先生的手，二人言笑晏晏。我跟在後面，望着兩位長者的背影，那種單純和天真，就是孟子所說的「赤子」了。我忽然悟出來，那令人動容的情景，閃現出民國人物的丰神。是泱泱大風培養出來的謙謙君子，而今可能是僅存的碩果了。一念及此，我竟濕了眼睛。

當時黛嫚正幫劉先生策劃出版文學書籍，希望此中也能有我的一本。檢點所存文稿，差不多是一本書的分量了。書名曰「為彼此的鄉愁」，香港版交牛津，台灣版給三民。一如《水流花靜》，香港版牛津出，台灣版天下文化出。在三民已經開始編輯的當兒，牛津忽然改了政策，就是不同意有兩個版本的正體字版，我非要在兩家出版社當中做選擇不可。這些年來，我所有的香港版書都是在牛津出的，而在台灣因為尊敬劉先生，也很願意與三民結緣。怎麼辦呢？最後還是考慮到自己在中文大學任教職，文章就留在香港的出版社，而把已發去三民的稿子硬生生抽回了。這件事雖然是意外引起，但心裏着實過意不去，覺得對不起劉先生。他自始至終沒有一句責備的話，其實是無話，我相信他根本就認為是小事，不值一提。而我則更加慚愧了。

二〇一〇年年底，我又有了新的書稿，題曰「遊與藝——東西南北總天涯」。這一次，就不再考慮香港版了，

直接交給三民罷。劉先生很高興，但在電話裏卻不問書的事，只說我照顧陳先生的好。

在我的立場，看顧陳先生是義不容辭的。既不能代他受苦，只能努力減輕他所承受的痛楚。多少無眠的夜晚，隨救護車奔赴急診室，多少次他掙扎在生死邊緣，多少次我握着他的手站立到天明。這些我從來沒怎麼說過，但劉先生似乎可以想像我在孤獨中必須面對的困境，只是幾句話，我感到劉先生出自肺腑的誠摯與體貼。他並不魁梧，那普通的身架內涵養的是悲天憫人的襟懷！溫暖的言語有如子夜的燈光，讓人忘卻種種驚與懼。

今年年初，陳先生說回台北過年罷，遂山長水遠地回去了，劉先生又請我們吃飯。知道陳先生行動不便，特地派車來接。劉先生的女兒正巧自美返台探父，拿了少女時代看過的《旅美小簡》請陳先生簽名。陳先生手雖無力，仍然一筆一劃地簽上了。一個月後陳先生離開了人世。

與劉先生的聚會成了陳先生在人間最後的歡喜，那終於等來的豆沙湯圓是最後的甜美與滿足。想起劉先生說的：「你不論寫甚麼，就是賠錢，我也會替你出。」進入二十一世紀，都已過去了十二年，這世界還有這樣的出版家！

二〇一二年十一月十八日於香港容氣軒

樂高與 k'nex 積木的比喻

在香港教書，前後大概有十八年，不是在中文系，也不是在英文系，而是在翻譯系。香港是個雙語社會，從香港政府、立法會、法院的例行運作，到電費、水費的賬單都是雙語，亦即英語和廣東話，或英文與書面中文，所以大多數的公立大學都有翻譯學系或翻譯學程。

翻譯這個學門很特別，譯文不但是兩個語言之間的轉換，而且是兩種文化之間的轉換，在文學翻譯方面，所牽涉的問題尤為複雜，但也因為變化多端，所以跌宕有致。

民國女子張愛玲，據她自己說，是先有英文名字Eileen，後來她母親再隨意翻成愛玲的。一九三九年本來要去倫敦讀大學，因為歐戰去不了而改念香港大學。一九四一年十二月香港淪陷，當時四年制的港大四年級生，只差半年就畢業，故獲頒戰時學位；張愛玲剛上三年級，差一年半，因而未能畢業。我曾問過比張高一班的港大老校長黃麗松，記不記得張，也許交遊的對象不同，所讀科系亦不同，校長

並無印象。

　　在香港中文大學，我特別喜歡教「翻譯名著選讀」。前期講張愛玲時，只有她自譯的〈金鎖記〉，還有《譯叢》裏所收的一些零星篇章。但後期就有了 Karen S. Kingsbury 的譯文。二〇〇七年，紐約書評出版了第一本張氏英譯選集，除了愛玲原譯的〈金鎖記〉，收了 Kingsbury 所譯的〈沉香屑：第一爐香〉、〈紅玫瑰與白玫瑰〉、〈傾城之戀〉三個中篇，以及〈茉莉香片〉、〈封鎖〉兩個短篇。書名用了「傾城之戀」，曰：Love in a Fallen City。

　　當時隱約記得 Kingsbury 在東海大學待過，但我身在海外，也就沒有追究。前一陣子有意講授張愛玲，忽然想起了這件事，一查，果然是。她曾在東海教過差不多十四年書，外文系的同仁很多都記得她。她中文名叫金凱筠，美國哥倫比亞大學博士，論文寫的就是張愛玲，譯本則獻給老師夏志清；現為匹茲堡的查塔姆大學教授。

　　知道她五月初會來台灣，有一個星期在東海，我希望她可以談談英譯張愛玲的難處，結果她分享的反而是從自身的經驗所悟出的一些概念。譬如：她用玩具做比喻，説方塊字如樂高（lego）積木，中文多半是以大小不同的長方塊、齒輪等扣疊砌高；英文則似 k'nex 積木，它的片語、連接詞、語序、語意，以其形狀各異的積木，多方位串接組裝而成其抑揚的節奏。中譯英，或英譯中，一如將樂高換

成 k'nex，或將 k'nex 代以樂高，其繁複可期。何況譯者在把原文轉換成譯文時，要求自己在譯文中重建原文的語言，不僅得其音聲，且得其言外之意。更何況是譯張愛玲！即使有技巧、有知識，金凱筠實際上是戰戰兢兢地游過太平洋的。但是因為做的是自己愛做的事，辛苦覓字也成了快樂的挑戰。她前年底又譯完了《半生緣》（*Half a life-long Romance*）。

身為譯者，我也是如此游過太平洋的。雖然她是由西向東，而我是由東到西。希望在茫茫的海上，偶有文化的交會時，彼此會因那一點互放的光亮而驚喜。

二〇一六年五月十五日於東海

真真國何處：
尋跡寶琴「海上故事」的英譯

緣起

　　本次大會全名定為「海上真真：二○一三紅樓夢暨明清文學文化國際研討會」，以「海上真真」為主題。「海上真真」一詞出自《紅樓夢》五十二回，是寶釵堂妹寶琴在詩社活動時的旅行見聞分享，說是在船上遇見來自「海上真真」國的美少女：金髮碧眼穿馬甲，配飾有倭刀和祖母綠，還會寫漢詩〈水國吟〉。原文是這樣的：

　　　　寶琴笑道：「……我八歲時節，跟我父親到西海沿子上買洋貨，誰知有個真真國的女孩子，才十五歲，那臉面就和那西洋畫上的美人一樣，也披著黃頭髮，打著聯垂，滿頭戴的都是珊瑚、貓兒眼、祖母綠這些寶石，身上穿著金絲織的鎖子甲、洋錦襖袖；帶著倭刀，也是鑲金嵌寶的，實在畫兒上的也

沒她好看。有人說她通中國的詩書，會講『五經』，能作詩填詞，因此我父親央煩了一位通事官，煩她寫了一張字，就寫的是她作的詩。」

　　眾人都稱奇道異。寶玉忙笑道：「好妹妹，你拿出來我瞧瞧。」寶琴笑道：「在南京收着呢，此時那裏去取來？」寶玉聽了，大失所望，便說：「沒福得見這世面！」黛玉笑拉寶琴道：「你別哄我們。我知道你這一來，你的這些東西未必放在家裏，自然都是要帶了來的，這會子又扯謊說沒帶來。他們雖信，我是不信的。」寶琴便紅了臉，低頭微笑不語。寶釵笑道：「偏這個顰兒慣說這些白話，把你就伶俐的。」黛玉笑道：「若帶了來，就給我們見識見識也罷了。」寶釵笑道：「箱子、籠子一大堆，還沒理清，知道在哪個裏頭呢！等過日收拾清了，找出來，大家再看就是了。」又向寶琴道：「你若記得，何不念念我們聽聽。」寶琴方答道：「記得是一首五言律，外國的女子，也就難為她了。」寶釵道：「你且別念，等把雲兒叫了來，也叫她聽聽。」說着，便叫小螺來，吩咐道：「你到我那裏去，就說我們這裏有一個外國美人來了，作得好詩，請你這『詩瘋子』來瞧去，再把我們『詩呆子』也帶來。」小螺笑着去了。

　　半日，只聽湘雲笑問：「那一個外國美人來了？」

一頭說，一頭果和香菱來了。眾人笑道：「人未見形，先已聞聲。」寶琴等忙讓坐，遂把方才的話重敘了一遍。湘雲笑道：「快念來聽聽。」寶琴因念道：

昨夜朱樓夢，今宵水國吟。
島雲蒸大海，嵐氣接叢林。
月本無今古，情緣自淺深。
漢南春歷歷，焉得不關心。

眾人聽了，都道：「難為他！竟比我們中國人還強。」

大會主席康來新教授認為「真真」的意義最重要者在於重複《紅樓夢》的小說「虛實」美學，意在為大會全名覓一比較妥善的英譯。過程當中，有幾個建議：

（1）Virtual Reality at Sea: 2013 International Conference on Hung-lou-mong & Ming-Ching Cultures;

以此題簡短而易明，但若無一詳盡的解釋來說明「海上真真」，則不易看出其與《紅樓夢》的關聯，所以提出另一英譯：

（2）2013 International Conference on the Cultural Background of Dream of the Red Chamber；

其間，又看到另一建議，由水和夢聯想而來：

（3）Merrily, Life's but a dream: A Formosan View (or Vision) of Dream of a Red Chamber.

康來新提到第一個翻譯有人喝采，有人覺得太高科技。這意譯很聰明，屬神來之筆，我倒不覺得太高科技。反而因為 Virtual Reality 是幻非真，是虛，並沒有甚麼虛實對比，所以本身應是好題目，但做總題似乎不那麼適宜。第二個翻譯康氏所欣賞者在於明清文化之於《紅樓夢》眾星拱月的氣派，而第三個翻譯則在其強調台灣的文學之美及其獨一無二的視野。

我在此時參與了這個主題的英譯。

畫裏真真

用線上四庫全書全文檢索系統，「真真」最早可見的出處是杜荀鶴《松窗雜記》裏的「畫裏真真」，不過《四庫全書》

裏並沒有集《松窗雜記》一書，「真真」故事散見於《說郛》、《御定分類字錦》、《湖光通志》等書，其中最重要的自然是《太平廣記》：

> 唐進士趙顏於畫工處得一軟障，圖一婦人甚麗。顏謂畫工曰：「世無其人也。如可令生，余願納為妻。」畫工曰：「余神畫也。此亦有名，曰真真。呼其名百日，晝夜不歇，即必應之。應，則以百家綵灰酒灌之，必活。」顏如其言，遂呼之百日，晝夜不止。乃應曰：「諾。」急以百家綵灰酒灌之，遂呼之活。下步言笑，飲食如常。曰：「謝君召妾，妾願事箕帚。」終歲，生一兒。年二歲，友人曰：「此妖也，必與君為患。余有神劍可斬之。」其夕遺顏劍。劍才及顏室，真真乃泣曰：「妾南嶽地仙也。無何為人畫妾之形，君又呼妾之名。君今疑妾，妾不可住。」言訖，攜其子，卻上軟障，嘔出先所飲百家綵灰酒。睹其障，唯添一孩子，皆是畫焉。（《太平廣記》卷二百八十六〈畫工〉）

翻檢《辭源》、《辭海》，看看有沒有更早的出處。結果《辭海》根本無此辭條，而《辭源》各版本或轉引《松窗雜記》，而且極可能是輾轉傳抄，因而大同小異。「真」這

個字本身已很奇怪，有的辭書收入「十」部，有的入「八」部，還有的入「目」部。《辭源》系統各版另引范成大《石湖集》：

〈去年多雪苦寒，梅花遂晚，元夕猶未盛開〉
隔年寒力凍芳塵，勒住東風寂莫濱。
只管苦吟三尺雪，那知遲把一枝春。
燈烘畫閣香猶冷，湯暖銅瓶玉尚皴。
花定有情堪索笑，**自憐無術喚真真**。[1]

漢語大詞典以「**真真**」泛指美人，又援引范成大另外一首詩。詩題：「戲題趙從善兩畫軸」，此題畫詩直指「**畫裏真真**」：

情知別有**真真**在，試與千呼萬喚看。

元代張可久的〈小梁州·春夜〉曲中：

玉簫吹斷鳳釵分，**瘦損真真**。小詞空製錦回

1　參見台灣商務印書館編審委員會編。《辭源》（上冊）。台北：台灣商務印書館。一九七九年。一四九六。

文，孤眠恨，翠被寶香溫。

納蘭性德〈虞美人〉詞：

春情只到梨花薄，片片催零落。夕陽何事近黃昏，不道人間猶有未招魂。

銀箋別夢當時句，密綰同心苣。為伊判作夢中人，**長向畫圖清夜喚真真。**[2]

與曹雪芹（1715-1763）差不多時代的厲鶚（1692-1752），在他的《樊榭山房集》續集中收有一首〈為董浦悼亡姬〉詩：

知君急淚制無因，客舍驚聞玉化塵。

夢斷畫簾微有雨，歸來錦瑟但如人。

碧桃落盡空留子，白髮生多最苦春。

想到金台定情夜，**殘燈向壁喚真真。**

除了詩詞曲之外，《牡丹亭》傳奇第十四齣〈寫真〉中，

2　參見羅竹風主編。《漢語大詞典》卷二（上冊）。上海：上海辭書出版社。二〇〇八年。一四七。

杜麗娘描畫自己的容顏而歎曰:「虛勞,寄春容教誰淚落?**做真真無人喚叫**。」是把真實的自己當作畫裏真真,為日後柳夢梅拾畫叫畫埋下伏筆,預示其死而復生。徐扶明在其編著之《牡丹亭研究資料考釋》中,提到明清小說、戲曲,用真真故事的頗多。[3]

這樣看起來,我們大概可以說,從唐到清的詩詞戲曲筆記小說中,不論是男主角看上了畫中女,還是女主角空閨思人而把自己變成了畫中女,「畫裏真真」都是要等到有情人千呼萬喚而後化為肉身的。曹雪芹的「真真國女兒」用「真真」故事而擴大了幅度,增加了深度。

海上真真

「海上真真」的故事由寶琴口中說出。是她八歲時跟着父親買洋貨而見到的一位「真真國」的女孩,即外國「真真」。她與前所引的所有中國「真真」一樣是美人,只是容貌與中國「真真」的梳妝打扮不同。她不在畫上,也沒有為自己作畫,但她的臉面與西洋畫上的美人一樣,實在比畫上的更美。

3　徐扶明編著。《牡丹亭研究資料考釋》。上海:上海古籍出版社。一九八七年。

寶琴的敘述如此真確，是因為她見過這樣的異國女子，至少是西洋畫片上的異國女子。她的見識來自行遍天下的閱歷，我們知道寶琴是薛蟠、寶釵的堂妹，《紅樓夢》介紹她的出身是「紫薇舍人薛公之後，現領內府帑銀行商，共八房分」。與賈、史、王三家齊名並列、富霸金陵的薛家是皇商，且有出海經辦洋貨的機會。薛姨媽曾因寶琴之事告訴賈母道：「可惜這孩子沒福，前年他父親就沒了。他從小兒見的世面倒多，跟他父母四山五嶽都走遍了。他父親是好樂的，各處因有買賣，帶着家眷，這一省逛一年，明年又往那一省逛半年，所以天下十停走了有五六停了。」從明萬曆中葉到清乾隆年間的海外貿易的研究可以與寶琴的博聞廣識互證。康熙二十四年（1685），清政府廢除海禁之後，正式開海貿易，分別設立江、浙、閩、粵四海關，管理對外貿易。但這有歷史根據的敘述所提到的異國美人卻來自寶琴杜撰的「真真國」，也就是說這國是虛構的，是假的，是參考她的所見所聞想像出來的。真真意指真真假假，是曹氏一貫的「假作真時真亦假」。

　　這位十五歲的「真真」實為寶琴自己。寶琴在第五十回雪下折梅、紅白相映那一幕中，適當的美學距離給賈母留下深刻的印象：

　　　　賈母喜的忙笑道：「你們瞧，這雪坡兒上，配上

他這個人物兒，又是這件衣裳，後頭又是這梅花，像個甚麼？」眾人都笑道：「就像老太太屋裏掛的仇十洲畫的『艷雪圖』。」賈母搖頭笑道：「那畫的那裏有這件衣裳？人也不能這樣好！」

賈母這話與寶琴讚賞外國美人的口氣如出一轍。寶琴之為「真真」，比畫兒上還好。人與畫真假虛實的關係交互折射，比「畫裏真真」的原典複雜太多了。至於前引五十二回那一大段，黛玉說寶琴扯謊，而寶琴紅了臉，所以那首「真真」詩並不是真有個外國美人作的，是寶琴作的，而且極可能是即席創作的。繼之，湘雲問：「那一個外國美人來了？」接着，寶琴念出了那首詩。所謂外國美人就是她自己，是見識過外國風物的中國美人。

真真國女兒詩

在第五十回結尾處李紈道：「昨日姨媽說，琴妹妹見得世面多，走的道路也多，你正該編謎兒……」第五十一回開場，寶琴作了十首懷古詩，以之為春燈謎，紀念她從小所走過的十個地方古蹟。之後在第五十二回說到「真真」詩，整體可當作寶琴的奇幻旅程看，也可與紅梅詩對照着看。這兩首詩為方便討論抄在下面：

〈真真國女兒詩〉

昨夜朱樓夢，今宵水國吟。

島雲蒸大海，嵐氣接叢林。

月本無今古，情緣自淺深。

漢南春歷歷，焉得不關心。

〈賦得紅梅花〉

疏是枝條艷是花，春妝兒女競奢華。

閒庭曲檻無餘雪，流水空山有落霞。

幽夢冷隨紅袖笛，遊仙香泛絳河槎。

前身定是瑤台種，無復相疑色相差。

　　〈真真國女兒詩〉既為寶琴自況，一如《紅樓夢》喜用
詩詞預示人物的結局，這詩是她未來的隱喻。用此時此地來
對比從前，昔日朱樓歲月已成一夢，如今只能坐困一海島沉
吟作詩。頷聯描摹海島的荒僻偏遠（雖是船行所見），頸聯
抒發望月而生的感慨，最後結於永遠懷鄉的情愁。朱樓也如
紅樓，是「閒庭曲檻」、「流水空山」的類大觀園。但看詠
梅的寓意，便知「無餘雪」不僅暗指寶琴會離開榮國府，連
寶釵也不能再住蘅蕪院。薛女是嫁入翰林，或情歸寶玉，皆
為惘然。「有落霞」用王勃名句反襯「孤鶩」，意指寶琴最
終遠離京華，獨處一隅。以「紅袖笛」、「絳河槎」與香菱

的〈吟月〉詩互證，帶出中宵望月，乃感情緣之不可忘。結
句狀自己雖色衰相殘，實為出身高貴的豪門女子，但也只能
自嗟自歎了。

〈賦得紅梅花〉這首七律是詠物詩，以其寄寓的特點為
「真真國女兒詩」作一註腳。寶琴以紅梅自比，又以真真國
女兒自喻。以或虛或實來烘托亦真亦幻，但無論怎麼說，繁
華已逝，薛家與其他三家一樣由盛而衰，如第四回中門子所
說的「一損俱損了」。

真真國女兒詩英譯

譯事本難，若原文有言外之意就更難譯。我們先來看
楊憲益與戴乃迭夫婦合譯的版本。寶琴八歲時初遇西洋美
人，楊、戴譯如下：

> When I was eight, my father took me to the
> coast of the western sea to buy foreign goods, and
> there we saw a girl from the land of Chenchen,
> who had just turned fifteen, with a face like those
> beauties in Western paintings. Her long golden hair
> was plaited, and in it she wore precious stones like
> coral, amber, cat's-eye and emerald. She had on

golden chain-mail and a jacket of foreign brocade, and she carried a Japanese sword inlaid with gold and studded with gems — in fact, she was even lovelier than those beauties in the paintings.⋯.

那首「真真」詩則是這樣譯的：

Last night I dreamed in a vermillion mansion,
Today my songs rise by the sea;
Clouds from the islands make a haze over the
ocean,
Mist from the hills links the forests' greenery;
To the moon, past and present are one;
Men's passions, inconstant, are no counterpart.
As spring pervades south China,
How can I but take this to heart? [4]

楊氏夫婦英譯中的真真與中文原著一樣，似畫中美

---

[4] 譯文參見 Tsao Hsueh-Chin and Kao Ngo. *A Dream of Red Mansions*. Vol.2. trans. Yang Hsien-yi and Gladys Yang. Peking: Foreign Languages Press. 1978.

人，且比畫更為好看。可是將「真真國」譯為「land of Chenchen」，以音譯音，等於沒譯。接着來看霍克思 (David Hawkes) 的翻譯：

When I was eight I went with my father on one of his trips to buy foreign merchandise to one of the Western sea-ports and while we were there we saw a girl from the country of Ebenash. She was just like the foreign girls you see in paintings: long, yellow hair done into plaits, and her head was smothered in jewels: carnelians, cat's-eyes and emeralds. She was wearing a corslet of golden chain-mail and a dress of West Ocean brocade and she had a Japanese sword at her side covered all over with jewels and gold. Actually she was more beautiful than the foreign girls you see in paintings⋯.

The Land of Ebenash
Last night I dreamt I dwelt in marble halls;
Tonight beside the watery waste I sing.

The island's cloud-cap drifts above the sea,

And mists about its mountain forests cling.

Our pasts and presents to the moon are one;

Our lives and loves beyond our reckoning.

Yet still my heart yearns for that distant South,

Where time is lost in one eternal spring. [5]

「真真國」譯為「country of Ebenash」，原詩沒有題目，The Land of Ebenash 是霍氏加的。我不認識 Ebenash 這個字，可是從我對霍氏風格的了解，以為應是個希臘神話或拉丁文中的一個地名甚麼的，但查來查去查不到。也就帶着遺憾，譯出一草，給大會作參考：

Ebenash: 2013 International Conference on Hung-lou-mong & Ming-Ching Cultures.

如此，又查了一陣，越看越不像希臘文或拉丁文，準是霍氏自己編出來的。於是把 Ebenash 這個字任意排

5　譯文參見 Cao, Xueqin. *The Story of the Stone*. Vol.2. Trans. David Hawkes. Harmondsworth: Penguin Books. 1977.

列組合，也理不出個頭緒。就在這個當兒，忽想起幾年前寫〈敬禮譯者——悼英譯《紅樓夢》的霍克思〉時所用的霍氏《〈紅樓夢〉英譯筆記》（*The Story of the Stone：A Translator's Notebooks*）一書。當日探索的重點在詩，其餘內容並未深究，但隱約憶起似乎在筆記裏見到「真真」字樣。求書的同時，霍氏譯本後四十回的譯者閔福德（John Minford）正準備離開香港回澳洲，竟傳來了消息。他説：

（1）Ebenash is an anagram for "has been"，用以營造一種「once upon a time」的感覺。

（2）Samuel Butler 的小説 Erewhon is an anagram for "Nowhere"，Hawkes 可能最初也受其啟發。

而我也尋到了霍氏的筆記。在第三百五十八頁上，霍克思鄭重抄下了「真真國女詩」。上有眉批：

真真國：伊藤 relates to「假為真」etc. An imaginary noun. But 真真 was also the name of the painted lady in the 傳奇 who came to life in response to 趙顏's devotion & became a painting again when he doubted her. [6]

我們見識了霍克思用力之勤，他參考「畫裏真真」的典故出處，也探索他人的研究成果。此外，這一頁的角落上又有一處筆跡，寫出：The Land of Imagine, TIFONIC。他劃掉 Imagine，又劃掉 The Land of Imagine, TIFONIC。可以看出霍克思最初是想把真真國譯成 Tifonic 的。Tifonic 是 the anagram of "fiction"。Anagram，是變位詞，也就是由重拼字母所形成的新字。他是從「imagine（想像）」開始，進入「fiction（虛構）」，再到「has been」的。這英譯從虛幻到亦真亦幻、虛實相間，直指《紅樓夢》的本心。霍氏真正是雪芹的異國知音，就用譯草當正本罷！所以我的正式建議就是：

Ebenash: 2013 International Conference on Hung-lou-mong & Ming-Ching Cultures.

霍氏把朱樓夢翻成 marble halls，而不是 red chamber，

6 Hawkes, David. *The Story of the Stone: A Translator's Notebooks*. Hong Kong: Centre for Literature and Translation, Lingnan University. 2000. 358.

我們已經可以學寶琴說「外國的男子也就難為他了」。但仔細想想，以霍克思的深沉，他的譯筆方可以觸及類似紅樓幻滅的朱樓一夢；不只是賈家，史、薛、王均是如此，而把「月本無今古，情緣自淺深」譯成：

Our pasts and presents to the moon are one;
Our lives and loves beyond our reckoning.

才更見他的功力。讓人不由自主想起三十九回中村姥姥瞎編的故事來。怎麼海上真真，寶玉又偏不尋根究底了呢？也因為如此，整個來龍去脈化成文字，所以有了這篇文章。以此獻給孜孜矻矻、研究《紅樓夢》四十餘年的來新教授做生日禮物，紀念她榮休，同時也紀念我們四十年來的交情。

二〇一三年十月十三日於東海

編藏與佛經翻譯：
從一個研究案例說起

在哈佛讀書的時候，很喜歡去哈佛燕京圖書館三樓的善本書室看書，那兒有一種寧靜的氛圍，讓人心安。每次查書，遊走在各種書籍之間，覺得與古人特別親近。在這些宋版、明版、清版的藏書之中，有幾層書架擺的不是一本一本，而是一袋一袋的書，一色的金黃。上面標示的是「大藏經」三個字。是原版的書罷，我心裏肅然起敬，卻從來沒有看過黃口袋裏的書是何模樣。除了善本珍藏的意義，我腦中不免飄過一個念頭：雖說整天在看書，除了兒時家中的一本線裝《六祖壇經》，在美讀書時看過哥倫比亞大學版華茲生教授（Burton Watson, 1925-2017）所譯的《妙法蓮華經》，還有極短而易於背誦的《般若波羅蜜多心經》之外，我大概沒有甚麼機會再與佛經結緣了罷？

離開美國去香港，到了香港中文大學翻譯系教書。在所教各課中，有一門翻譯史。概論之後，我一定專講幾堂佛經翻譯，有兩個人更是我非常佩服而虔心講授的：一是姚秦

時的鳩摩羅什，一是初唐的玄奘大師。都是從譯者與譯經的角度切入的。

羅什所譯文字典麗，讓我時常想起之前陸機的《文賦》與之後劉勰的《文心雕龍》。其華美蘊藉使繁複顯出了層次，穠麗表達了豐實。咀嚼之際，齒頰留香。玄奘大師我最初的認識，自然是來自《西遊記》。小時候總是奇怪：為甚麼三藏師徒四人西天取經之際，穿梭西域各國邊境竟然沒有語言的問題？與十方土地固然溝通無礙，妖怪也講人話，雖然一言不合即打將起來。但是閱讀的重點在於行路之難與苦，所以主戲就落在為安然度過八十一難而解決問題的孫悟空身上。對三藏法師以念金箍咒來規範行者不免心生怨懟，也就不明白他從中土西行，面對黃沙與白雪的重重險阻，穿越大漠與高山，以求經弘法的初心與壯志。反而是在教佛經翻譯的課上，細細研讀他「五種不翻」的譯經原則，真實世界裏的玄奘大師遂逐漸浮現出來。可完全出乎我意料之外的是三藏文字的質樸，有時質勝於文，可以視為當時的翻譯體。無華是他追求的目標，與羅什的有華成了旗鼓相當的對照。譯經的手法不同，弘傳的心志則一。

我的哈佛同學卡哈爾，博士論文探討的是十世紀維吾爾文的《西遊記》，當然是明版成形前的早期譯本。原文不是現在通行的維吾爾文，而是維吾爾的古文，卡哈爾稱之為維吾爾文言文。內容自是以《大唐西域記》為主。他提到玄

奘於貞觀十九年回到長安以後，先在宏福寺，後在慈恩寺。為了感念唐太宗建造大雁塔讓他譯經，玄奘曾上表謝恩。卡哈爾說請教了許多教授，但多對謝表不甚明瞭，希望我幫着看看。這是玄奘在漢譯佛典之外，我讀到他的第一篇俗世文字。記得那第一眼的震撼，若不是在燕京圖書館，我一定忍不住大叫起來。這出自比丘的手筆，其堂皇富麗，有儀典的莊重；其璀璨輝煌，有宮闕之藻采。使我心旌搖動，以致浮想聯翩，刹那飛往敦煌石窟裏的壁畫。我頓時悟出了：只有金碧錯彩方能烘托出大唐恢宏的氣勢；也只有自北魏以來中土民族的融和與佛教文化的傳入所凝聚的魂魄，在大唐展現了颯爽的英姿。所以玄奘大師的雄偉剛健反使他可以落盡豪華，以樸實真淳的風格譯經，在鳩摩羅什之後，另闢新天，另創新局。

這門翻譯史課開給研究生，也開給大學部。教法上角度、深淺略有不同。我曾想過：為免一開堂就用大家因誤解而生成見的文言文，來上所不熟悉的佛經翻譯，不如跳過去，直接進入十九世紀，從嚴復的《天演論》與林紓的《茶花女》講起。但對於從五世紀到七世紀兩百多年來中國第一次大量譯經的年代，如何可以視若無睹呢？還是得從佛經翻譯開始。我每每在第一堂介紹課的內容時，先請求大家諒解我根據時序，一定要先講佛經翻譯；並請大家耐心與我一起推敲所選出的佛經譯文。有羅什的，也有玄奘的。當時中大

本科仍行三年制，沒有想到一位畢業班的蕭世昌同學一心想要研究鳩摩羅什與玄奘大師的譯場，我說題目太大，只能二擇一。他後來以羅什的譯經為題進入研究所，我也成了他的論文指導教授。

世昌的論文聚焦於西元四〇一到四一三年間羅什在長安的譯場。他不怕困難，願意精讀羅什的文言譯本，鑽研翻譯時「化梵為秦」所呈現出來的華麗的文字風格。在敘述五世紀初羅什的譯場時，世昌盡可能還原當時譯經的場景，而以《維摩詰經》為例，由支謙、羅什和玄奘三個漢譯本為主，再輔以《梵文維摩經》、《注維摩詰經》以及經序、經錄等歷史材料，來探討以上各人的譯經方法。

羅什終身譯經，他的翻譯理念是甚麼？方法又是甚麼？世昌為追究原文與譯文的關係，每個星期從中大奔赴港大，修習梵文。在他研讀《維摩經》時，在《佛光山電子大藏經》的網站，看到了《佛光大辭典》。這電子版的大辭典為他提供了佛學的知識背景，譬如廣義的「偈」，包括了「伽陀」與「祇夜」，可以通過研究偈句，兼論譯場如何處理這種文體。電子版無遠弗屆，解決了不少寫論文時尋書的問題。

由這三本《維摩經》漢譯互參，應是同本異譯；另兩本是「梵本」。佛經翻譯研究最大的難題在於大部分的佛經難覓原典，而上文所提到的《梵文維摩經》是日本學者於一九九九年七月在西藏布達拉宮發現的公元九世紀的梵文寫本。日本大

正大學綜合佛教研究所的梵語佛典研究會於二〇〇四年將寫本轉寫為拉丁文，二〇〇六年校訂之後，即名為《梵文維摩經》。這個梵文原本的電子版，是美國西來大學致力蒐集的藏傳佛經，也是佛光山贊助支持的，其網站可以連結到西來的網站。因為有了這個梵本，漢譯才能與之做文本對比，用《維摩經》為例，大致條理出鳩摩羅什的翻譯手法。

星雲大師是天生的領袖，具有一種高瞻遠矚的眼光，又有將之付出執行的魄力。我們看他「編藏」的因緣，從出版《佛光山大藏經》、《佛光大辭典》到把《大藏經》數位化，再到佛經翻譯，不論是藏傳、漢藏、把經典譯成白話，還是譯成外文，上下四方，縱橫交錯，都是把弘法推向新的層面與新的高度，在全球化的時代，於東來、西遊之外，投入無數心力，在看不見的網路上傳向世界。

我這個學生蕭世昌以〈鳩摩羅什的長安譯場〉論文獲得香港中文大學的哲學碩士學位。因為論文寫得非常好，我很想這篇論文可以出版，打算寫封信問問星雲大師。那時我的先生陳之藩教授已經中風臥床，身體癱瘓，口齒不清。他十分艱難地緩緩對我說，這封信由他來寫罷。我明明可以自己寫啊！許是陳先生的說不出來的誠懇，對我，還有對世昌的心意，對羅什千里跋涉、自天竺東來長安的敬佩，唯有雙劍合璧，才能成全。於是陳先生念一句，我寫一句，把此千重萬重的鄭重，一一化入紙箋。終將此信連同世昌的論文，青

天碧海，從香港的沙田寄往高雄的山巔，送到星雲大師的手中。視力已然模糊的大師是聽人一字一句地念出來的。《鳩摩羅什的長安譯場》就這樣出版了。

我親身所經歷的這個出版故事還有後話，就是大師欣賞學生的勤謹努力，而致贈了一筆獎學金。驚喜之外，大師立人、樹人的風範，令人感念。現在世昌自己已是助理教授，在香港的學院教授佛經翻譯，並在數位化的領域中以佛經為例，作更深更廣的比較研究，比如《金剛經》、比如《法華經》，並擴及其他的梵本。

翻譯不只是從一個語言轉到另一個語言，而且是從一個文化轉到另一個文化，漢譯佛典於千載之下，早已有了自己的生命。許多經義沒了原本，反而要藉漢譯再翻回梵文。「編藏」是佛教史上的大事。從宗教上看，可以跨越語言與文化的邊界，使佛法得以廣傳；從知識上看，可以詮釋東西交通史上不同文化相遇時激盪出來的火花，使人間佛教與傳統佛教的語境得以融合並發展。而實際上的編纂工作，如此大規模的文字工程，主要由女眾比丘尼來承擔。換言之，星雲大師將「編藏」的大任託付予比丘尼，更是另一樁石破天驚的大事，足以與佛光山開天闢地之事跡分庭而抗禮。其在女子教育上的意義，可能是日後另一個應該深入探討的課題。

二〇一五年十二月一日於東海

揚帆

　　劉劍雯要出書了，書名是《性別與話語權：女性主義小說的翻譯》，是根據她香港中文大學的博士論文精審整理而成。八年前她從廣州到香港，修讀性別研究課程。這課程的性質在跨領域，主要是以性別視角為理論基礎的研究，視議題而由他系支援。那年劍雯申請性別研究與翻譯，需要做翻譯研究的教授參與，她的全英語電話口試由我主問，她答得有來有去，座上諸君皆為所動，使沉悶的暮春下午，有如空山新雨之後，頓覺一片清涼。

　　這樣我成了劍雯的論文指導教授。根據學校規定，她跨越性別研究與翻譯兩個學科，要滿足兩科的學位要求，但研究室則擺在翻譯系，也就是我辦公室對面。如此開啟了一段深刻的師生緣。

　　劍雯在大陸已有一碩士學位，進入中大時由於學制與學額等問題，最後進了哲學碩士班。她自忖：既然如此，不如把基礎打得更堅實些，所以毫無怨言。一方面適應香港快

速的生活節奏，一方面努力讀書。不想一年後出了一博士缺，大家均屬意於她。這意味着她要比預定計劃提早一年參加資格考。來自兩科的兩張硬書單，包括所有性別與翻譯研究的重要理論，以及隨之而至的筆試與口考，是真正的硬碰硬。她默默地接下考驗，最終成為博士候選人。我親眼見證了她性格裏的堅持與堅忍，是她名字中「劍」所代表的勇往直前的鬥志。

劍雯的研究興趣很清楚，是當代女性作家作品的翻譯，但要尋求一切入點，並不那麼容易。我發現：要談文學作品的翻譯，應先談文學作品的原作；要談女性主義作家的創作，應先談女性主義；要談舶來的女性主義，應先回溯女性主義傳入的歷史與影響。女性主義的理論主要是透過翻譯而引進的。亦即先有女性主義的視角，後才有女性主義的小說創作。所以劍雯的論題有兩個層次：一為女性主義理論的翻譯，一為女性主義作品的翻譯。至此，才又想到女性主義理論傳入台灣的時間比傳入大陸要早十多年，一篇論文難以涵蓋兩個不同的時空，所以就把劍雯論文的範圍鎖定在中國大陸的「女性主義」創作以及譯作。

上世紀八十年代初期，中共中央的文藝政策逐步開放，為作家帶來比較自由的創作環境，翻譯題材的限制也相對放鬆些，女性主義的文學理論在此時經由《世界文學》這份期刊大量譯介入大陸，之後，專書論著也逐一翻譯出版。

比如，西蒙波娃的《第二性》，台灣版一九七二年出現，大陸版則是一九八六年才出版。為了細察女性主義思潮的沿革，劍雯把中大圖書館收藏的每一期《世界文學》都看了，爬梳出所有重要的文獻。

再舉一例來說明劍雯追索話語權與翻譯的關係。以傅柯的著作為本，她界定了話語與權力的意義，以及其與女性主義寫作和翻譯的種種瓜葛。再以文化學派的翻譯觀，也就是「翻譯即重寫」，細細探討了譯者如何以翻譯建構女性話語權，又如何維護男性話語權。與其他範疇的翻譯不同，性別視點的差異可以影響翻譯，有心的譯者往往利用翻譯，來操縱性別所帶來的不同立場。這一章足以見到劍雯的用功之深與用力之勤。

劍雯的論文尚未寫就，我就離開中大去幫東華三院成立新的學院。多少次夜裏看稿至三更，清晨再與她在火炭火車站露天的長椅上討論。冬日的風從不止歇，我們也不覺得冷。最後總是劍雯送我搭車，一起坐到或站到旺角。老遠看着我出閘了，她再回頭返中大。

劍雯的論文得到委員會的一致讚賞。畢業後她也拿起木鐸，在香港樹仁大學為人師表。如今看見論文變成了書，劍雯再次待發清曉，我心欣然。

二〇一六年七月三日於東海

百刻旬踏

　　今年鳳凰花開的時節，一年多前的暑假參加「百刻旬踏」的同學差不多都要畢業，我們兩位曾經隨行的老師，近日與他們在麥當勞相聚。笑談之際，想起這二十一位同學當時為慶祝東海大學一甲子的校慶，騎着腳踏車完成了一千二百公里的壯遊之旅，追本溯源，在十三所東海前身的基督教大學中，參訪了六所。而我在七月底，與他們一起走訪了三所：四川大學、華中師範大學、南京大學。

　　「百刻旬踏」的活動是同學自己命名的，意謂着雙腳踏上單車，紀念並祝福屆壽六旬的東海；同時連結百種時刻，追尋東海最早的辦學理念，是如何繼往開來，在大度山上建立起一所獨一無二的全新大學。或者也可以說，是在特定的時空涵泳出一種獨特的氣質。他們給這個尋根的活動也起了英文名，叫「Tunghai Bikers」，這單車手正好也是「百刻」的諧音。

　　我所陪同的一段，是旅程的開始，我們從桃園機場直

飛成都，再從成都到武漢，然後在漢口坐動車到南京。七天裏一直與大家在一起，自朝至暮，漸覺熟稔。所謂大家，是十三位男生、八位女生；或者説十五位台生、六位陸生。每天早晨在不同的餐廳見面，且同檯吃飯、説話、噓寒問暖。

在武昌時老是下雨，而隨時有傘送來遮頭；也有男同學主動要為我揹書包。在漢口車站等車，女孩子拉着我先去上洗手間，再去買要在火車上吃的晚飯。偌大的車站，萬頭攢動，我竟然開始享受年輕學子的照顧，而不覺車馬驛站的匆匆。難忘的時刻有楚河漢街的冰淇淋，有穿着一式一樣的馬球衫，有那種來自同源、一起探索的感動。

最重要的是參觀校史館。我一向以為這幾所前身大學與東海的關係，主要是在於基督教的信仰。實地訪查才知早在民國成立前後，原來以舊學為主的書院與西洋教會創辦的學院以各種方式合流。一九五〇年代初期，在大陸高等學校的院系調整之後，院校的兼併與改名變得十分複雜，我很難追得上各種變遷的軌跡。但我們參訪的幾所校史館，展覽的文件圖表，清楚羅列出大學的前世今生。比如南京大學就有兩個校史館，一個在鼓樓校區，金陵女子文理學院的舊址在此；而在仙林新校區的，則稱檔案館。仙林校區西門門樓的正面刻着「南京大學」，另一面則刻着「中央大學」，與東海有關的則是原金陵舊址的那部分。

負責攝影的同學在幾個校史館裏逡巡，我看見他們用

影像紀錄歷史的細節，也從數位照片上看見他們對校園草木風雲所產生的美感經驗。舊建築斑駁的光影流瀉出歲月的痕跡，而年輕熱切的臉龐閃耀着青春的光彩，真是美麗動人的對照。大家對文物的專注、對檔案的留心，使我在這些學生的身上，看到未來可以開展的格局。而這些學校其實可以視為東海的前史，而非東海的前身。幾個學校的交流與座談，皆由學生自己主導，在博雅教育的基礎上，分享築夢的理想與抱負。

離開南京之後，這些學生幾乎連續騎行了十八天，才到達終點的北京大學。中途有過下山發現是錯的路，而必須再度逆騎上山。他們是跌跌撞撞、一點一點騎過小天下的東嶽泰山的。我很想跟這些學生說：未來是你們的，舞台快要亮燈，你們即將上場。能在你們的人生中瀟灑同行一小段路，成就我腦中心裏一個快樂的記憶，也在一甲子光陰流淌的校史中留下了永恆的畫面。等你們各奔前程，也許在哪一個日麗風和的春秋佳日，在哪一個靈光一閃的瞬間剎那，會忽然想起我，想起我說過的任一句話，不論那時我身在何處，你看見陰影時，一定會想起陽光；而風呢，不論從哪一個方向吹，你也一定會聞到花香。

二〇一七年四月十七日於東海

第四輯　此生一諾

文學是甚麼？

這些年諾貝爾文學獎好像都是十月八日宣佈，或說與那些科學獎同一星期公諸於世。八日晚上我想到這件事，就直接上瑞典學院的網站去查，才知今年是十三日公佈。當晚我想起來時已經十點，即刻去查。會是村上春樹嗎？會是阿多尼斯嗎？還是喬伊絲‧卡洛‧歐茲？

啊！都不是！竟是頒給前些年得過格林美終身成就獎、名字已進入搖滾名人堂的創作歌手卜戴倫（Bob Dylan）。

瑞典學院把獎頒給戴倫，說他在美國歌曲的傳統上創造出新的詩歌表現方式。也許這樣歌詞（lyrics）這個字就回到它本來的意義，是詩，或者說歌即是詩。因為這個字本來就從戴着桂冠的阿波羅的七絃琴而來，只是戴倫改用六絃的吉他。

但畢竟引起爭議了。倒沒有甚麼人質疑戴倫的成就，反而是因音樂人得獎而困惑。難道文學人都不配嗎？好像比

文學獎從缺更讓人難過。

十三日當天，英國廣播公司網上文化版有一篇文章，在戴倫的肖像下寫上文學／流行音樂，標題是：十二位詞曲創作者，個個都值得頒一座諾貝爾文學獎。文章的引言又說：一般得獎的都是小說家、劇作家或詩人，現在詞曲創作者的卜戴倫得了，未來還有誰可能得獎？

文章的作者海德爾接着提到，瑞典學院的常任秘書說：「如果回顧歷史，你發現荷馬與莎孚以詩寫成的文本本來就是為了聆聽，而且要以樂器伴奏來表演。戴倫正是如此。我們現在仍在閱讀荷馬與莎孚，而且享受這樣的閱讀。戴倫也是如此。他的作品也可以讀，也應該讀！」這樣幾乎是說戴倫根本就是嫡傳的吟遊詩人。

我想起中國的詞曲傳統，在大部分的音樂亡佚之後，我們其實讀的是文本，不用說精通音律的李後主、李清照、周邦彥這些詞家，就連蘇東坡的詞，不論短如〈浣溪沙〉、〈菩薩蠻〉，還是長如〈念奴嬌〉、〈水調歌頭〉，都能從平仄的曲折感受到音樂的回聲。當然詞牌、曲牌是固定的，文字的部分要更獨立些。

十二人的名單裏有肯伊．威斯特（Kanye West），嘻哈饒舌者算文學家嗎？但是也有史蒂芬．桑漢（Stephen Sondheim）。他得過東尼獎的戲劇終身成就獎，也得過普立茲戲劇獎。我個人非常喜歡桑漢，他的音樂劇讓我震撼，歌

詞之功絕不可沒。對桑漢與戴倫這樣的人來說，也許音樂加深了他們文字中的信息與人生的經驗，使文字的表達更為明顯，而並沒有為了突出音樂，而讓文字妥協。就好像戴倫自己說的：「我先是個詩人，其次才是樂人。」

有很多文學家讚賞諾貝爾委員會這次的選擇，比如魯西迪（Salman Rushdie）。他認為我們生在一個偉大的詞曲創作歌手的時代，而站在極峰的正是戴倫。文學的疆域不斷地擴展，他很高興諾貝爾獎有此認知。事實上，哈佛大學有一門開給大一學生的討論課，叫做「卜戴倫初探」（Bob Dylan 101），任教的湯瑪斯教授（Richard Thomas）自己是世界級的維吉爾專家，他不只把戴倫的歌放在流行文化的語境裏，而且放在古典詩的傳統中。

去年的獎頒給了以專訪為主的報導文學，今年為甚麼不可以頒給可以唱的詩呢？何況每次讀那些歌詞，都能體會出新意，從少年到中年，陪伴我們在吟詠中優雅地老去。

二〇一六年十月十七日於東海

看書

之藩先生生前喜歡看書，看累了就出去轉悠，再回來繼續看。在香港時，他每天除了到山上我的辦公室坐坐，就是下山搭地鐵去沙田。年紀大了，沒有精力去旺角的二樓書店尋書，就在沙田新城市廣場的商務印書館流連，順手買幾本書。每天都買的結果，我們家的書堆滿了書架，又堆滿了書桌，最後只有沿牆堆疊。

陳先生過世後，我看着滿坑滿谷的書，不知從何收拾起。從此不太敢大量買書了，卻懷念起每天看新書的快樂。所以兩年多前搬回台灣，咬牙把所有的書都運回台；一年多前，又結束了美國的家，也是一咬牙，把書全運回來。心想，書再多，也就背着罷，像蝸牛背着牠的殼，因為我怕隨便一扔，就找不回來了，何況最傷的一定是陳先生的心。

電腦的普及使看書的人逐漸減少，原以為工具的改變只是讓紙本書換成電子書罷了。哪裏知道目前的情況是看電子書的人沒有增加，而出版業卻日趨蕭條。

從前讀《史記》，因李斯獻策愚民，而有始皇焚書之事，天下有藏詩書百家語，均付之一炬。唯有醫藥、卜筮、種樹、律令之書得以倖免。之後劉邦入咸陽，人人奔走於府庫之間，搶奪金帛財物，只有蕭何屬意於秦室的律令圖書，載之赴漢中。項羽入咸陽時，燒秦宮室，大火三月不滅，文籍圖書均難逃大劫。博士與民間所藏，亦皆化為灰燼。

秦末有項羽火燒咸陽，漢末又有董卓火燒洛陽，焚城之際，王允把石室、蘭台、東觀、宣明這些文館的藏書用七十餘輛牛車隨遷都之議，烽火中運到長安，沿途典籍散落，至於湮滅，最後到達長安的，也不過一半。

書籍之毀易，書籍之存難。除了水火戰爭之災厄，還有許多不可知的因素。父母渡海南來，千辛萬苦馱着走難的那幾箱書，白螞蟻吃了許多，蠹蟲也蛀了不少。我記得那些粉末，也記得那些窟窿。最後只剩下一架子書，擺在日式房中客廳的壁龕。因為是凹進去的特殊空間，我小時候偏喜歡坐在那裏，隨便拿本書看，一看就可以看上半天。有三本書擺在一起：《三字經》、《千字文》、《幼學瓊林》。小學時看了詹姆斯·狄恩（James Dean）的《養子不教誰之過》，這名字使我立時想起「養不教，父之過；教不嚴，師之惰」的句子。後來去美國念書，才留意到這電影片名是 *Rebel without a Cause*，想起電影中被家裏忽略的少年撞崖而死，他躺在地上，腳上穿的，是兩隻不同顏色的襪子，還曾難過

了許久。

《千字文》該是四字經了，一韻到底，念着可過癮了，尤其是開篇的格局：「天地玄黃，宇宙洪荒。日月盈昃，辰宿列張。寒來暑往，秋收冬藏……」還有兩本舊卷，我經常摩挲在手的，一是《千家詩》，一是《白香詞譜》。那時候還不知道甚麼是詞，「西風殘照，漢家陵闕」已經朗朗上口，獨立蒼茫之感，也已然上心。

然而，這些書在歲月的淘洗下，終不知是在哪一個人生的站頭失落了。

二〇一六年五月四日於東海

閱讀

　　聯合國教科文組織在一九九五年將四月二十三日定為「世界圖書與版權日」，也許這個名字有點長，一般似乎都簡稱為「世界書香日」，或是「世界閱讀日」。若要不違設立這個日子的初心，還是暫用這原名罷！

　　選這一天，說是因為一六一六年四月二十三日，西方有兩顆文學巨星殞落，一顆是莎士比亞，一顆是塞萬提斯。其實那一年，東方也有一顆巨星殞落，叫湯顯祖；不過是在下半年的七月二十九日。

　　既談閱讀，當要說書。想起四年多前過世的美國科幻小說家布萊伯利（Ray Bradbury, 1920-2012），他最重要的一本書，就是《華氏451度》（*Fahrenheit 451*），正是書籍紙張的自燃點。他說，此書是根據人類焚書的事實，以及他對人類焚書之恨而寫。

　　這本科幻經典屬反烏托邦小說，是布萊伯利在洛杉磯加州大學的圖書館，以每小時兩毛錢租來的打字機，在九天

內，用手指在鍵盤上一字一字敲打出來的，一共花了九塊八毛錢。此書的結尾描寫在核子武器的攻擊下，一切都已毀滅，主角再從全然的空茫中記起了他一直想不起來的《聖經》片段。這一文明重建的開端，可與秦皇焚書之後，伏生講授《尚書》之事作一對照。我自然也想起布氏說過的一句話：「你不需要以焚書來毀滅文化，你只要教人不看書就行了。」真的，就算書搶救下來，或再印出，但沒人看了，又當如何？

大文小學時，學校圖書館用了一個好玩的方法籌款買書，就是開列一個長長的書單，全是新出的繪本，任由家長認書付款。我想起之前從圖書館借出的 *The Polar Express*（《北極特快車》），每一頁都是滿滿的一幅圖，上面只有幾個字。讀書於我成了新的體驗，我們一頁一頁靜靜地看，讀字也讀畫。所以這次也一起挑，最後選了 *The Whale's Song*（《鯨魚之歌》），竟是最貴的一本。

幾個星期之後，大文把新書帶回家，興高采烈地說，選書的小孩可以當全校的第一個讀者。我又跟他一起看，讀字亦讀畫：小女孩將一朵黃花投入海裏給鯨魚作禮物，鯨魚以整夜的歌聲來回報。那幾天連我的夢裏，都是藍色的海洋與在月光下躍出海面的鯨魚，我的耳邊彷彿也縈繞着他們的歌聲。這樣的場景如今仍不時出現，間中也會聽到坐着聖誕老人雪橇從北極回來的小男孩在搖着他的鈴。這樣的書讓人

在紛亂的人世，守住純粹與天真。

講魔法的書我並不是特別偏愛，也不能算是《哈利波特》的書迷，但那些年不論是在香港，還是在波士頓，《哈利波特》系列出版時，半夜大排長龍的盛況，我都耳聞目睹。羅琳使大人孩子回歸閱讀，哪怕是幾百萬字也無人嫌多。

《華氏451度》原書是一九五三年出版的，是布氏在麥卡錫主義處置異議份子的陰影中與新興電視娛樂的衝擊下完成。焚書之為一種象徵，他當下的恐懼直指未來，但所憂之事並未發生。之後，至少在自由世界，毀書、禁書之事漸少，民智乃大開。可如今放眼國際，不看書為另一種象徵，是自動棄守知的權利。民粹意識的崛起與網民手機的流行似乎又朝向布氏所擔憂的方向。毀書、棄書皆言禁，如此再無以論慎思與明辨；即使有看法，是天翻地覆，是傷春悲秋，亦無以言說，無從表達。

一本書是一扇門，是通往秘密花園的小徑，是通往洞天福地的山溪。法蘭西斯培根曾說：「有些書應淺嚐，有些應狂吞；但只有少數的書應細嚼慢嚥、全面消化。」現代的圖書館已不是藏書室，除了讀書、讀畫，可以閱讀電影；若以書或畫為素材轉換媒介，可以討論轉換時的取捨與表達的相異。從文字到畫面，到視覺影像；從靜態到動態，到數位閱讀；從虛擬實境、擴增實境，可以分析真假虛實的邊境與

界線，想想人類究竟要往何處去。

　　此文是我《中國時報》「三少四壯集」專欄的最後一篇，回想這一年的散文作品，竟然以〈看書〉始，以〈閱讀〉終，成就了一個圓。日子既巧落在四月二十三日，說到書，謹以此篇遙祭終身奉獻於出版大業的三民書局創辦人劉振強先生。

二〇一七年四月二十三日於東海

乍見翻疑夢：
曲潤蕃《走出魘夢》序

　　曲潤蕃是這本《走出魘夢》的作者，他是先夫陳之藩先生在美國休士頓大學執教時的得意門生。多年前我在波士頓見到他時，他已是惠普公司實驗室的傑出工程師。陳先生說到潤蕃時，除了誇他聰明之外，對他沒有完全專注於研究工作，總透着點遺憾，認為他的原創能力遠超乎他在惠普的成就。我總笑他說幹嘛非要人人都去做研究不可。後來我跟陳先生在賭城結婚，他竟做了老師的伴郎。我們去加州看他們夫婦時，曾鬧着一起包山東大水餃來吃，哪知他包得又快又好，一人包辦了。

　　陳先生過世不久，潤蕃說他打算要退休了，因為有一本書要寫，這書若寫了，陳先生會非常高興。我說：「那你趕快寫罷。」雖然我完全不知道他要寫的是怎麼樣的一本書。後來我離港返台，行色匆匆，沒有來得及告訴潤蕃，兩年後突然接到他打到東海大學的電話，才知他回台探視弟妹，又打聽到我已離港，於是返美前寄了新寫的書稿給我。

沒想到這書稿拿起來就放不下了，憋着一口氣一直看到天亮。認識潤蕃少說也有三十年了，但怎麼都想像不到幾十年來他心中竟埋藏着不忍回想的過去，也許陳先生略知一二，但從未轉述過他的心事。所以我讀此書，是在驚訝裏開始，在震撼中結束。

潤蕃開宗明義說這本書寫的是三個女人的故事，這三個女人是他的二婆婆、婆婆與媽媽。二婆婆是潤蕃爺爺的二嫂，與婆婆二人在中共土改清算鬥爭時先後被活生生地打死。第一人稱的敘述回到他的童年，從第三章開始到全書結束，則聚焦在第三個女人，也就是潤蕃母親的一生。這三個女人的故事纏繞在潤蕃的靈魂深處，糾結在他的腦海。從大陸到台灣，再從台灣到美國，如影隨形，成一永遠醒不過來的夢魘。這個夢魘是他個人的回憶錄，而在挖掘回憶的過程中，他重建一幕幕令人腸斷的場景。

在二婆婆、婆婆死於非命之後，潤蕃從他的老家山東牟平縣城南四十里的韓家夼，寫到投奔的煙台，再到搭船去的青島，暫留的靈山島，最後在大風大雨中到了基隆。在這十二章的敘述裏，潤蕃的筆彷彿浸着淚，百般憐惜地看着他的母親在倉皇中對付排山倒海而來的難題。因為罩着一層回憶的薄霧，哀傷的調子有了淡淡的朦朧；或者是不堪回首的細節，或者是莽莽歲月的淘洗，敘事上偶爾顯出斷裂的痕跡。但我在閱讀的過程中，總是因意想不到的轉折而膽戰心

驚。身為女子，設身處地對照前代女性的處境，風起雲湧，很難不興感慨，許多情節於我甚至是痛徹心扉。第一件事是生於一九二一年的潤蕃母親，纏纏放放了幾年腳才鬆開，而我母親生於一九一七年，居然逃過了裹腳的命運。不知半大腳的女子，是如何牽着稚齡的兒女在雲草蒼茫的鄉間跋山涉水地逃亡的。

第二件事關乎女童教育。潤蕃母親因是左撇子，説是誤信用左手在學校會挨打，嚇得不敢去上學，因而錯過了問學、讀書和寫字的機會，成為她終身的遺憾。雖説是誤信，我相信當年民智未開，絕對發生過這樣的事。之藩先生也是左撇子，但他用右手寫字，所以我並不知道。直到一次偶然坐在他左邊吃飯，老是撞到他，才注意到除了寫字，所有的事他都用左手。為了用右手寫字，不知挨了他父親多少打。我們對所謂不同的人，一律視為不正常，這是多麼粗暴啊！

第三件則更令人心痛了，是潤蕃平靜地寫下自己母親為了不讓子女遭活埋而情願被逼改嫁，後來還懷了別人的孩子。這麼曲折的段落，潤蕃只是幾筆白描。父母重逢時，母親挺着大肚子，父親不自覺地皺了眉頭；爺爺對母親説，孩子不一定要送人，曲家可以當自己的養；有熱心的老太太，為尚未出生的孩子找一個好人家；母親生下了孩子，是個兒子，但母親不要看；孩子送走時，潤蕃記得他紅彤彤、胖嘟嘟的小臉；幾十年來，他在心裏為他祈禱，祝他平安幸福。

亂世人情，我們看到了無奈，也看到了寬容。〈不要看〉這一章，在我的心裏低迴往復許久。

全書共三十一章，第十五章記載了潤蕃一家經台灣到海南島暫住，第十六章則是從海南島再回到台灣。前一半的主軸是逃難，後一半就是在台重新建立一個家。

從海南島到台灣，是軍隊移防，不是撤退，在新的土地上適應新的環境，仍然艱苦，但調子已是拓荒，不再是逃生了。潤蕃從小學到初中，到高中，到大學，他寫苗栗，寫新竹，主要是民國四十年到五十年這一個十年，但依舊是亂離人生。不論悲欣，日子總是往下過，而在後面頂着房樑不倒的是母親，僅為全家吃飽就耗盡了心神。然而在潤蕃的教育上，她取法乎上，她的眼光成就了他的人生，而在從大陸到台灣、從流亡到定居的這一段旅程中，母親幾次面臨重大的抉擇。在生死存亡關頭，她永遠選擇與子女同在，任憑個人的屈辱變成了永恆的傷痛。在不可扭轉的命運底下，她畢竟沒有放過自己，為夢魘的網罟所糾纏，在一九六三年上吊身亡。我們也許可以說，母親所承受的，超過了一般人所能承受的，願這份情操能對人性的黑暗稍作救贖，只是以一弱女子而擔如此之重負，讀這位母親的故事，常因忍不住而潸然淚下。

想起陳先生吃飯特別快，而我特別慢，如果吃飯還講話，就更慢了。陳先生總是說：「不是你慢，是我快，你慢

慢吃，別嚙着了。」之後，總是再加一句：「除了曲潤蕃，沒人更快。」尋常言語，跟陳先生一起生活之後，忽然有了不同的意義：他吃得快，是曾經長期處在飢餓的狀態。這發現使我心痛得不得了，千山萬水，現在更明白了潤蕃所慘然經歷的，他母親所拚命維護的，只不過是人的基本生存權利而已。這也許是潤蕃在休士頓大學讀書時，與陳先生在師生之情外，另外建立起的一種特殊情分。

流亡的過程中，不論是在等船，還是到了港口卻不准上岸，任由風吹雨打的凌虐，潤蕃在書中一一呈現。我又想起在波士頓時，與陳先生在地鐵紅線的轉車大站——公園街站——換乘綠線。綠線有四條支線，但是在同一站頭等車。我問陳先生：「我們去哪裏？」他說：「看甚麼車來再決定。如果 E 車先來，我們去美術館；如果 C 車先來，我們去看電影。」當時覺得真是浪漫極了，日後卻悟出是逃難的旅程在他身上烙下的傷痕，不管目的地，有車即上，抗戰時陳先生就是如此逃到大後方的。

二戰結束之後，有多少人來不及復員還鄉？有多少人還鄉之後，又再流亡？又有多少人一直在淪陷區，後來又落入中共的手裏。我母親在大陸懷的我，大着肚子在海上顛簸了多少日夜，才在南台灣把我生下。至於爸媽怎麼從南京到廣州，再在基隆下船，最後在屏東住了下來，所有的細節我都不知道，他們在原鄉的點滴，也許就是幾張黑白老照片，

以及一口陳舊的樟木箱。

　　潤蕃比我只大八歲，但我一落地即屬太平世代，一方水土養一方人，我十五歲以前都在屏東：屏東醫院、勝利托兒所、中正國校、屏東女中。雖然學校集體打蛔蟲、治痧眼、清頭蝨，但生命都在穩定的狀態，不像潤蕃斷手、又得瘧疾。這些我都不知道，不知道就好像這些事都不曾存在過。我是在他的一字一句間，彷彿電影的鏡頭掃過，而親眼目睹了一個兒童幾次在生死線上的掙扎。所有的拼圖碎片加起來反映了一個大時代的悲劇，潤蕃所寫雖然只是其中一小塊圖片，但是多少補上了我出生前的一段歷史。

　　不知道為甚麼，我比過去更常想起已在天上的父母，想起陳先生。我跟他們說話，複習他們人生裏的顛沛與流離。淚在眼眶裏蓄着，心中卻翻滾如浪花。深夜的東海校園，寂然無聲。昏黃的燈下，我想着他們。思念如流水，有時是溪澗，有時是江河，最後總化成大海。思念的潮水上漲、漫開，我的心越發溫柔起來。對此人間世，因為理解而更加悲憫。

　　潤蕃的母親沒有走出那個夢魘，我感同身受，在字裏行間靜靜陪着走過了這一段旅程。孝順的潤蕃亦在夢魘纏身下赴美留學，繼而成家立業。這血淚，六十多年後，一滴滴從他的心、他的筆滴下，凝結出這本書。潤蕃，你已為自己的手足以及下一代開展了可以自由生長的空間，在新世紀裏

做着新的夢，而眼前之夢的甜美轉換了昔日的憂傷。你二婆婆的、婆婆的、母親的悽愴悲涼業已化成文字，留下了永遠的紀錄。她們在困境中的勇敢，因你的愛而寫入了家族史。江海一別，幾度山川，如今，我可以想見你每天清晨在鳥鳴聲中醒來，沐浴在加州的陽光裏。好風好水，陰影終究是散去了。

二〇一五年十一月十二日於東海

林獻堂環球遊記

中秋佳節雖說莫蘭蒂颱風要來，結果台中無風無雨，中天一個大月亮。月色有些朦朧，因為不敢期盼，反倒衷心感動起來。

之前住平房，月在林梢；如今住高樓，不必登高，即可望遠，月又更近了些。月光從四扇大玻璃窗流瀉進來，我在燈下看《林獻堂環球遊記》。身體抱恙，活動自然受到了限制。是因為不能出門而看遊記嗎？

天下雜誌去年新版的《林獻堂環球遊記》，把獻堂先生與兩位公子自一九二七年五月起一整年的歐美遊歷紀事，共一百五十二回，重新整理成十二章。從章目即可看出他在八十八年前計劃的眼光與規模。全書起於基隆，終於橫渡太平洋東返舟中。中間十章涵蓋英國、法國、意大利、德意志、丹麥、荷蘭、比利時、西班牙、瑞士、美國。書中所附地圖，呈現出他們的環球足跡，在二十一世紀的今日，仍令人歎為觀止！我想以第十一章〈美國見聞錄〉為例，來談談

獻堂先生的遊記。

這一段旅程他與次子二人，乘船由巴黎渡過大西洋到紐約。風潮險惡時，他們暈船至無法起身；船身搖晃稍弱才能盥洗更衣，亦始留意到時差之別。

過海關的情況與今完全不同，現在核查身份的是移民局的官員，當年獻堂先生用關吏二字。這些關吏在紐約港外由小汽船換上大船，先查船員，再查乘客。所查旅券，相信是類似護照的證件。他們以檢驗支那民族旅券之人未至，船靠碼頭許久仍未許入關。不知旅券的文字是哪一種？如果不是英文，難道是中文？甚或日文？另有一事，也讓我戚然，即他們上岸時被誤認為船員，遭索上陸證。也許是除了賣豬仔、做苦力之外，中國人中罕有旅客之故。

林獻堂眼界恢宏，他的觀察都落在中西制度與文化的不同。近一世紀之前，我們對世界的背景知識仍然相當貧乏之際，他卻有絕對獨立的見解與相對持平的看法。

譬如遊華府。他參觀白宮，說室中沒甚麼特別裝飾，論美麗宏大，不如台灣總督官邸多矣！他說：「共和國之元首，自居為國民公僕，不敢絲毫自侈，以示尊嚴，有此美德，令人不得不歎羨平民政治樸素之風，其所謂平等，真乃實行而非徒作美名也。」其實白宮一詞是誤譯，其本義只是一所白房子，與白金漢宮在概念上是完全不同的。對華盛頓紀念碑，他說建造之時，曾向世界各國徵石。各國贈石皆用

其本國文字刻銘，以讚揚美國國父。中國的銘文是：「華盛頓視陳勝、吳廣有過之無不及⋯⋯」獻堂先生近乎悲憤：「駐美國之使臣，不知美國之國情，實屬可恥，而不知建國之大偉人華盛頓，則尤為可恥，蓋彼僅識陳勝吳廣叛秦，華盛頓叛英，不過一失敗一成功而已，何其無智若是耶？嗚呼！一石雖微，而關於國家之體面則甚巨，豈可不慎之哉？」一九二八年他遊歷美國時，中華民國甫成立十多年，兩千年來的帝制已成與生俱來的習慣，而他卻有如此深刻的反省與觀照。

此外，獻堂先生有相當筆墨觸及美國的黑白種族問題，之藩先生五十年代留美時情況並不比二十年代好。金恩之後我以為至少天賦的人權在法律上受到保障，其意義也早成普世價值。但見諸近年美國黑人無故被殺事件所在多有，乃驚覺人權即使天賦，也要靠每一代人透過教育與學習來認知、來維護的。人性若此，即便做對的事居然亦是不易，絕不能視為理所當然。

夜讀遊記，竟是這樣嚴肅的話題。但看獻堂先生穿洲過市，娓娓道來，我到底沒有辜負這如水的月光。

二〇一六年九月十八日於東海

村上春樹的波士頓

以為自己已經向波士頓這個城市告別了，哪知村上春樹新的紀行文集裏有兩篇寫波士頓的文章，又勾起我藕斷絲連的情傷。這傷是對城市的、不忍思量的回憶。

村上春樹在波士頓近郊住過兩年，後來又住了一年，自然不是觀光客，但也不是常態的居民。我在波城住了十五年，又連續回去住過十三個暑假，當初是居民，以後就只會在夢中相見。斗轉星移，人事全改，我也會逐漸成為陌生人。

村上在波城的兩年，是一九九三到一九九五，我則是在一九九五年底去香港的。他喜歡慢跑，對波城的認識始於查理河畔的小徑 —— 他慢跑的路線，也是我散步的路線。

只是他從所住的劍橋跑向波士頓時，不知是否曾與散步的我錯身而過？在相同的時空，看見相同的風景，寫作於他是一種回憶，閱讀於我則是在作者的回憶裏又加上我自身的回憶，在他沿路所見再層層塗抹上我之所見。我忍不住

一邊看書，一邊發呆，一邊冥想。流光早隨逝水，一去不回頭。

新英格蘭的夏天其實很短，正式的說法是美國國慶之後六個星期，所以人人都在河邊享受陽光。八月底閒閒的風一吹，已見黃葉飄零。有人說地球上最美的秋日就在新英格蘭，漫山遍野的紅、橙與金、褐，陽光穿過葉隙時，美得只能是夢，每天散步就是踩在夢上。村上因為慢跑，我們因為散步，才會注意到水波雲影的形速變化，野花野草的開落枯榮，還有鴨群的悠遊來去。

著名的波士頓馬拉松，一般都在五月初，天氣和暖，大家捂了一整個冰雪頻仍的冬季，好像全都坐不住了，都跑到外面來。村上前後參加了六次，我不跑，但有好多次跟着大夥兒在市區號誌街沿線等比賽的人跑過，也總有熱情人家在路邊準備好飲料招呼跑步的人。觀賽之處，已近終點，加油的聲浪此起彼落，我屢屢感受到城中熱烈的氣氛。二〇一三年的恐怖爆炸事件，我人在香港，難受得一路打電話給在加州的孩子們，而他們則轉述兒時玩伴面對驚恐的堅忍與頑強。一直到波士頓美術館宣佈免費開放給波城的居民參觀，用藝術來療癒，我才緩了一口氣，落下淚來。這就是我的波士頓！縱然在千里之外，依然為之牽掛與神傷。

芬威球場是波士頓紅襪隊的主場，地鐵綠 D 線的一站，離我們住的地方不太遠，散步很容易就經過那裏。這個

全美最老球場，造型古怪，外野有名為綠色怪獸的全壘打牆，但波士頓人就是愛它，隨時都準備好搶接飛進觀眾席中的球。村上春樹提到紅襪隊與紐約洋基隊的瓜葛，我有一次在巴黎鐵塔下遇見兩個高中剛畢業的紐約男孩，聽說我剛從波士頓來，即刻跟我打聽前一晚紅襪對洋基的比賽誰贏了。我說洋基，把他們樂得甚麼似的。如果你想知道波士頓人怎麼瘋紅襪隊，有一部電影叫《愛情全壘打》(Fever Pitch)，你非看不可。有影迷說電影拍得不錯，十分可以拿七分。但接着又說，如果你是紅襪迷，可以加一分，如果你是洋基迷，則可減兩分，有這樣誇張的嗎？

村上又說波士頓人忽然想喝一杯咖啡時，似乎更喜歡去甜甜圈店，而不是星巴克。星巴克開始由西雅圖進駐全美咖啡館時，波城人是捧一家叫 Coffee Connection 的小型連鎖店的。所有注明產地的咖啡，比如來自哥倫比亞的，來自辛巴威的，來自爪哇的，我都是在那兒先嚐到的；我們一直撐到星巴克買下了 Coffee Connection。其實我對星巴克也沒甚麼反感，但後來真的改喝甜甜圈店的咖啡，也說不上為甚麼，也許就是反映在我身上的波士頓城市個性罷。村上說在紐約或東京，他不時要喝杯星巴克，我回台以後，很奇怪，倒是喝起小七的城市咖啡了。

二〇一七年三月五日於東海

星塵

　　自從有了陽台，夜晚總忍不住上那兒去看星星。沒有霧霾的日子，倒也看得見繁星點點，但似乎沒有兒時顯得晶亮。

　　爸爸曾一手牽着我，一手牽着妹妹在晚飯後去散步。散着散着，就往屏東機場的方向走，越走越空曠，滿天星斗好像都垂掛了下來。後來讀老杜詩，正是「星垂平野闊」那一句。爸爸教我們認銀河，也認星座；認北斗，也認獵戶。《古詩十九首》裏有「迢迢牽牛星，皎皎河漢女」，也有「玉衡指孟冬，眾星何歷歷」。認識星座，好像讓希臘羅馬神話裏的神祇都立體起來了。

　　最近得一精裝小書，不到一百頁，真的是小書。封面黑底金點，裝幀有如詩集。乍看來，是黑夜裏的星空，其實每一個點可能不是一顆星兒，而是一個星系。書名曰《七堂簡單物理課》。雖直白，倒也老實，可惜少了些許詩意。只是原文如此，不能強求譯文。而念起來也不大頓得住，可能

還是得加回那個「的」字，即「七堂簡單的物理課」。

書腰上有一句宣傳詞：「意大利瘋狂熱銷，大勝《格雷的五十道陰影》。」二書南轅北轍，有些比擬不倫罷？何況這本小書非常好，廣告詞未免減色。不過另外一句「科學路痴的導航詩集」卻是名實相符；雖然下面那句「文學和哲學無法解答的問題就交給科學吧」有些武斷，科學也只能提供一種解釋，不可能給出一個涵蓋一切的完整答案。

小書作者羅維理（Carlo Rovelli）是意大利的理論物理學家，他曾在意大利與美國任教，現在則任職於法國艾克斯—馬賽大學理論物理中心。這七堂課包括了廣義相對論、量子力學、宇宙的架構、基本粒子、量子重力，以及機率和黑洞所釋放出的熱六大題目，加上「回歸自我」的結論。這最後一堂不是在講物理上怎麼看宇宙的性質，反而是觀照我們人類在其中的位置。

此書行文優美，是帶有詩意的散文。中譯本亦然，可謂自然且動人。也許有人認為每一題目加上插圖，不過十來頁，不能說有實質的內容。我卻覺得以科普書來說，這正是此書的優點。讓非科學專業的人能夠透過短小的篇幅、簡潔的文字來認識現代物理。雖然是淺嚐，但總可由此入門，或可隨緣深耕科學史上有意思的課題。

好像除了馬可尼、費米，我知道的意大利出身的科學家並不多。也許正因為羅維理的意國背景，他會留意到少年

愛因斯坦在意大利的快活日子，以及對他成為科學家的可能影響。我們一般總以為愛氏不是在瑞士，就是在德國，之後就是在美國了。

我忍不住要舉一個例，來呈現在南意卡拉布里亞省的孔多富里海灘，沐浴在充滿希臘風情的地中海艷陽下，羅維理如何因觸及「廣義相對論」的天機而激動莫名：

> 偶爾我會抬起頭，看着波光粼粼的海面，彷彿能看見愛因斯坦想像的那個時空曲率。如魔法一般，就像是有個朋友在我耳邊輕聲低語，說出了一個不尋常的真相，瞬間拉開遮蔽事實的面紗，揭露了其實非常簡單卻深遠的秩序。

羅氏視「廣義相對論」之能打動人心，猶如莫札特的《安魂曲》、荷馬的《奧德賽》、米開朗基羅繪於西斯汀教堂天花的濕壁畫，以及莎士比亞的《李爾王》。其意義在於這些作品「讓我們打開眼睛，以全新的視角觀看這個世界」。他甚至說空間和重力場是同一件事，可以由黎曼的方程式來表示，而這比「欣賞貝多芬絕美的晚期弦樂四重奏要省力」。

羅氏隨手捻來的例子不作科學與人文之分，或者可以說二者皆是文化的一部分。我對他的成長非常好奇，結果在《金融時報》八月的倫敦專訪中，看到他說的一段話：「意大

利文化最精彩的部分在於文藝復興傳統所強調的綜合能力，可以說是始於伽利略。意大利的一些文學評論家更深信伽利略是散文大家。歸根結柢，讀書人不論其專業為何，均應通曉各種文化。我絕不是唯一讀過希臘文、拉丁文和哲學史的意大利物理學家，但出了意大利，則極為罕見。」在閱讀式微的今日，毋乃令人深思。

　　讀完此書再仰望夜空，你相信人類與萬物一樣，是星塵組成的？

二〇一六年十月二十三日於東海

未為人所見所知：
美國太空總署的非裔女性數學家

　　去歲在維也納過的年，今年的新春假期人在台北，趕著去看了《關鍵少數》。因為喜歡，大文即刻去誠品買了電影據以改編的原著 *Hidden Figures* 送給我。原來上世紀六十年代，在美國與蘇聯的太空競賽中有這麼多非裔女性在美國太空總署工作，書與電影所表達的既是一段太空總署的歷史斷面，也是幾位美國黑人女性的傳記剪影。

　　電影片名與原著相同，都是 *Hidden Figures*，看來一語雙關，說的是隱而不顯的數字，也是晦而不明的人物。原著作者瑪歌・雪特利（Margot Shetterly）在書的致謝頁中特別提到，許多太空總署的檔案、當事人的家庭故事等其實多有公開，若說隱藏，不如說未為人所見所知。

　　雪特利自己也是一位非裔女性，一九六九年出生於美國維吉尼亞州。父親在太空總署從事科學研究，母親是漢普頓大學的英文教授。她的成長環境中所認識的許多人，皆與太空總署有關。二〇一三年她成立「人腦計算機計劃」，為

所有早期在美國太空總署及其前身的太空顧問委員會工作的女性數學家，以及被視為計算機的女性從業員建立檔案庫。繼之而有了這本書。

所謂人腦計算機是指頭一部龐然巨大、需要鋸門始得進入太空總署的 IBM 電腦正式運作之前在運算部工作的女子，她們用人腦、鉛筆與加法機來計算天文數字。電影聚焦於三位黑人女性：兩位在運算部，後來各有發展；另一位最後成了美國第一位非裔女性工程師。我想以運算部的凱瑟琳‧強生（Katherine Johnson）為例，談談她的人生。

凱瑟琳生於一九一八年，她在運算上的天分很早就被辨識出來，在校時她修畢了所有的數學，老師甚至為她開新的數學課程。十八歲即從西維吉尼亞州立大學畢業，一九五三年進入後來成為太空總署的太空顧問委員會，在女子運算部工作，主要是閱讀飛機黑盒子所記錄的資料，並擔負各種要求精準的運算任務。她是最傑出的一位，整個運算部門的女子都稱她為「穿裙子的計算機」。

由於她在解析幾何上的特殊能力，使她有機會進入幾乎全為男子的飛行研究部門，也從單純地接受運算指令轉進太空計劃的設計討論。一九六一年，她計算美國第一位太空人的太空軌道和水星計劃的發射時間，最精彩的是友誼七號計劃的太空人葛倫環繞地球時，美國第一次採用 IBM 電子計算機而非人腦計算機來計算，葛倫本人卻要求凱瑟琳核對

電腦的計算，否則拒絕進入太空艙。他當時說：「如果數字對，我即上路。」她用了一天半的時間來核實電腦的數字，這是人腦運算的極限，也是凱瑟琳的天才與貢獻所在。

電影集中表現六十年代這一段歷史，其大背景呈現了兩個重要的社會議題：我們在明處看到種族歧視，在暗處看到性別歧視。當時風起雲湧的民權運動底下，穿插着甘迺迪總統與金恩博士的演講片段，還有黑白之間各種莫名的惶恐與畏懼。凱瑟琳在這樣的氛圍中努力做最好的自己。身為女子，我最喜歡的一個家常細節是：她要跑半哩路去上廁所，因為在太空總署西區工作的黑人女子，只能去西區的有色人種廁所，當她換到東區的白人男子研究部門工作時，不能去東區的白人女子洗手間，只能穿着裙子與高跟鞋趕着奔回原來西區的廁所。主管需要她而找不到她時，才悟出這情況而親自打掉「有色人種」的牌子。

凱瑟琳今年九十八歲，活了將近一世紀。二〇一五年奧巴馬總統頒給她自由勳章，而太空總署也用她的名字為一新大樓命名。在那樣艱困的時代，她沒有一天不是一醒來就興奮地想着去工作的。雪特利在書的結語中說到：在黑白隔離政策與種族歧視為合法的年代，這些西區的黑人女子亦共同譜寫了美國這一首史詩。

二〇一七年二月二日於台北

科學與證據：
一樁學術事件

近日美國華府出刊的七、八月號《大西洋》雜誌（*The Atlantic*）有一篇文章，題曰「難以置信的傳奇：耶穌之妻」（"The Unbelievable Tale of Jesus's Wife"）。事關一片可能有一千三百年歷史的莎草紙殘葉，大概普通名片大小，雙面記載有十四行以古代科普特語寫就的一段話。其中的一句是「耶穌對他們說，我妻子」（Jesus said to them, my wife）；還有「她可以做我的門徒」（She is able to be my disciple）及「我與她同住」（I dwell with her）。

科普特語由古埃及文演變而來，目前僅用於科普特基督教會的禮拜儀式中。既是斷片，自然是不完整的。但現存古代手稿從來沒有提過耶穌結過婚，所以殘片的真偽就變得特別重要。若此手稿為真，必定撼動全球的聖經研究，尤其天主教新約是經由男性一脈而相傳的，從耶穌、十二門徒、教宗、主教、神父，一路到教區的信徒。如果耶穌結過婚，對象大概就是瑪利亞瑪達肋納（抹大拉的馬利亞），也就是

《達文西密碼》故事發展的基礎。

　　二〇一二年哈佛神學院的賀利斯神學講座教授，專研初期教會的凱莉‧金恩（Karen King），在羅馬召開的一個會議裏宣佈了殘片的存在。她在論文中稱此殘片為「耶穌之妻福音」，認為耶穌有妻，表示女子可為使徒，在宗教的辯論上，性與聖可以並存。一年半後又指出：這殘片的莎草紙、墨水等都通過了實驗室的各種測試，科學的證據雖不能證其為真，但也不能證其為偽。換言之，她是寧信其為真的。但是大部分的學者都懷疑殘片是偽造的，這是《大西洋》雜誌所以展開四年千里追尋、跨國探索的根本緣由。

　　雜誌記者反問自己：科學的證據說明了一切真相嗎？調查物件的來歷其實跟當偵探差不多，一定要追溯它的歷史源頭。這張莎草紙究竟是誰的？科學可以證明紙與墨確實來自古代，可是不能檢驗字句是否古人寫上去的。物件或可偽造，但歷史來源是無法偽造的。辨偽即求真，考信乃考疑，如此記者從美國到德國，又在華府、劍橋與佛羅里達州來回奔波，終於鎖定了莎草主人的身份，證實他偽造了文件的歷史來源。雖然他始終不承認自己偽造，雜誌的這篇文章把來龍去脈交代得清清楚楚，不由得你不信。其情節之跌宕起伏，往往令人瞠目結舌，比之於福爾摩斯探案，更加匪夷所思。至於他為甚麼要偽造，因為太複雜，可能只有靠自由心證了。

在《大西洋》雜誌鉅細靡遺的長文發表之後,《波士頓環球報》(The Boston Globe)六月二十一日的評論報道了金恩教授的回應:莎草殘片大概是偽造的,其他相關文件的歷史來源也都是偽造的。哈佛神學院的使命是:透過學術研究與生猛辯論以追求真理,所以神學院感謝大家的討論與辯證,就此輕描淡寫地結案。

哈佛大學賀利斯神學講座教授一席,是全美宗教研究上最富盛名的,也是歷史最悠久的講座。金恩是二九五年講座成立以來第一位獲此殊榮的女士。她一九八四年獲布朗大學宗教史博士,一九九一至一九九七年就任哈佛前,為西方學院宗教研究系主任與性別平等研究中心主任。這樣一位備受尊崇的宗教史與女性研究專家如何忽略了歷史的考證而落入只信科學證據的陷阱?

初期教會逐步成形時信徒間有多種觀點,而非以男性的觀點為主。尤其對耶穌生平與聖訓的看法常有不同,甚至彼此矛盾。在四世紀君士坦丁大帝把基督教立為羅馬帝國國教後,少數文本成為新約正典,其餘則視為異端。非正典中有關瑪利亞瑪達肋納為耶穌妻子與使徒的雙重角色,與金恩的研究興趣若合符節,也許因此一廂情願的熱情,竟化成學術上的盲點與誘惑。

二〇一六年六月二十七日於東海

蓄奴與哈佛的過去

二〇〇七年哈佛大學找到了新校長福斯特（Drew Faust），是一六七二年以來第一位非哈佛出身的校長，也是創校三百七十多年以來第一位女性校長，更是第一位在南方長大的校長。她在賓州大學修讀博士學位時，主修美國文明，論文寫的是「神聖圈：老南方知識份子的社會角色，一八四〇——一八六〇」。她專研美國內戰史，並在南方學術史及內戰中女性角色的轉變這幾方面開展了新的視角。在就職典禮上她說：「大學非關下一季的成果，更不是學生畢業時的成就。大學之道在於模鑄一生，在於傳承千古，在於形塑未來。」以四年的光陰打造一生的器宇與格局，這樣的高瞻遠矚來自校長不凡的氣度與胸襟！

我在校時哈佛有兩份最多人看的報紙，一是《哈佛公報》（*Harvard Gazette*），即校報；一是《哈佛紅》（*Harvard Crimson*），即學生報，名字出於代表哈佛的顏色，不是正紅，而是比較接近酒紅。理論上畢業了也就看不到學校的報

紙，當年誰能想像現在可以在網上看呢？原本隨意瀏覽，竟然在學生報上看到校長針對特朗普打算在今年的聯邦預算刪掉人文與藝術的研究經費而寫文章到《紐約時報》，她要求聯邦政府繼續支持這兩大項研究，因為人文與藝術「滋養我們的國魂」。

再看校報，更是嚇了我一大跳。躍出的標題是這樣的：「了解哈佛與蓄奴的關係」；副題：「在主會前的一場討論中，福斯特大聲強調要加倍努力以文獻記載大學過去最痛苦的一段歷史」。因為完全不知道來龍去脈，也從來沒想過學校與蓄奴的關係，我當下的反應是學校怎麼了？發生了甚麼事？

我們知道華盛頓的莊園蓄了大量黑奴，傑佛遜且與黑奴生了六名子女，當他在寫「人生而平等」時人的定義究竟是甚麼？他們兩位都善待黑奴，傑佛遜並讓子女脫去奴籍而成為自由人，但這些好像都是獨立事件，我的腦海中並沒有一個比較完整的概念，在文明演進的歷史中，人類的思想進程到底是怎麼發展的？

我回頭搜索會議的消息，才知道去年春天，福斯特投書《哈佛紅》，極力主張哈佛應該全面承認學校與蓄奴的關係。她是這樣說的：「過去不會消亡，也不會消失，它持續以各種方式形塑我們，以我們不應該想要抹去或忽略的方式。」也是在去年春天，福斯特校長偕同民權鬥士喬治亞州的眾議員路易斯一起為四位曾在哈佛校長官邸為奴的黑人刻

名揭牌。校長的行為與呼籲促使哈佛的雷德克里夫高等研究所出來主辦一天的研討會，就在今年的三月三日。

籌委會全由哈佛的教授組成，主要是研究歷史的、政府的、非洲與非裔美國史的專家。主題是「大學與蓄奴：為史所繫」。共分三部分：從美國國內看蓄奴與大學、蓄奴與哈佛、從全球看蓄奴與大學。大學這個字出現時，在英文說，都是以複數的形式。看來，十九世紀中期以前便已存在的西方大學，尤其是美國的大學，可能與蓄奴問題多有牽絆。

牌子所在的華斯沃斯堂，是哈佛第二老的建築，是在一七二六年特別為當時的校長華斯沃斯所建，而那四位黑奴則是在華斯沃斯以及繼任的霍立尤克校長任內，住在官邸為他們服務的。牌子的設立即是認可並尊崇他們對哈佛的貢獻。

校長在專訪中告訴校報的記者，紀念他們是正視蓄奴史的開始，唯有了解被奴役的人與蓄奴制度的體系，才可能真正認識美國的過去；而過去包括令人自豪的，也包括不令人自豪的部分。她又說，哈佛的蓄奴的過去，不能只是一個抽象的概念，而是有一字面上所標示的實際的意思，所以牌子代表了這段歷史在校園裏真實的存在。我也注意到整場談話中，校長在談及過去的語境中用「黑奴」（slaves），而談到議題時說「被奴役的人」（the enslaved）。

哈佛是美國最老的大學，我以福斯特校長為榮，以哈佛敢於面對一段不堪之過去的道德勇氣為榮，這樣探索而來的，是歷史的教訓，可以「滋養國魂」。也許我們也可以從這個角度去重新思考二二八。

二〇一七年三月十二日於東海

紀念沃克特：
終於回家了嗎？

　　三月十八日早上，大文對我說：「我有個消息要告訴你，你不要嚇到了。」我說：「快說罷，不然還真嚇到了。」他說：「沃克特（Derek Walcott）死了。」「怎麼會？他今年幾歲了？」「八十七。」我不禁陷入了沉思。九十年代初，他得了諾貝爾文學獎之後，我替《中國時報》寫了一篇文章介紹其人其詩，題曰〈詩在水上，不在山間〉。之後，又經常在波士頓的街頭看見他，他有時在一家叫做「大地圖」的餐廳吃飯，有時在街口的甜甜圈店買咖啡。也許活動的範圍相似，頻頻不期而遇。彼此看熟了，也會互相點頭，我遂送了一份《時報》給他做紀念。

　　既然喜歡他的詩，也就留意他的消息。得了獎，他仍住在原來的舊公寓，而把獎金全投放在自己五十年代已創立的「千里達戲劇工作室」。或許經費充裕了些，一九九五年他把劇團帶到美國來巡迴表演。我曾帶大文去看了他們在波士頓大學杭廷頓劇院的演出《猴子山之夢》（*Dream on*

Monkey Mountain）。

　　事前對這兩幕劇的劇情一無所知，在劇院現場的反應是最原始、最直接的。整個戲是一個夢，是一個一生獨自隱居在猴子山上的老者所做的超現實的夢。在夢裏他下了山，踏上去非洲的路。如何從一個加勒比海的小島去非洲，似乎不是問題，反正在夢中可隨意飛渡大洋。幕啟不久，他在市場的一場暴亂中醉酒鬧事而坐監，最後他傷了獄卒而逃了出來，卻只想回到猴子山上的家，不再想去非洲了。

　　整個戲糾結在「回家」這個主題上，究竟家在海洋中的小島，還是在非洲的大陸？小島是老者生於斯、長於斯的地方，非洲是他的原鄉。在尋覓家園的過程中，我們看到了殖民者的英國人對照着被殖民的西印度群島上的土著與被暴力拉離非洲的黑人，也看到在地與歐洲兩種文化的衝突。他夾在白人的祖父、外祖父與黑人的祖母、外祖母兩個虐與被虐的種族之間，而父母雙方自然也都是這樣黑白混血而生的。他的靈魂承受着不同層次的離散，在其深處呼喚着他不認識的遙遠的非洲。他的身份到底是甚麼？而認同又何在？

　　因為沃克特的辭世，我與大文忍不住回到那個年代，說起那戲來。現代劇的語言很少是以詩來表達的，而沃克特的戲可以稱為莎士比亞般的詩劇，也可以說是以戲劇形式表現出來的長詩；其語言充滿了力與美。

　　大文當時只有十三歲，未必能解劇中語言的精華，但

他卻記得那令人震撼的張力。他說：對他而言，可以用兩句話來表達：第一幕中主角哀悼好友之死時不斷重複呼叫其名的淒厲聲音，與第二幕中獄卒一面脫衣服，一面狂喊：「我是黑人，我是黑人……」（I'm black, I'm black...）。主角坐監時出現的殖民地獄卒是幫着殖民者欺侮被殖民黑人的黑白混血，但他深信自己是白人，同時嚴厲執行殖民地白人的法律。對黑白混血兒來說，甚麼是黑，甚麼是白，從一到另一，這認同上的分裂，打擊太大了。

所以沃克特在夢中又創造了一個夢，讓主角在這個「夢中夢」裏殺了一個美麗的白人女神，他描寫的女神是雪花、是百合、是月光、是白雲、是大理石、是海中的泡沫、是美白的乳霜、是文明之母，也是干擾黑色的因素。他又說，她是法律、宗教、紙箋、藝術的顏色。殺了她，就是殺了愛神、殺了聖母、殺了睡美人。她是癱瘓了你心智的那道白色的光，使你蒙昧不清。只有殺了她，才能發現黑色的美的深度，作者與主角一樣，是在對照中呈現這分裂之苦。

整個「回家」之夢其實是投射在主角身上、作者沃克特自己的夢。此劇的結尾是主角從「夢中夢」醒來之後，他有了一種內在的觀照，成了一個新的人。他悟出來，也是對我們觀眾說，他終於接受加勒比海社區多種族、多文化的性格，不要模仿白人，也不必回到非洲，蛻變之後，聖露西亞小島就是新的原鄉，可以安頓身心了。

二〇〇七年他退休回到聖露西亞，他所來自的地方。他說自己所感受到的愉快不能説是回家的興奮與鄉愁的舒緩，卻幾乎是一種惱人的感覺，好像永遠沒法弄對，只能一試再試。

在不同的時空回到原點，當然不可能是童年回憶的延續，正如他説的：「你不能自成詩人，你是進入一種情境，而那裏有詩。」正是因為回家，他寫了更多好詩。

二〇一七年三月二十二日於東海

此生一諾

　　近日在報上看到莊靈的一篇「舊影新看」，以一張黑白老照片來解說：民國三十八年故宮博物院的同仁在台中糖廠庫房狹窄的走道空間整理故宮珍藏的善本圖書。背景是層層堆疊而上的文物箱，幾位故宮舊人埋首書中，好像有人進來隨意拍了張照，大家低頭做事，無人面對鏡頭，所以看不清他們的面容。在送到霧峰北溝之前，台中糖廠的儲糖倉庫是文物從南京遷徙來台的第一個寄居之所，不用提九一八事變之後，文物如何離開北平，經上海、南京，再輾轉入川、入黔的。其間隨抗日戰情起伏而流離萬里，顛沛廿年。也曾在南京大屠殺前一星期文物上了火車，也曾在轟炸聲裏自重慶溯江而上樂山，更曾在茫茫大雪中翻越秦嶺；抗戰勝利後再跋涉迢遙，陸續運回南京。

　　這張圖片有一個標題：「為國寶奉獻一生的人」，一下敲中了我的心。在那樣簡陋的倉庫走道，他們低首斂眉，專心整理文獻。那種專注，在專業倫理之外，搶救國寶是胸懷

承先啟後的決心的。不然，文化斷了，無從飲水思源，無以慎終追遠，民族的根也就斷了。

想起筧橋中央航校校園裏有一銘石，上刻着校訓：「我們的身體、飛機和炸彈，當與敵人兵艦陣地同歸於盡！」當年進入這學校的青春少年以他們的汩汩鮮血見證了石上的字跡。碧海青天，這是他們的誓言，是他們的死生一諾。

我素來愛讀吳梅村詩，他最大的成就當在七言歌行，譬如〈圓圓曲〉，「慟哭六軍俱縞素，衝冠一怒為紅顏」是他膾炙人口的名句。可我偏愛的卻是一首小詩：

〈懷古兼弔侯朝宗〉
河洛風烟萬里昏，百年心事向夷門。
氣傾市俠收奇用，策動宮娥報舊恩。
多見攝衣稱上客，幾人刎頸送王孫？
死生總負侯嬴諾，欲滴椒漿淚滿樽。

侯朝宗即侯方域，他是吳梅村最好的朋友，也是《桃花扇》裏李香君最愛的人。明亡後，侯雖參加了新朝鄉試，卻仍寫信勸吳歸隱，並相約不仕清；吳覆信但言「必不負良友」，最後「為世所逼」，還是出山了。第二年侯方域即去世。「懷古」所念的古人是另一位侯生，是戰國時代魏國的侯嬴。侯方域與侯嬴均為今河南人，故梅村有此一喻。

中間四句全都是說侯嬴的，典出《史記‧魏公子列傳》。魏公子是信陵君，侯嬴是魏國都城大梁守夷門的小吏。夷門就是東門。因為信陵君禮賢下士，對守城門的侯嬴而言，視之為知我者。當秦攻邯鄲，信陵君欲以魏之晉鄙軍援趙，以解平原君之困。侯嬴為報知己，一助信陵君結識大力士朱亥，後朱亥為之椎殺晉鄙而奪其軍；二助魏王寵妃如姬報殺父之仇，如姬乃從魏宮中竊取虎符。二事皆成，信陵君出發救趙時過東門，侯嬴說自己應該跟從公子，但「老不能從」，算算公子到了晉鄙軍的日子，他乃「北向自剄，以送公子」。結尾的「死生總負侯嬴諾」一句，梅村回到當下。是說已逝去的侯方域也好，是說仍在世的自己也罷，他既辜負了對侯方域的夙諾，二人也都辜負了先朝的聖情，在兩千年前的侯生面前深感愧疚。

不論是在困境愁城裏傳承文化，還是在槍林彈雨中保衛疆土，甚至是「士為知己者死」的不二信念，這些人的價值觀不盡相同，然而皆能守此一諾，終身無悔。生命可貴，現代人當然不可輕言赴死，但燈下看報讀詩，乾坤朗朗，我為此種情操而怦然心動，而慨然落淚。筧橋諸人為國捐軀者眾，自屬千秋英烈。如今擔負文物南遷的故宮舊人如非油枯燈盡，便是零落成塵，他們存亡繼絕，寂然默然為文化留下一縷命脈，是另類的英雄！

二〇一六年十一月七日於東海

畫中遊

　　我是先喜歡上陳其寬的畫，後來才知道他是建築師的。所設計的路思義教堂，雙曲面薄殼聖殿，琉光釉彩，拱起朝向上蒼的一線天。巧拙之間，只能說是上帝透過他而揮灑出的神來之筆。自從兩年多前來到東海大學，天天從宿舍走到文學院，再從文學院走回宿舍，在他早期規劃的校園裏工作與生活。

　　走上文理大道，好像走在一幅長手卷上 ── 走過一座座小樓，恍如細讀一個個場景。在展開的橫卷上，感受他所構築的空間。當然，也可以說：向右看是一幅，向左看就成了另一幅。站在文學院的門樓前，暫時駐足向裏望，穿過三合院的小徑、迴廊，再穿越格子玻璃門，穿透辦公室的玻璃窗，依稀看見德耀路上搖動的樹影。對面的理學院往更深裏去，呈現的是不同的風景。再往前走，終點一定是圖書館了，象徵擷取知識的寶庫。聽說以前可以遙望中央山脈，那煙嵐縹緲，足以使人迴腸而盪氣。不論清晨，還是黃昏；平

時，還是假日；我經常在樹間漫步，感受到流動於不同空間的靈氣，好像其實陳其寬先生的魂魄從來不曾離去。

近來文學院與中文系合辦了一個畫展，只展出一幅畫，就是北美館所藏、陳氏一九八五年再畫的〈陰陽2〉，是我們建構綠色思維計劃中的一個子計劃，主題是人與自然。主其事的朱衣仙教授是另一位愛畫人，她把畫放大了五倍，複製了兩次，正反相貼，掛在林間，名曰：「畫中遊」。

傳統閱讀手卷的方式，本是一段一段看的，我們把它整個打開來，讓觀者隨畫作逍遙之遊，從月色在天到陽光滿湖，其間穿山越水，進入院牆，跨過太湖石錯落的小苑而登堂入室，在薄紗帳中見一美人春睡。再穿出掛着漁網與魚乾的庭園，來到水邊。我們的視點與腳步均隨畫面而移動，在挪移的空間中，日夜循環了，陰陽轉換了。這樣名為觀賞，實則遨遊，觀者因此而進入了另一時空。更因為此畫繞樹而綁，即形成另一曲折的空間，在本來畫幅的終點再轉向背後，又由日至夜，從太陽到月亮，如此周而復始，無有盡時，自然也不再是線性的了。

再者，因為放大了，又展開了，許多細節清楚浮現了出來：不同形狀的窗與門從不同角度構築出來的景深，創造出可堪對照的虛實。比如：院落中的兩棵芭蕉在相異的框景中坐實了他喜歡用的畫題「內外交融」，而几上之鏡映照出窗子的圓弧與牆頭的稜線。我完全可以想像並感受到其寬先

生作畫時運用幾何線條的快樂。花瓶與鳥籠與瓶形窗，茶几與書冊與太師椅，再配上地磚與窗櫺與遠山；直線與圓弧在唱和，方格與三角正對談，使我每作一次畫中之遊，就增加一些觀者之樂，宛轉流連幾至於忘返。

開幕前一天，在所規劃的小樹林間掛畫，竟然掛了五小時。巨幅的重量使畫的上緣無法維持平整的線條，總是向下垂墜。面對自然，地心引力原是如此真實的問題。此外，我特地去尋覓恣意慵懶在床的裸女，怎知那部分的正反兩面，都剛巧綁實在不同的樹幹上，所以兩面都看不到。這些意料之外的不完美，不知怎麼卻更增添了觀者與畫作在自然中多層次的互動，多少改變了原來的韻律與節奏。

畫既掛在林間，大地即為展場。它面對的是旅客來往的校友會館與學子穿梭的 7-ELEVEN 便利商店。下課時，熙攘喧嘩，所在多有，但面對此畫，卻突興「結廬在人境，而無車馬喧。問君何能爾，心遠地自偏」的詩句，好像此刻才真懂了陶淵明的此中真意。

開幕式才結束，我已經留意到東海校園的鳥兒已在畫上留下了造訪的痕跡。衣仙喃喃說着，要不要清除啊？答案自然是由它去。不想當天夜裏下了一場雨，即時洗淨了畫上的鳥屎與浮塵。幾天之後，冷鋒過境，一日間降了十度，寒意刺骨，而風聲淒厲。文學院與外文系正在文理大道上主導向莎士比亞致敬的表演，在鐘樓下朗誦美麗的十四行詩，還

有同學演奏、歌唱、演出《第十二夜》中的幾個場景。呼嘯的風為各種樂器流洩出的聲音加上了伴奏，尤其是管樂，天籟、地籟加上人籟，是讓我在特殊的環境中理解莊子嗎？還來不及多想，鐘聲響了，就在我們的各種音籟之上。我事前完全沒有想到這種即興演出的可能，而這鐘聲與樂聲，竟比任何時候都要來得悠揚，來得有情。我眼中盈滿了淚，心卻不由得飛向隔了一條街的畫去，一夜北風緊，牽掛不已的〈陰陽〉可安好？

第二天早上，天已回暖，風亦止歇，我送人到7-ELEVEN後面去搭電召而來的計程車上高鐵站，回來隔着馬路望見一女子坐在畫下，手邊一籃子線團。她低着頭，正專心織補着被強風吹斷的畫幅。我遠遠望着她，是衣仙，在巨畫之下，她像一個小女孩，那因專注而忘我的神情着實動人。我停了下來，站在小徑上，靜靜望着她。觀看的角度變了，樹幹成了畫框，原畫成了背景，她就是畫中人，在天地間，用卑微來補缺憾。我的眼中一時又盈滿了淚。

之後的幾陣疾風、數場大雨，我們的畫都沒有甚麼損傷。而不論是朝暉，是夕曛，還是日正當中，畫上光影的流動，均為此水墨設色的山水長卷帶來新的詮釋。原畫是陳其寬八〇年代在台北居住時追想自己四十年前對昆明滇池民居的回憶，如今東海的樹枝在微風的吹拂下為畫中山水加上新的維度，畫上拉不平的地方不時形成暗影，且隨推移的時光

而變換，觀畫的感覺又變成了進行式。畫裏畫外，虛實相間，朦朧的是想像，重疊的是感知，不知撤展以後，這畫中陰陽在我的腦海中、心中又留下甚麼樣的時空？

二〇一五年十二月二十日於東海

心之所至

　　最近帶東海國際學院、國際經營管理的學生去亞洲大學現代美術館看展覽。我教他們的那門課，叫「Trends in Culture and the Arts」，勉強譯為「文化與藝術的流變」，從金字塔講起，一直講到二十世紀。所以特別想要去看當代藝術，看看與我們同時的藝術家作品，會不會因聲息相通而觸動了靈魂？

　　展覽有四家，二中二西。樓下是江賢二的作品，主題標示着「寂境 vs. 幻彩」，使人不由得想起李商隱的兩句詩：「迴廊四合掩寂寞，碧鸚鵡對紅薔薇。」那「對」字也許可以用來比照「vs.」，但寂境是生命的莊嚴與安靜，倒不覺得寂寞。入門即見的幾幅大畫，題為〈乘着歌聲的翅膀〉，是用色彩寫音樂，作品十一到十四，彷彿戀人的甜蜜喜悅層層轉進，在美麗的恆河邊，溫柔地爆發了原初的快樂。江氏詮釋的海涅與孟德爾頌，比小提琴版更為激情，花好月圓之外，充滿了生命的悸動。

〈比西里岸之夢〉系列則是用色彩來畫夢。比西里是台東縣濱海的阿美族部落，想來江氏倘佯於藍天碧海之間，天寬地闊，畫幅也隨之增大。他夢裏的顏色沒有邊際，所以畫作無框，不設疆界。而色彩流動，冥冥中自有韻律，在抽象的色塊與線條之間，我們看到雲水、花樹、夕陽。綻放的春紅是林花，金色的漣漪是晚照，你只想墜入那斑斕的夢中，永遠不再醒來。

〈百年廟〉系列呈現的是另一種風情，我最喜歡的是作品七。猛一看，是三種顏色：黑、金、灰的色點所組成；細看還有藍與綠。兩根龍柱隱約顯出神龍盤旋而上的氣勢，大殿森嚴，柱間氤氳的黑暗中，閃爍着點點焰火，是混沌中的光明。因為是三幅畫布，自然聯想起西洋中世紀歌德大教堂中祭壇上的三聯畫，也像朦朧的教堂立面的三道門，加深了宗教的神聖與敬虔。作畫的時間寫的是二〇〇一到二〇一五，相信是在十五年的光陰中，在靈光一現的時刻捕捉到了最完美的表現形式。

國際學院的學程為全英語教學，所以我們也請了美術館的英文導覽為大家解說。跟着他上樓梯，在轉角處，抬頭望見小圓天窗下裝置的兩把椅子：一白漆、一原色；一完整、一殘破；一精磨、一粗製；兩把椅子在對談，從小窗灑下來的光照在雙椅上，隨天氣變化與時辰轉移而變幻光影。

這是阿信的作品。是的，就是那位自己會作曲、填

詞、主唱的五月天阿信。他的主題是「發聲 vs. 發生」。中文的好處在諧音，表達意見意味着改變的開始；而英譯是 Be Loud vs. Be Heard，大聲說出來，讓人聽到，也有一種節奏的美感。阿信上大學時，主修的是室內設計，他的展品是一組裝置，亦即九個不同造型的玻璃纖維地球，分別立在一個橢圓軌道上，每一個地球反映出人類與自己居住環境的關係，各有子題，以英文命名，雙聲押頭韻。譬如 Mask & Mad，球體上戴了防毒面具，以對付污染的瘋狂世界；Gun & Gone，地球的背後抵着一把槍，轟爛了文明。又譬如 Music & Muse，地球戴着耳機，頭上伸出了音符；而 Sick & Sin 則是因罪而沉淪的地球，不知是否由他的「崩壞」而來。恍惚中，那三百六十度的軌道又好像是一個大舞台，阿信自己以不同的扮相發出不同的聲音，不論是逃離地球，還是私奔到月球，沒人擋得了他，自始他就是自由的。我的學生，尤其是男孩子，流連於室，不捨得走；而我耳邊，充滿了「Cool」、「酷」聲。

最令人意想不到的另一展品，竟是阿信的工作室重現。他的舊上衣、棒球帽，最早的吉他、耳機，與顏料、畫筆並列，林林總總，但擺得異常整齊。他的歌唱着想飛，而腳是堅實地踩在地球上的。

下面是阿信為此展覽寫的詩的結尾，也是他提出的問題：

萬物靜好，小破小立，在宇宙萬種小秩序中，徐徐運行。

我在小破小立的人生中思索

大破大立到底是甚麼？

心之所至，打破了各種成見的界線，而在實際上能把概念與感覺以藝術的語言表達出來。聽覺的也好，視覺的也好，飛揚跋扈，任你遨遊於天地之間。此之謂「Breaking Free」。展覽的中文主題「大破大立」反而略顯刻意了。

二〇一六年五月二十二日於東海

美的覺醒

年初受邀去看亞洲大學現代美術館的新展，名曰「美的覺醒」，是因某種特殊的美觸動了靈魂，藝術家有所感而塑之於形、敷之於彩嗎？一直沒來得及去看展，卻對這個展題感到好奇，究竟是怎麼樣的覺醒呢？沒想到陪外甥去參加大學面試，居然在校園裏擠出時間趕着看了。

從前曾帶東海的學生去看過兩次亞大的展覽，一次以印象派的竇加為主題，一次以中外四家的破與立為核心，繪畫與雕塑皆有。這次的展覽很不一樣，以台中地區的七位藝術家為主，其中一位出身霧峰林家。既居於台中，我很喜歡自己可以從藝術的角度去了解其所反映社區的歷史，回歸時代的語境去感受藝術家在當下的感情與掙扎。這些人在我之前來到台中，以不同的媒材創造了自己的作品，也述說了生命的故事。

先說陳夏雨所雕的一座裸女銅像，題為「醒」。或許是我經常在中英兩種文字中琢磨，無形中有些職業病罷，很

難不同時看到英譯，是為「Awakening」，我即時想起自己三十年前在美國透過運通卡買來的一個同名小雕像，不過是大理石的，比巴掌略大些。也是一個裸女，一手撐地震勢欲起的姿態，我看到廣告就落淚了。身為女子，在生命轉折的時刻，這個小雕像是勇氣的象徵。女兒、妻子、母親，身份轉換之間有多少悲痛與隱忍？最後奮不顧身的一跳，其實維護的只是做人最起碼的尊嚴而已。但那一醒，是無聲的驚雷，終於盼來春風春雨，不僅活了下來，而且可以再重新耕耘。

陳夏雨的「醒」，是一位站立的裸女，雙足穩穩地踩着地，但低眉垂目，略為回首，在安定的狀態中，內蘊一股旋轉的力量，蓄勢而待發。是向少女時代告別嗎？是從少女轉成少婦的覺悟嗎？這一醒，充滿了力量。同時展出的還有「洗頭」與「梳頭」，那種對女體之美的刻劃，使我忍不住猜想：是震懾於七、八年前新婚妻子的女性之美嗎？確是寓動於靜的美妙作品。

「醒」是一九四七年的作品，有一個說法指出：這也是二二八事件的一個隱喻，說是陳夏雨以少女的覺醒暗含台灣人放下族群對立，以更寬容的態度來面對問題。這個議題是值得深究的，他在日本學畫期間，經歷了東京大轟炸，許多作品毀於戰火，一九四六年回台，到一九四九年後他幾乎是隱居了。我們看大環境的改變對藝術以及藝術家的生命究竟

造成了甚麼樣的影響。

這七位藝術家中，陳庭詩與陳其茂兩位是生在福建的。陳庭詩是沈葆楨的後人，一九四五年隨軍來台，二二八事件時離台回閩，一九四八年復又來台。這次展出沒有版畫，倒是有許多鐵雕，他曾用甘蔗版做版畫的媒材，而以高雄拆船廠的廢鐵創作鐵雕。我最喜歡的是「約翰走路」(Johnny Walker)，模擬著名的蘇格蘭威士忌的品牌圖案，看來沉重的鐵塊可以打出行走有風的動態與隨之上揚的衣領，陳庭詩表達出英國紳士的神氣，有一種機智與幽默。自幼失聰的陳庭詩，在他無聲的世界裏，鍛鐵鑄型，自成豐美的宇宙。

陳其茂一九四六年自閩來台，這次特展主要展出美術館的新藏品：「歐遊系列」、「還鄉記」、「非洲系列」三類木刻版畫。既然是七十年代後、他中晚期的作品，自然不大看得出中國大陸三十年代以來、社會寫實的木刻版畫傳統是否在其上留有任何遺痕。但是他的「非洲系列」，回歸黑白單色，或可說是年老體衰，無力層層套色；但畫面透出的風景是蒼涼的，人物是憂鬱的；那種荒寒，讓人渾然忘了非洲的太陽是火熱的。一些令人驚魂的場景，沒有批判，只有呈現。是最後的鄉愁，所以想起了早歲初學木刻時的簡單線條？有些人物大到頂框，完全沒有背景，也沒有細節；可我喜歡那純粹。

最後再說說林之助。他是家道殷實的台中人，青少年時期在東京學東洋畫。太平洋戰爭前夕從日本回到台灣，自二戰結束到國府來台，中國內戰與中日政權轉移帶來複雜的文化衝突，非二二八所能概括。但他終能以膠彩畫之名，將藝術歸於藝術。在東海大學開課以後，膠彩畫有所承傳，亦在台中開枝散葉。他的故居與畫室已成紀念館。一月間我欣賞了腹語表演藝術家鄧志鴻在紀念館的義演，同時細看了他個人收藏的老電影海報。也許從不同的藝術創作到多元的藝術教育，我們的靈魂真正可以因美的撞擊而覺醒。

二〇一七年四月十七日於東海

時間之外：
看數位藝術展

　　我第一次看到的數位藝術應該是動版《清明上河圖》，是二〇一〇年在上海世博中國館展出後來到香港時看的。看展前其實有些猶疑，更有些憂鬱，不懂一幅畫好好的，如何無端招惹了誰，在已成經典的名作上畫蛇而添足？恐怕這高科技的誘惑，以為增加反而減少了平面藝術的原創之美。在擁擠的人群與嘈雜的人聲中，我隨着畫前汴河的流水，由右至左觀看。不是看筆力，看線條，而是看見賣東西的小販時，聽見他叫賣的聲音；在晦明交替、華燈初上的時分，看見閃爍的燈火與漣漪中的夜月。朦朧中彷彿置身當朝，眼觀身受宋人日夜所夢的東京之華：北宋汴梁豐饒的庶民生活。本是工筆線描，如今在巨幕投影之外，又加上了時間的因素。虹橋前準備過橋的漕船，穿過畫幅的空間，居然過了橋；而靜態的城門裏走出了駱駝商隊。動版中小孩追小豬的片段是再創作，原畫中是沒有的，我還緊跟着小孩，看他追過橋後究竟去了哪兒。

觀畫的經驗與前完全不同，其實不在觀畫，而在以一種特殊的互動方式回味千年前宋人的生活，這個比原畫大了三十倍的裝置吸引了無數的觀眾，還有很多孩子，至少讓更多人認識這一古老的傑作。媒介改變，功能似乎也從純藝術的欣賞轉成教育的與生活的，我們與古人似乎也變得比較親近些。

六年多後，我又好奇地趕赴華山文創園區去看日本數位藝術團隊「teamLab」打造的舞動藝術展。想像不出十七件作品究竟會呈現出怎樣的畫面？這又是一次全新的觀賞經驗，進了展場，好像給扔進了黯黑的隧道，隧道之後分隔出來的各個空間，就是作品本身，觀者只能往前走，主動與作品對話。一個下午沉溺其中，出關後竟有不勝負荷之感，倒出了我自己的意料。休息了幾天，才緩過氣來。

若說展出作品與動版《清明上河圖》有甚麼關係，看起來大概有兩件數位藝術裝置似乎是從繪畫上得到靈感：一件「黑浪」，好像擷取了葛飾北齋著名的浮世繪木刻版畫「神奈川沖浪裏」的主要意象，讓驚起的波濤動起來，而後一波一波地連續捲起，洶湧奔流。另一件「涅槃」，類似伊藤若沖的升目畫「鳥獸花木圖屏風」，由無數的小方格組成，但分區上色，遠看是可愛的鳥與獸在如天堂般的美麗庭園內緩慢互動，間或落下一片葉或一朵花。但一靠近，格子裏本來絢爛的色彩隨即迅速變換，最後由明轉暗，完成一次循環；

接着再由暗而明，開始下一次循環。在這涅槃境界的樂園裏，鳥有雉雞、孔雀、鳳凰，獸有大象、馴鹿、龍、豹這些奇幻美麗的動物。只有在這個由藝術創造出來的空間，不同地域、不能共存，甚或出於想像的動物才能同時出現。

有一間大展廳，除了掛着的一幅畫之外，整個空間包括天花板、四面牆以及地板都是作品的展示空間。一進來，只看見漫天漫地繽紛的花朵，連續不斷地開與落。剛開始因為人太多，又有些吵，不知大家擠在一起都在幹甚麼。安靜了幾分鐘之後，才悟出來：我們或凝視，或觸摸，或踩踏這些花朵，它們就在我們的眼前、手間、腳下，而含苞，而綻放，而枯萎。在展覽場中，光影的變化使我們的頭臉、身體也都綴滿了花瓣。那框中的畫，題曰「蝶振翅無邊界」，只因觀者的觸動而恣意飛舞，甚至自由穿梭、飛出框外，化入繁花滿園的盛景之中。

後來我才知道，其實大空間裏有兩個作品，一個題目是「花與人，不為所控卻能發生——度時如年」，這後面四個字聽來有些負面，不知是不是翻譯問題，我就去查英文，是「Flowers and People, Cannot be Controlled but Live Together - A Whole Year per Hour」；可惜不知日文的原題為何。另一個作品的題目是「花開富貴人生 II——年復一年，黑暗」。我在現場時並不能分辨這兩個作品，只感覺自己置身於一個流星雨般的大花園中。人與花的關係，像萬

花筒一樣瞬息萬變，一個小時就經歷了花的四季。而且流過去的水不是原來的水，錯過的花景也就錯過了，不會再看到第二次。換言之，觀者的一舉手、一投足在事前的電腦程式演算之外，突破了藝術與科技的界線，在在參與了作品的創造。而在此數位化的三維展演空間裏，經常有不同的觀者同時在參與創作，是不是人間一日，展場裏的世界已千年？

再說一個作品「遠古神靈故事」，日本藝術團隊在畫面上加入了文字，而且是中國的象形文字。不過不是倉頡造字時天雨粟、鬼夜哭的震動，而是色彩鮮明、充滿童趣的大自然。不只是有山有水有火，有牛有羊有鹿，最特別的是還有早已滅絕的物種長毛象。比如，我在「木」這個字上往下一拉，即時會幻化出一棵綠樹；在「馬」這個字上一拉，又幻化出一隻奔跑的馬來。字的落點不同，直接影響畫面的構圖。我覺得好玩，很多孩子也覺得好玩，我們就在那兒拉來拉去，不時在遠古世界一起改變我們的創造，雖說有些幼稚，但給我帶來新奇的快樂。

最後我要提的，是我最愛的作品，我幾乎不知要如何表達觀賞時的那種震撼。這個作品有一個很長的名字「追逐的烏鴉、追逐與被追逐的烏鴉，以及被分割的視點——Light in Dark」，不知為甚麼最後那部分是英文，沒有譯成中文。七個錯落安置的熒幕建構出一個三維的數位裝置，一起訴說着烏鴉的故事。這個三維空間，展場的文字說明稱之

為超主觀空間（ultrasubjective space），繼而用以解釋日本動畫中一種特殊的表現手法。我對日本動畫全無了解，無法置一辭，只想說墨黑的烏鴉以一種爆破的速度，在此不斷變幻的空間中盤旋飛舞，並以墨色在空中劃出飛行的軌跡。這些烏鴉彼此追逐，終至相互撞擊，瞬間化成花朵而又迅速凋零。由於視點不停轉換，空間不斷切割，加上動人心魄的音樂，我一直想大聲喊：「天哪！天哪！」竟覺天地震動，乃至眩暈起來。這是前所未有的視覺經驗，我在展場後面站着看了兩次，又坐着看了一次。

這個展間的觀者非常少，寥寥幾人在不同距離的熒幕前或坐或站，靜靜地像黑色的剪影，我剛進來時還以為這不同層次的剪影是作品的一部分。後來又想，也許我們觀者就是作品的一部分，同時面對高速切換的畫面，我們主觀的感官經驗，走進作品裏，打破了傳統藝術的界線，已經無法觀察客觀的世界。前面的花景，縱使蝴蝶不斷飛出虛擬的畫框之外，還有個四季更迭的客觀世界，我自己觀賞這個烏鴉追逐的作品時，本身就在作品中，與作品同時存在。離了作品，就好像做了一場夢，夢醒時不知身在何處，徒惹惆悵。難道這就是所謂的超主觀空間？

說是與作品互動，說是與在同一空間中的人互動，我卻覺得的確是在與作品互動，但和同時在與作品互動的人完全沒有關係，即使我們同時在與作品互動。這樣的超主觀，

不知為何，反使我感到無以倫比的孤獨。時間只存在於觀賞的時刻；而在作品之外，也不再有時間。

二〇一七年四月十六日於東海

第五輯　化蝶而去

簡策・帛書・雙鯉魚

《芈月傳》從幾行史料鋪衍出八十集的連續劇，自是一大工程。我也有興趣追看，因為被戲中不時出現的書籍與文字所吸引。

《芈月傳》時間上從楚威王、秦惠文王到楚懷王、秦昭襄王，或說秦宣太后的一生；空間上由南面的楚到西面的秦，兼及北面的燕國，在秦始皇統一六國之前，書不同文、車不同軌只是大家都知道的一個概念，但在《芈月傳》裏我們彷彿真的回到了戰國後期。比如芈月以媵女陪嫁，離襄城到武關即已入秦，送親的車隊馬上發現車轍與楚不同，所以行路艱難。去藥鋪抓藥時，秦人看不懂楚文字，度量衡的單位亦不相同，對的處方自然也會因為分量上有誤解，不但不能治病反而傷人。戰國時代的旅行想像因為這些細節而立體了起來，我自己似乎也成了送親隊伍的一員，隨着車輪滾動穿越公元前的大地，而在泥地上的車輪特寫，在腦海中留下一個深刻的鏡頭。

劇中前段以郢都的楚宮為主場景時，我們看到的書籍形式都是簡策，是以毛筆蘸墨寫在竹簡上。字體看不真切，似是所謂的「大篆」，其實就算看清楚了，我也不認識，但知道不是甲骨文，也不是真、草、隸書。劇中庸芮倒是說了楚國方子上的文字是鳥篆。至於筆，則是蒙恬以前就已發明了的，所以不是刻，而是寫。楚國公主出嫁，嫁妝清冊上所列的器物極多，珠寶、首飾之外，還有漆器、繡品、綢緞。

最特別的是嫁妝中有整批的書，意思是從文明的楚嫁到荒蠻的秦，沒有書看怎麼可以呢？所以羋月的任務就是整理圖書。在楚王的藏書室裏，把架上的簡策一卷卷打開，竹簡自右至左的排列，由上而下的書寫，穿孔編連，雖不知是韋編，還是絲編，每一卷攤開的書，就是一個放大的、具象的「冊」字。有一個插曲是羋月看到了輾轉傳到楚國、編繩已斷了多處的《孫子兵法》。斷簡殘編，或語意不明，或連接不上而帶出錯簡的問題；羋月也順便教自己的弟弟魏冉讀此兵法，預示了他成為秦國大將的人生。

場景轉到咸陽了，羋月發現秦王認識六國文字，遂自薦整理嫁妝中從楚國帶來的圖書，秦王並發願將來要統一文字，以普及閱讀。後來羋月決定帶公子嬴稷返回秦國的最大原因，竟是助其完成統一六國文字的大業。

四方館的戲，我們看到士子表達意見時投以單簡。簡策之外，尚有帛書。惠文王的詔書一般是用簡策，最精彩的

莫過於蘇秦呈上自己政論的簡策時，卷軸中藏着秦公主寫給父王的求救帛書。當然，我也無法分辨上面的字是否秦篆。最出人意表的一處是：為了要把惠文王的遺詔藏在芈月的空心髮髻裏，只能用縑帛；也許又為了給觀眾看刪改竹簡上的字是用刀削，而讓燕國國相寫信時又以簡代帛；信使飛馬傳書，用簡也太沉重了。

再就母國傳書而言，有魏夫人得自魏國的，秦王后得自楚國的信，放在木匣子中。匣子有普通木板的，也有上下兩片木板雕刻而成的「雙鯉魚」，打開來也都是寫在縑帛上的書信，應了日後〈飲馬長城窟行〉的詩句：「客從遠方來，遺我雙鯉魚，呼兒烹鯉魚，中有尺素書。」

清末以後，大陸各地陸續發現戰國竹簡，尤其是二十世紀後半葉墓葬中大量出土的文物，建構了《芈月傳》裏的人文風景。

二〇一六年五月三十日於東海

符節與秦法：
續說《芈月傳》

之前，談及電視劇《芈月傳》的書籍形式與文字，真是意猶未盡。就當作是在月已西沉、萬籟俱寂的時分，與大家再續上兩段話。

先說符節。《芈月傳》一開場，即為商鞅身遭車裂之刑，說白了，就是五馬分屍。場面的處理繪影繪聲，看得我心驚肉跳。其實整個故事的底蘊在秦法，這一段可視為楔子，而以符節這一物件貫串了幾個關鍵的情節。商君之法規定旅人投宿要以符節來證明身份，秦孝公死後，商鞅為逃惠文王之追殺而來到魏國邊境。因無符節，旅店主人懼怕連坐而不敢收容；也因無符節，無法通關出境。此謂作法自斃。不過，劇中的商鞅伏法時並未後悔，他說：「商鞅雖死，其法不減。」深信大秦必能「一統天下」，所遺憾的不是自己被屈謀反，而是不能見其「帝業之成」。這個說法為《芈月傳》定下了基調。

故宮博物院現正展出惠文王的「杜虎符」，是至今發現

的三件秦兵符之一。左右兩片符一旦相合，即可調兵。《羋月傳》劇中未出現虎符，出現的都是銅製的長方塊符節，一面鑄有一「秦」字，另一面則視其功能鑄上不同的字。秦國的大良造、魏人公孫衍與惠文王元配王后之妹魏夫人，為阻楚公主嫁入秦室為繼后，勾結義渠戎搶人。義渠君手中所持符節，是大良造借給他的，如此即便城池、關卡重重，也可在秦國境內暢行無阻。羋月不記得那符節上的字，遂用黃泥彷彿其意，邊捏邊琢磨，揣摩出上面是個「魏」字，因此判斷背後的陰謀來自公孫衍與魏夫人。秦法嚴禁私鑄符節，違者亦如無符闖關者，均處以車裂之刑，羋月差一點深陷其中。其後公孫衍喬裝商人，擅自離秦返魏，他的身份證明——通關竹冊和符節——都是偽造的，是非法偷渡關山。僥倖出了咸陽城，又讓惠文王弟樗里疾追上，送回他借給義渠君的那個符節。同一物件，牽引出諸多情事。秦公主孟嬴把自己的令牌借給羋月出宮，反倒成了不值一提的小事。

　　再論秦法。劇中後半羋月屢屢強調「王子犯法與庶民同罪」以及「刑上大夫」。前者實屬商君之法，後者則出於賈誼《新書》「刑不上大夫」而反用之。前不知後，戰國羋月不可能讀西漢賈誼。或許編劇為了塑造羋月在坐穩江山以後，堅決推動秦法的形象，把玄孫秦始皇的許多政績歸於羋月：比如去封建，行郡縣；比如統一度量衡；甚至昭襄王

嬴稷以「寡人」稱己，宣太后卻自稱「朕」。誠然，史有記載先秦之「朕」，鮮少用於自稱，意思是「我的」，如：屈原〈離騷〉之「朕皇考曰伯庸」，意謂「我的父親名伯庸」；亦有特例指出漢朝皇太后有用「朕」的，但這是在始皇之後了。實際上羋月就是女版的秦始皇。所以把秦始皇陵坑中隨葬的兵馬俑解釋成為護送宣太后死後回楚國而燒製的陶塑人俑，把時間往前推了四代。

秦楚在武關會盟，秦人趁機劫走了楚懷王，是為背信忘義，罔顧禮法。結尾的羋月呼應開頭：堅信殺商鞅而不廢新法，是幫天下。後來果然天下一統了，帝業成就了，長平一戰白起坑殺了四十萬趙人，不過視為等閒。以秦法代周禮，證諸歷史，自是後世賈誼過秦，所謂嚴刑酷法的苛政；是杜牧所言「族秦者，秦也，非天下也」的真義。電視劇第八十一集倒是應了楚國故事，有些畫蛇添足罷！

十多年前張藝謀的《英雄》在香港上映時，我曾寫過一篇散文，討論歷史劇與藝術的關係。《羋月傳》當然是歷史大戲，為了戲劇張力而改寫劇情本來無可厚非，是這個「揚秦」的主旋律始終未變，在今天文革五十年之際，不免令人唏噓罷了。

二〇一六年六月二十四日於東海

《羋月傳》餘話

　　所謂「餘話」，自是未盡之言。《羋月傳》讓我對戰國的生活有了比較生動與活潑的想像，多少思古之幽情，盡在昨夜夢魂中。雖說歷史上的屈原與羋月同時，黃歇是晚輩，劇中的師徒之恩與兒女之情不大可能是事實，但我仍想順着前面兩篇的思路從書籍文本的角度再來談談楚與秦的文化。

　　首先，少司命。王夫之以為大司命司人之生死，而少司命掌嗣之有無。《楚辭》當年我是跟臺靜農先生學的，〈九歌〉中我最喜歡的就是〈少司命〉這一篇。老師微帶鄉音，念着：「秋蘭兮青青，綠葉兮紫莖。滿堂兮美人，忽獨與余兮目成。」他說：「滿屋子美人，怎麼就你與我四目相接呢？」那是我第一次在文本中領略了楚地的風月。

　　羋月一生得少司命庇佑。《羋月傳》裏祭祀少司命獻舞的禮服可能太過鮮艷了些，戰國的織染技術還不曾亮麗到那程度，但燔祭的煙氣迷濛，祭舞的姿態曼妙，吟誦的聲情飽滿，加上編鐘編磬、大鼓小鼓、琴瑟竽簫、嗚嘟箜篌，眾樂

齊作，真是美輪美奐，氣象萬千。

其次，在楚秦交界之地的襄城，楚國送嫁，秦國迎親，楚人再獻舞，祭祀東皇太一，也就是天帝，並拜別列祖列宗：「吉日兮辰良，穆將愉兮上皇。撫長劍兮玉珥，璆鏘鳴兮琳琅。瑤席兮玉瑱，盍將把兮瓊芳。蕙肴蒸兮蘭藉，奠桂酒兮椒漿。」楚人愛玉、愛香草，小小一段詩歌，多少玉字邊、草花頭的字？宮庭女子去國離鄉，將終身託付與未知，紅袍織錦，但見揖拜儀式的典重與華美；落日大旗，更覺關外送嫁的悲壯與蒼涼。

在秦宮中，羋月與秦王說起了屈原的〈橘頌〉：「后皇嘉樹，橘徠服兮。受命不遷，生南國兮。深固難徙，更壹志兮。綠葉素榮，紛其可喜兮。」自是借來說明秦王認識楚文字，熟讀楚書籍，而非闡釋屈原不遷不改的「壹志」。南國之橘，逾淮而為枳，秦王意在「天下」，對照起來，更深深感受到屈原日後的哀郢之悲。

《詩經》在電視劇裏多有引用。除了大家耳熟能詳的「窈窕淑女，君子好逑」、「執子之手，與子偕老」之外，我最喜歡的一幕是黃歇與羋月在武關相約私會，引用的是〈秦風·黃鳥〉：「交交黃鳥，止于棘。」意思是黃鳥吱吱叫着，棲止在一棵大棗樹上。大棗樹即是約會處，他們在秦地自然想起秦詩來了。

再說一些物件。比如鑄幣，不論是在楚宮，還是在秦

宮，我們都沒有機會看到通行的貨幣，反而是在燕國，嬴稷身為質子，羋月需靠在地的燕人幫忙，在市場上賣繡品維生。我們因此而遙遙見識了燕國的貨幣「明刀」，從荷包裏拿出來時叮噹有聲，鏗鏘作響。另外，〈九歌〉裏有「搴汀洲兮杜若」、「山中人兮芳杜若」的詩句，可知羋月繡品上的杜若為楚地所獨有，之後黃歇使燕，就是依此花樣而知繡品必出之於楚人之手，因而循線找到她的。

最後，説説地圖。不論是戰情推演，還是獻地求城，地圖總會出現。公元前的地圖忒簡單，除了山川，主要是城池。前有秦昭襄王假意予趙國十五城以易和氏璧，後有荊軻獻督亢之圖求刺秦始皇，所以當我在《羋月傳》中聽到「割地賠款」的對白，今為古用，不免覺得唐突了。

二〇一六年七月六日於東海

化蝶而去

　　我是在重播時看完《瑯琊榜》的。一共五十四集，我自然是看了五十四次片頭。這是少見的最接近黑白的影像，但其濃淡分明的層次幾乎是涵泳在五色的墨韻裏。如一長幅的手卷自右至左開展而來，跳動的畫面攪擾起風雲，此時音樂一變，而雲行雲奔，越卷越烈，最終成了漫天風暴。或者是飛揚起焰火，越燒越猛，最終成了燎原野火。朦朧的背景隱約勾勒了幾筆墨痕，彷彿梅枝。此時音樂又一變，從壯烈轉成優美，甚至可以說是淒美，鏡頭拉近，一隻蝴蝶破繭而出。

　　與風不同，與火也不同，小小的蝴蝶佔着大大的篇幅，顧盼生姿。它倒掛在枝頭，是在俯視劫後的大地嗎？它薄翅輕顫，幾個特寫聚焦在蝶翼，其上纖細的斑紋亦清晰可見，美麗極了。當然，孤獨之蝶不會是梁祝所化，也不能是莊周所夢，但有一個正面全身的蝴蝶意象，這雍容一亮相，不知怎麼看着竟覺此蝶如人，而且是一清雅文士，在完美地

展現他自己，然後雙翼一合，款款飛過梅林，是要攪動出另一場風雲嗎？伴隨着滿天流螢，拉出書法線條的「琅琊榜」三個字，尚且帶着暈染出來的淋漓水氣。之後，才看見一方小小的圖章印跡。由動而靜，依然是一幅長卷，唯一可惜的是「琊」字寫成異體的「琅」，視覺上略微減色。

這個片頭是以器樂搭配畫卷，可以說是一個比較抽象的詩意的表現方式，而非似一般電視劇以主題曲的歌詞配上剪輯而來的劇情片段。反而是片尾曲始於「變幻風雲幾卷」，終於「風起雲散」以接續蝴蝶飛離梅嶺以後的生命歷程。尤其「風起」之後，是相當長的一段配樂，我們才聽到緩緩吐出的「雲散」兩個字。心力耗盡之後，繼之以心碎。可是風是否又起了，則是另外一個問題。如果用老太監高湛的話來說，這宮牆之內，風從來就沒有停過。所以，是風雲，是風波，還是風暴，結局一定是開放式的，終歸是循環無已。

開場即點題，指出瑯琊榜榜首梅長蘇蛻變之前、身為林殊的夢魘。他的元帥父親說：「活下去，為了赤焰軍，活下去。」我們看到的是夢境中燃燒得赤紅的火焰。而從噩夢裏翻攪醒來的則是散髮驚眸的白衣側影，與扁舟上吹着竹笛的翩翩佳士，俊秀如一枝梅。瑯琊榜上的風雲一卷，如此形容他：「遙映人間冰雪樣，暗香幽浮曲臨江。」分明就是歷萬劫而暫未死的「梅嶺藏殊」。

整個故事從頭就是火焰與冰雪的各種對比與對照。化蝶前的不怕冷的熱情小火人，變成披着毛皮大氅、尚未入冬即擁衾烤火的陰冷公子。當年金陵城中最閃亮、最飛揚的少年，變成他自己最看不上的機關算盡、翻雲覆雨的謀士。也因為經常坐在爐火前，那已解決的人事，那些寫着惡人名字的木牌，也都已順手扔進火盆裏。我最難過的一個場景，是他看着自己的雙手對黎綱説，這手也曾挽過大弓、降過烈馬，如今只能在這陰詭地獄，攪弄風雲。且又忍不住伸手觸火，燙得自己大叫。盆裏閃動的火苗是「赤焰」的象徵，劇痛的手指是沉冤待雪的急迫。這一幕太虐心了，我不忍看。

不就是晚餐後觀劇的小小娛樂嗎？滄海月明，天涯此時，我卻好像替古人，甚或虛構的人物擔了很多心事，也掉了很多眼淚。古往今來那麼些遺憾，不論虛實，那刻骨的殘忍總使我心傷。然而淚盡之後，屢經滌洗，又覺心思更加澄澈清明起來。

這部戲也有個英文名字，叫 Nirvana in Fire，譯回中文，可以是「浴火涅槃」，像梅長蘇在太奶奶死了以後對霓凰説的：「我現在一想起以前的事情，心裏面就像有一座冰山被火烤着，一時暖暖的，一時又透着刺骨的寒意。」可以是從煉獄的烈火中鍛煉出冰雪聰明；再一次破繭而出，化蝶而去。

二〇一六年十二月二十六日於東海

《瑯琊榜》的時序

　　一年將盡，很是冷了幾天，沒有想到最後卻又回暖了。想起《瑯琊榜》這部劇，大概是我看過的電視連續劇中對時間的推移最有感覺的了，季節的更迭也算是歲末的一個應景的話題罷。

　　在開場的第一集中，瑯琊才子榜榜首、江左盟宗主梅長蘇，在赤焰冤案發生十二載後準備進京行他昭雪的大計，瑯琊閣少閣主藺晨問他需要多少時間完成心願，他說兩年。這樣故事還沒開展，不論播放幾集，我們都已經知道兩年完了一定有個結局；而且為了保證有這兩年，藺交給梅一個小藥瓶子，說「心力交瘁時吃一顆」，我便知道自己完了，要陪着劇中人物，在變幻的風雲中受苦，以至於心碎。梅長蘇的結局在開篇時已定，是油枯燈滅，所以這兩年的時間是要倒過來算的。換言之，使命未達之前，他根本不可以死，屢次他因心中慘傷而病重，是晏大夫也好，是藺少閣主也好，都得拚死為他續命。

梅長蘇隨謝家的蕭公子進京的時節，也就是故事開始的時候，是秋天，而且已過了中秋之期。之後霓凰郡主比武招親，在太皇太后的暖閣外，她叫住了梅長蘇，說秋風涼爽，不知他可否陪她在殿外走一走。藉自然的遷易讓他們有了比較可以自在交談的機會，我們發現此劇對白裏時常帶着時序與節氣的色彩，而劇情更是隨着節慶的來臨、儀典的舉行而向前延展開去。

　　比如，寧國侯謝玉就在一個冬夜，派人在自家府邸動手暗殺作客的梅長蘇。事情無意間讓蕭公子知道以後，在各種複雜的揪心的情緒與談話當中，梅忽然望向窗外，說：「下雪了。」這個突然的天候轉變，旁邊的黎舵主接下來的話竟似意有所指：「如此雪夜，最適合殺人了。一整夜的雪，甚麼都能蓋住，不會留下半絲血腥氣。」這入冬的第一場雪，可以掩蓋殺人的事實；蕭公子痛苦至極，不知如何解此心障，梅又繼續說：「就像外面的這場雪，越下越大，越下越猛，可是你我都知道它終究是會停的。」這裏不只是情景交融，隨口拈來的雪的意象同時成了比喻：難關一定會過的。

　　蕭公子離去時，畫面呈現出來一漫天大雪的空鏡，然後才是低頭沉思的蕭公子悵然進入雪景之中再淡出。那樣詩意的美麗，給雪添了更多象徵與對比的含義，竟有五絕、七絕結句的花開花落、天地悠悠。而這並沒完，前半齣的打鬥與殺人戲碼之後，回歸靜謐的夜已深沉，梅長蘇暫住的雪廬

居然又來了訪客，談完了正事，梅又很家常地説：「夜深寒重，外面雪又下得那麼大，您早點回去吧！」

之後的情節當然是梅長蘇在雪中搬家，而編導也沒有忘記讓梅跟小飛流互扔雪球，在現成的場景中帶出梅性格中活潑飛揚的一面，毫無矯飾與心機地反映在與飛流互動的童真與癡騃上。

在有如明代傳奇般動輒五十齣的電視劇中，梅長蘇的智計在自己的籌劃下一一開展，有些他是被動，只能借力打力；有些他是主動，佈好了局請君入甕；但總歸是在尋常歲月與季節轉換中把日子過盡了。比如，這樣的對白：「今天比昨天又冷了幾分。」「那是自然，今天是冬至。」「還有一個多月就過年了。」劇中甚至還有「這燙手的火炭還不趕緊扔出去，難道要留着過冬嗎？」出之於般弱之口的雙關用法。我們看到披風、大氅都出籠了，也看到圍爐烤火的場面。如此，有年終尾祭，也有年禮禮單；一面帶出私炮坊事件，一面帶出朝堂論禮；宮裏府裏有各家的年夜飯與守歲，也有宮牆外的除夕夜命案，一如章回小説的格局，只是細細以畫面來描述。

《瑯琊榜》裏梅長蘇命定只有兩個冬季的壽命，也因為他一經烈火，再經暴雪，由梅嶺的雪蚧蟲噬咬而身中火寒之毒，削皮挫骨之後，多傷多病，更不能忍受風寒，所以戲裏冬日的摹畫最為細膩。全劇結在梅長蘇恢復林殊的少帥身

份，回去赤焰軍當年的戰場，即使天要冷了，又在北境，但他卻為成全自己的情義而選擇重回過去，那多出來的三個月冬天靠的正是藺晨為他煉製的續命丹，成就了長留雪間的一枝梅。

二〇一七年一月一日於東海

癡及局外：

《瑯琊榜》的兒女之情

　　《紅樓夢》第三十回寫寶玉在薔薇花架下，隔着籬笆洞兒看見一個女孩蹲在花下，用綰頭的簪子劃地，隨着簪子起落，一筆一筆，共十八筆，是個「薔」字。裏面畫薔的齡官早已癡了，畫完一個又一個，花外的寶玉看着看着不覺也癡了。

　　《瑯琊榜》電視劇主要摹寫男性之間的情義，較少着墨於兒女之情，但那疏淡幾筆已使局外的我意亂神迷；寶玉見畫薔而頓悟情緣各有天定，我卻為了霓凰與林殊／梅長蘇終究不能相守而深感傷痛；雖然我明知藝術上理應如此收束。

　　霓凰在戲裏出現的第一個鏡頭，正是梅長蘇在赤焰冤案之後十二年回到帝都金陵之時。車中的他聽見馬上的她一路馳騁奔向城門。我們看見梅長蘇輕挑車簾，他的雙眸先望向那久不復見的城門，再望向青梅竹馬的霓凰，深沉的眸色如兩泓潭水收進了家國憂思，卻藏起了兒女情長。以比劍試藝的動感女主，十年無改，她怎麼會知道他歷劫歸來又再將

歷劫，昨日一起切磋的少年英雄如今已武功盡廢且落下殘疾？他放下了簾子，低首斂眉，決心不讓她捲入即將到來的風暴當中。他不能相認，她全然不知，我心中慘然。

之後在太皇太后的暖閣中，她第一次看見了他。已然失智的太奶奶，不知今世何世，卻不忘前塵，即使他音容盡改，太奶奶一見化名為蘇哲的梅長蘇，竟直呼他的小名「小殊」。她把霓凰的手放在他手裏，說：「你們兩個不是早就定過親了嗎？」也許是回返赤子的愚騃，她的時間停留在十二年前，卻是明心見性，認定他是林殊。在首兩集裏劇情已帶出了男主的三重身份：過去的林殊，現在的梅長蘇，化名的蘇哲。我的腦袋轟然一響，只覺驚心而動魄。宮內諸人看着不對，說太奶奶給鬧糊塗了，第一次見面就叫蘇先生「小蘇」。霓凰抽手時，梅長蘇心中悸動，握着昔日戀人的手不給放開。手指攥在他手裏，霓凰似有所感，沒有怪罪梅的失態與唐突，而我心下也再次為他們感到慘然。

既然說到太奶奶，我就直接跳到第二十三集末尾、二十四集的開頭，寫宮中敲響金鐘二十七聲，太皇太后大去了。她臨終前所惦記的是最疼愛的外孫女晉陽與重外孫林小殊。而已成梅長蘇的林殊，情何以堪？拖着剛喀過血的病體，在蘇宅自家行晚輩三天禁食的喪禮，加上跪經、叩靈、燒紙錢。白燭白衣，黯自神傷。在這又一慘然時刻，也穿着白衣的霓凰從雲南趕回，兩人坐下說話。對着滿庭綠竹，一

雙璧人，好像又回到了小時候；終於給這慘然帶來了些許溫暖。這是相認之後，在霓凰面前，梅長蘇可以安然做回林殊。

當霓凰告訴他太奶奶的遺容很安詳，他說「可是我不在」時，眼淚就再也憋不住了；哽咽着繼續說：「一直盼着可以等我回去看她，現在連這個念想也沒有了。」接着涕泗縱橫，咳嗽不止。霓凰心疼地說：「為了將來，為了我，你要好好保重。」他回過頭，叫她：「霓凰，如果你的將來沒有我，也一定會很好的。」緩了緩，又加一句：「會很好的。」她略為遲疑一會兒，囁嚅：「不會。」他是衷心如此盼望，雖然知道很難。她默默垂淚，他用手輕輕為她抹去。霓凰為了離她的林殊哥哥近些，自請為太皇太后去京郊守靈。年輕的女子啊！明明白白的天作之合，但他壽數不永，此生終將負她。沒有他的將來真的是不一樣的，但是日子仍然要過下去。當局者或許還有些渺茫的希望，而我只是看戲的人，卻先心碎了。

我們不都是血肉之軀的大活人？戲編得好，演得細。很想陪着流些眼淚，就教我耽一回美，做一回癡心的局外人罷！

二〇一七年一月十五日於東海

戲劇中的詩境：
再談《瑯琊榜》

　　有一位北京大學的教授葉朗，曾寫過一本書，叫做《中國小說美學》。他説小説中的意境，皆從詩詞句中泛出。譬如《紅樓夢》第二十五回，「寫寶玉一早起來沒有看見小紅，便走出房門，東瞧西望，一抬頭，只見西南角上遊廊底下欄杆上似有一個人倚在那裏，『卻恨面前有一株海棠花遮着，看不真切』。脂硯齋批道：『余所謂此書之妙皆從詩詞句中泛出者，皆係此等筆墨也。試問觀者，此非「隔花人遠天涯近」乎？』（庚辰本）《紅樓夢》中有詩的意境，而這種意境是從古典詩詞中脱化出來」。

　　葉朗所説的是小説中的詩境，《瑯琊榜》雖説是電視劇，很多場景亦可作如是觀：不是如一首詩，便是如一闋詞。小説多少是以文字來鋪陳詩意，戲劇則是以畫面來呈現。媒介不同，表達自然也不同。比方説第十一集中蘇哲帶着小飛流應霓凰之邀去穆王府賞梅。《瑯琊榜》劇的色調清冷，黑、白之外，以藍、灰為主，而這滿園迷離的春光，盈

盈紅粉，處處梅開，是此劇少有的溫馨美麗。特寫的近景沒有甚麼情節，也沒有甚麼動作，襯着熒幕上傳不過來的暗香，細細描寫了梅花輕輕落在霓凰的髮上、肩頭，走在後面的蘇先生下意識地為她拂去飄下的花瓣。李後主的名句「砌下落梅如雪亂，拂了一身還滿」倏然浮上腦海，雖然這場戲聚焦在一雙璧人的眼神：俊秀女子不知為何的牽纏與依戀，和飄逸男子恍如隔世的不捨與掙扎。每一個鏡頭都是一幅詩意畫，美得我的心都亂了。

《瑯琊榜》喜歡用對照的筆法。比如說男主的赤焰軍少帥在劇中有三個身份，他以江左盟盟主的身份出現時，即化名梅長蘇。梅象徵他清高絕美的人品，他玉樹臨風的姿態，以此樹為名的山嶺也是他受冤與埋骨之所；他與梅相始終。而金陵城中賞梅最佳之處正在穆王府，她就是最美的那一枝梅，他賞花，也賞人。

再如正月十五上元夜，梅長蘇按照他的計劃準備去妙音坊聽琴，臨走前看見迴廊上掛着的一盞金魚燈籠，想起當年霓凰在林府為他掛的那一盞小魚兒，燈籠的光影與她緋紅的面龐交相輝映，不覺看癡了。而那麗人在王府自家燦爛的燈火底下，突然想見她的林殊哥哥，咫尺天涯地奔到蘇宅。他一回神，竟看見廊下的她，正遠遠地凝望着他。「眾裏尋他千百度，驀然回首，那人卻在、燈火闌珊處」，一躍而上了心頭。辛稼軒的詞從熱鬧的燈市寫到幽獨的自身，蘇宅的

場景卻不是在空間，而是在時間裏回溯那掛燈籠的人，而那人，竟自出現在眼前。「好看嗎？」好看的是燈，也是人。

《瑯琊榜》劇中的詩境一般來說不怎麼需要負責推展情節，也許可以當作過場看，但在知曉了故事之後，深覺蕩氣迴腸、令人回味不已的，常是劇中摹畫的詩境。再看第十二集後半「長亭相認」。長亭本是城外送別之所，此集卻在長亭送了周老先生之後，迎來了霓凰。這刻骨銘心的相認，亦如前面所引李後主〈清平樂〉詞的結尾：「離恨恰如春草，更行更遠還生。」沒有共同的未來，有的是一波三折，一次次指向生離，最後走到死別。就林殊來說，是「慧劍借別紅顏，無意續餘年」；而就霓凰來說，則是「忍別離，不忍卻又別離」；是藉現代的歌詞來說戲了，仍然是詩境。

二〇一七年二月二十八日於東海

憾與怨：
對人世與江山

在曲線流光的台中歌劇院，我看的第一場表演是國光劇團新編的清宮大戲《孝莊與多爾袞》。從劇目看，這兩人的故事不論正史野史，我大致都熟，很想知道這一齣會怎麼編？切入點在哪裏？戲的詮釋是在政爭？還是在情愛？

如王安祈自己所闡明的，她與林建華兩位編劇都不喜歡用戲曲來塑造一位只是利用感情來玩弄政治於股掌之上的女子，而是在歷史的記載與傳說的模糊縫隙間，在敘事與抒情的交織錯位上，以她一貫的溫柔細膩，寫機心處處的政治環境裏兩位主角的情思。

我很是慚愧，自己不是一個理性的觀眾。我投入在劇情與表演中，看完了還要細細追索那些眉梢眼角的顧盼風流，那些虹斷橋拆的難圓之夢；回到家，還有閒愁幾斛，因而惆悵竟夜。就讓我耽溺一回，來說說這不知為何物的「情」字。

在多爾袞墜馬喪生之後，大玉兒有一句唱辭：「可有憾

與怨？對人世與江山。」這個問號當然是個修辭的問題，不是真的問題。大玉兒心裏明白，怎會需要答案？大清的江山一在松錦奠基，一在中原定鼎，已然開展新局。多爾袞自當居首功，甚至可以說天下是他打下來的。但為甚麼在隱忍十七年後、皇太極暴卒的爭位大事中他轉而支持六歲的福臨？不也因為他是大玉兒的兒子嗎？又為甚麼當年入關後他不自立為帝，與盛京朝廷劃關分治，反而接大玉兒母子入北京，住進紫禁城呢？回頭想想，不也因為順治是大玉兒的兒子嗎？是不是因情愛而捨棄了江山，枉費了自己的帝王之志，繼而由憾而生怨呢？

就人世而言，聚焦在二人的情愛，主戲放在入關後的下半場。多爾袞以攝政王的身份也住進紫禁城，而非宮外的王爺府。又讓福臨搬出慈寧宮自己住，如此增加探視大玉兒的機會。但每當多爾袞心神恍惚、欲訴衷情時，總會被大玉兒巧妙打斷。比方說，叫他快回去陪陪小玉兒。小玉兒是大玉兒的表妹，多爾袞的妻子。

戲中多爾袞幾次無奈，只有對大玉兒說「全依你，全依你」，也多次半諷半刺地說「你兒子」、「你妹妹」。總之說來說去都是說別人，不說自己。多爾袞的心裏是多麼彆扭啊！

愛情真的是一種無法言說的情感狀態，喜歡誰就是誰了。多爾袞這樣的沙場好漢，殺敵無數之後想的也許只是：

「倩何人，喚取紅巾翠袖，搵英雄淚？」或許是滿堂美人，竟無一位與之目成。愛戀的對象在倫常之外，又如何冒天下之大不韙？不論想得多麼周全，森嚴宮禁，咫尺天涯，怕依然還是由憾而生怨。

多爾袞不顧一切，想把靈堂變喜堂，那是他的激情迸裂，不能自持。知其不可為時，情感又向何處去？他策馬揚鞭，奔向回憶中二人初識的青青草原，自然也成了他的隕命之所。只有三十九歲。

那大玉兒呢？大玉兒對多爾袞是否真的有情？我是寧信其有的。劇本的編排也讓我可以這樣解釋。她在與多爾袞的對話中提到皇太極從沒有把自己放在心裏，而在回憶中告訴觀眾皇太極要她以美色勸降洪承疇的屈辱。當聽到順治下詔要對多爾袞掘墓鞭屍削其頭骨，她也激動到要向草原奔馳而去。但她終於勒馬收韁，宣佈玉兒的一切都過去了。她的愛情隨人逝去而結束，始於草原的都埋葬在草原了。三十七歲以後的她，「德備後宮，母儀天下」，也許遺詔「不祔葬昭陵」，即不與皇太極合葬，透露出她最後一縷搖漾的情絲。只不知道順治後來與董鄂妃愛得死去活來時，有沒有在瞬間想到過母親的愛戀之苦？

二〇一六年十一月十四日於東海

翻譯的女人

　　一來，我喜歡音樂劇；二來，我喜歡幾米的創作；三來，是大文第一次參與中文音樂劇的表演，所以一聽到〈向左走·向右走〉四月在台中首演，我立時就去看了。

　　場景轉到一個典型的城市郊區、一棟舊公寓的大樓裏，三樓十七號的男子在練小提琴，而十九號的女子在專心翻譯。灰暗的色調，聚光在桌旁的女子。敘事者唱着：

　　　　她正在專心翻譯

　　　　兩種語言她都相當熟悉　　沒有恐懼

　　　　可是兩種語言彼此並沒有關係

　　　　她盡量讓它們彼此貼近　　彼此對應

　　　　她以為所有事所有人都需要翻譯

　　　　當然這只是一個比喻

　　　　她說她　　多麼喜歡翻譯

啊！這歌詞即刻打進我的耳朵，衝入我的心裏，彷彿在靜夜中、孤燈下，我看着舞台上翻譯的女人，寂寞的感覺油然而生。接着，女人幽幽唱出：

> 一個字裏面藏着另外一個字需要翻譯
> 一個意思包含着另外一個意思需要翻譯
> 一篇小說暗示的另一篇小說需要翻譯
> 一個特技演員肩膀站着
> 另一個特技演員不需要翻譯

不知為甚麼，那樣年輕的歌者的聲音，卻透出一股蒼涼，我的眼淚不聽使喚，就這樣流下來了。

從一個字到一個意思，再到一篇小說，翻譯不只在表面的字眼而已，字典上列出的另外一個字永遠捕捉不到真諦。翻譯的女人在城市的一隅獨自琢磨那字、那意思、那小說的弦外之音。她的專注令人動容，而她的孤寂卻令我心糾結。在一個以為不再有水氣可以凝結成珠的年紀，真的很難為情，我落淚了，無聲地落在劇場的黑暗裏。

> 她多麼喜歡翻譯
> 她以為許多事許多人都需要翻譯

她說當然這只不過是一個比喻

她盡量讓它們彼此貼近彼此對應

當然有許多事許多人不需要翻譯

當然這也只是一個比喻她說她

多麼喜歡比喻

　　翻譯的女人喜歡比喻，而翻譯本身是一個比喻，所以
她喜歡翻譯。不是滄海月明，是在濛濛煙雨中追索字句的言
外之意：怎麼貼近，又如何對應？

一個吻引起另個吻和下一個不需要翻譯

一個擁抱帶來擁抱和下一個擁抱不需要翻譯

一個善意激起善意另一個善意不需要翻譯

一個翻譯的人心裏住着

下一個陌生的語言需要翻譯

她多麼喜歡比喻

引起另一個比喻

　　可是愛來了的時候，就有了吻，有了擁抱，有了善
意。這是直接的反應，不需要翻譯；但這又是一個比喻，比
喻可引起另一個比喻，所以還是要借助於翻譯。

　　在音樂劇現實的世界裏，翻譯的女人必須一本接一本

翻譯吸血鬼的故事，也有人要她幫忙翻譯一張英文明信片，其實 goodbye and take care 這一句，那人當然懂，她不真需要翻譯，但她仍然找翻譯的女人翻譯。可憐這譯得出來與譯不出來的心事都太崢嶸。

這歌詞的作者當然是個翻譯的女人，她才明白為了那一字、那一句的貼切與對應，譯者如何絞盡腦汁，又默默付出了多少深夜的光陰；繪本的作者當然也很了解一個翻譯的女人，因為他把書獻給了他的夫人，一位翻譯的女人；我心有所感，在看戲的時候竟然哭了，我，也是一個翻譯的女人。

這裏，插進來另一個情節，是翻譯的女人變成了別人正在構思的電影劇本中的女主角。這人堅持自己並沒有抄襲鄰居的真實生命，而是一種藝術上的翻譯，是根據真實發生的故事重新創作成劇本。換言之，藝術翻譯是一種再創作；或者，藝術上的再創作也可以視為翻譯。但是當劇本作者親眼目睹了男女主角一個向左、一個向右，可能永不交會時，他焦慮得幾乎要在劇本裏改寫他們的行止與習慣。而隔壁十七號拉小提琴的男子迫切想要找到翻譯的女人，寧願成為電影劇本中虛構的人物。這人旁觀了翻譯的女人與小提琴手那麼近，又那麼遠；而在舞台上公寓大樓火柴盒也似的空間之外，我也跟那位劇本作者一樣，看着他們隔着一堵牆的思念，彼此一次又一次地錯過，尋覓你我的路如此迂迴，怕是

不會再相遇。分不清虛實，我的心揪着，好痛，好痛，覺得它就要碎了。

　　大病之後的幾米深刻體會了無常的殘酷，而在繪本中給它添上美麗的顏色。是的，即使是清冷的寒鴉色，也是美麗的。故事從十月六日到兩年後的三月六日，跑了十五個月，中間最少有三個季節是沒有動靜的死寂。繪本中記錄翻譯的女人只有一天：「十一月二十三日，天色暗得很快，五點不到天就黑了。正文：她正在翻譯一本悲慘的小說，讓她常常覺得世界一片灰暗。」她在昏黃的光暈中打字，譯好的書頁已有一疊。音樂劇從這一點開始，給翻譯的女人逐漸描劃出生命的情調。

　　繪本的結尾暗示了荒寒城市裏兩個寂寞的人在公車站會再度相遇：翻譯的女人拉着行李奔向倒塌的站牌時，落魄的小提琴手已經等在那裏。下一頁，巴士開走了，開向一個可能共有的未來。音樂劇則明顯讓我們看到：他們在大雪中重逢了，是命定的相遇。那麼音樂劇中的電影劇本呢？曲終該如何收撥？生命的不圓滿就留給導演了，讓他望着情人的方向，讓她在回憶裏重溫那些曾經圓滿的時刻。

　　幾米說他在創作此繪本的過程中，一直說不清楚自己到底想傳達甚麼，直到讀了波蘭女詩人辛波絲卡的詩句：

They're both convinced

that a sudden passion joined them.

Such certainty is beautiful,

But uncertainty is more beautiful still.

他們彼此深信

是瞬間迸發的熱情讓他們相遇。

這樣的確定是美麗的，

但變幻無常更為美麗。

　　這個詩節摘自女詩人〈一見鍾情〉（"Love at First Sight"）的開頭，幾米開宗明義放在書首。但在音樂劇的節目手冊裏已有改變：第二句「是瞬間迸發的熱情讓他們相遇」變為「是突如其來的熱情結合了他們」；而第四句的「但變幻無常更為美麗」變為「但一種不確定感卻更加美麗」。新版的第二句自不能免於翻譯腔之嫌，但第四句的「不確定」保留了與前一句「確定」的對比，也許可以斟酌改為「但不確定卻更加美麗」。這詩本是波蘭文寫的，中文則是透過英文翻譯出來，雖然隔了幾層，還是傳出了愛情會倒過去尋找那本該相遇的兩人，如「走音的小提琴」，如「翻譯的詩句」，早就已經開始，是本來就在那裏的線索，只是左右空間的錯置延宕了時間上的交集。

　　如此抽象的音樂劇，始於化感動為繪本的藝術翻譯，

整齣戲原來是一個比喻，是為辛波絲卡的詩句作腳注：有畫面，有音樂，以至於多媒體。怎麼貼近，又如何對應？翻譯的女人「多麼喜歡比喻引起另一個比喻」。

二〇一六年六月五日於東海

日月如飛：
在台北聽張學友演唱會

　　適逢元宵節，第一次進小巨蛋，為了看張學友的演唱會。是他這一次巡演的第五十場，也是台北站的首場。演唱會的主題是「經典」，他要呈現的是三十年來唱紅的歌曲精華。

　　這些日子，或者是盼着藝術家的表演，或者也是因為春天，腦海裏不時迴盪起一些老歌。比如說：

　　　　春天的花是多麼的香
　　　　秋天的月是多麼的亮
　　　　少年的我是多麼的快樂
　　　　美麗的她不知怎麼樣

　　黎錦光的旋律是甚麼時候長駐於我心的，完全沒留意，好像隨着少年時光的逝去，一路就走到了現在。不知不覺地哼起來時，也一如當初那樣深深的相信唱辭裏簡單的事

第五輯　化蝶而去　　　　　　　　　　　　　273

實。還有小時候看了那麼多鍾情主演的電影中姚莉所唱的：

　　　春風它吻上了我的臉
　　　告訴我現在是春天
　　　雖說是春眠不覺曉
　　　只有那偷懶人兒在高眠

　　那樣輕快地訴說着春光無限好，卻淡淡帶出來「只怕那春光老去在眼前」，因而有了「趁着那春色在人間，春風裏處處花爭艷，別讓那花謝一年又一年」的體悟。這是〈金縷衣〉的相對現代版，也許時代不同，仗着青春可以揮霍，不像「花開堪折直須折，莫待無花空折枝」那樣悲愴，甚至悽苦。惜春實惜人。

　　正胡思亂想間，演唱會準時開始，我們的歌手從四面台的中心底下升起，帶動了煙花燦爛的表演。在同一段流動的時間中唱出三十年的情緒與情感流轉，有時粵語，有時國語，不同的聲腔運轉，於我這樣的後中年，真是唱出了人生的滋味。不是滄桑，而是理解。在座的歌迷，不論是在哪個年齡層，聽雨歌樓，還是客舟，還是僧廬，本來各有領會，壯年與老年的階段在宋詞中可以是水墨的描摹，而在華麗的音響、光影與色彩交織的舞台之上，更偏向於細緻的工筆。聽這首〈離人〉：

銀色小船搖搖晃晃彎彎，懸在絨絨的天上
妳的心事三三兩兩藍藍，停在我幽幽心上
妳說情到深處人怎能不孤獨，
愛到濃時就牽腸掛肚
我的行李孤孤單單散散惹惆悵
離人放逐到邊界，彷彿走入第五個季節
晝夜亂了和諧，潮泛任性漲退，字典裏沒春天

　　彷彿回味着一生，隨着歌聲的層次，我細品前面兩句的八組疊字之美，有動作，有質感，有數字，有色彩；這些藍藍的暗影是陰鬱的雲霧，情到深處怎麼反而感到孤獨？是如彩雲易飛、琉璃易碎，因太在意而失去了自我與自由？而要放逐出彼此的邊界？輕快的口哨聲與未能圓的愛情所造成的反差，突顯了無可解的遺憾，讓天上「就會有顆星又熄滅」。

　　這種既然相愛而不能相處，反給雙方帶來極大痛苦的感情，〈離人〉的表達是詩意的、抒情的。到了〈這麼近（那麼遠）〉就是撕心裂肺的痛楚了。下面這一段唱出了情何以堪：

一天一天，日日夜夜；面對面，既相處，也同眠
一點一點，逐漸逐漸；便發現，縱相對，卻無言

靜靜默默望着熟悉的背面

一彎身影，原來離我多麼的遠

像天涯，那一端；沒法行，前一吋

我，留着你在身邊；心，仍然很遠

也許終於都有天，當你站在前面，但我分不出

這張是誰的臉

我，留着你在身邊；心，仍然很遠

我想伸手拉近點，竟觸不到那邊，就欠一點點；

但這一點點，卻很遠

觸摸得到，揣摩不到；這麼近，那麼遠；卻仍然

雙宿雙棲，不聲不響；我跟你，已改變，已無言

這首歌是張學友自己作曲，而由香港才子黃偉文填的
詞。是粵語歌，歌者好像要一直唱到歌的盡頭才自然止，所
以比一般的歌曲要長上兩分多鐘。國語幾乎是只有抑揚，而
無頓挫，廣東話的抑揚頓挫非常清楚，唱這樣的迂迴心境，
特別有一種無奈。開頭的「一天一天」、「一點一點」的促
音已經帶出急迫的感覺。古人的咫尺天涯說的是距離雖近，
但不得見，如在天涯；這首歌卻翻過來說，距離雖近，日日
相見，然而心的距離卻很遠，如在天涯。不是沒有努力過，
只是伸出的手永遠觸摸不到對方，這是現代人的情感困境。

如此耐人尋味的好歌，聽了一晚上。雖然哀而不傷，

但那語境畢竟就是悲歡離合的人生。在惆悵中，沒有想到我們的藝術家最後的信息卻是：生命是一場華麗的慶典。我終於在滿天繽紛的氣球中笑了。

二〇一七年二月十三日於東海

遙望長城內外

我從前的一位香港學生到台中來看我，我說我們不如一塊兒看個電影、吃個香飯，好好聊聊。哪知道買票的時候才發現我想看的音樂劇電影，既不知中文譯名，也不知英文原名，賣票的女孩也幫不上忙，只好問現在上映的都是些甚麼片子？一聽有個《長城》，我以為是陸片，學生說可能是港片，又說不知是否講粵語，我說既然在台灣，可能還是講國語，反正好玩，就看這部了。

雖然除了三位洋人之外，演員都是華人，長城修築在中國的疆土，饕餮出現在中國的古代，感覺卻是像到了美國，不管是舊金山的華埠，還是波士頓的中國城，你說它不是中國，又有點像；你說它是中國，又不怎麼像。電影的主要語言明明是英文，然而全片的風格仍是非常非常張藝謀。

我在張氏最好的年代，已經很怕一片紅爛漫的意象，不論是高掛的紅燈籠，還是縱橫的彩染布，就連《秋菊打官司》那樣洗淨鉛華的樸素裏，他也未能忍住不在皚皚雪地

上鋪排出漫天的紅辣椒。《英雄》增添了潑墨潑彩的大塊顏色，奧運開幕式再加上人山人海的新奇技巧；這一部則又更進化了。城牆上打怪獸，飛索鶴軍各自就位時，是不是有如高台跳水，還是高空彈跳，不知是更像漫畫些，還是更像電動遊戲些？所有的運動員都變成了二維的平面人物。

影片既以特效定位，我們就不好深究劇情或演技了。只是用那麼些好演員或大明星充當面目模糊又無甚對白的路人甲、路人乙，心下覺得可惜；為三個西洋僱傭兵混子跑龍套，太不值了。唯一的女主角則似中國版的「神力女超人」（Wonder Woman），不過全身盔甲罷了。

歷史上前有周幽王為褒姒一笑烽火台，後有秦始皇連接六國城牆為一整體的防衛機制，長城之修築本就是為抵禦北方遊牧民族的劫掠，先有犬戎，後有匈奴，再有突厥。電影裏殿帥犧牲之後，守城的禁軍將士擊鼓唱出王昌齡的〈出塞〉：

秦時明月漢時關，萬里長征人未還。
但使龍城飛將在，不教胡馬度陰山。

同時放起了孔明燈。看着那些燈從牆頭、山巔，冉冉飛向天際，耳邊的秦腔，高亢滄桑，喚起了澎湃奔流的血液與連綿亙古的鄉愁，其悲涼慷慨是迴盪在黃土高原上呼嘯來去的風聲，這一段的描劃幾乎讓我落淚。

可是這樣一脈相承的漢唐情懷卻讓影片後續的發展給生生斬斷了。雖然劇情沒有強調歷史的場景，但明白顯示出要保護的都城是汴梁。那只能是十一世紀的北宋了，而我們對北宋的感覺與漢唐的是絕對不一樣的，是不可能一樣的。因為後晉的石敬瑭割了燕雲十六州給契丹，這十六州包括現在的北京、天津與河北、山西兩省北部的幾個縣，我的祖籍原鄉，當年稱為武州的宣化也在其中。烽火狼煙，原來的長城邊牆已在契丹境內，遼人可以長驅直入華北平原，所謂國防屏障，實已蕩然無存。

如此，整個電影變成了笑話，若為防饕餮入侵而建長城，何必吟唐詩？整個邊塞詩的傳統，傷痛的是萬里邊關戍守不歸的將士。為饕餮，是把文章作小了。我的感情就是在東京有難時垮掉的，因為不可能與長城有關，所以轉不過來。就算是純娛樂，劇本也不可以這樣寫。再者，真要在長城上對付饕餮，也該是契丹人的事。

宋太宗一生的遺憾是未能收回燕雲十六州，所以才有後來真宗的澶淵之盟。失去了長城防線，早已埋下了有宋一代深陷在與契丹、女真和蒙古的糾纏當中以致覆亡的禍根。也許是這樣，我們後人對拚死守護雁門關的幾代楊家將的忠武賦予了特別的意義，在戲曲裏傳唱不衰。

二〇一七年一月九日於東海

瓦城及其他

　　《再見瓦城》上演，我即刻去看了。瓦城原名曼德勒，是位於緬甸中部伊洛瓦底江畔的舊皇城，現今的第二大城，華僑一般都稱之為瓦城，也因為是緬甸華人主要聚居地，也有稱之為華城的。

　　二十年前在美國看過一部電影，叫 *Beyond Rangoon*，寫一年輕的美國女醫生，因家中突遭變故，為紓解憂鬱而參加了去緬甸觀光的旅行團，卻在當時的首都仰光親眼目睹了一九八八年緬甸的民主抗暴，學生因示威而遭軍隊屠殺。影片側寫了與軍方沉着對峙的昂山素姬，而女醫生的護照在亂中被竊，無法隨旅行團回國，之後屢經波折逃到泰國的邊界，最終就留在當地的難民營醫院，以救助來自緬甸的難民為新的人生志業。

　　這個題材在荷里活頗為罕見，其實是根據真人真事改編。姑不論此片的藝術成就，單從其政治影響來看，片子在歐洲放映未久，被軟禁在家多年的昂山素姬當即獲釋。從到

達仰光到離開仰光，影片大部分在馬來西亞拍攝，所以也無從印證仰光的地理風貌，但是電影卻深深印在我的心版上。仰光已然如此，我對其他的緬甸城市，便更無所知了。

《再見瓦城》一開場就是一非常緩慢的長鏡頭。我們看着女主角蓮青身在泰緬邊境的界河上：往高處望，蓊鬱的熱帶叢林後面是越來越小、越來越遠的緬甸國旗。她一直望着前面，沒有回過頭；上了岸，緬甸已經給她拋在身後了。自始至終故事中的生死打拚皆在泰國，又與緬甸的瓦城何干呢？

瓦城既然從未在影片中真正出現過，那「再見」又是甚麼意思呢？是「別了，瓦城」，還是「瓦城，我來了」？片名的曖昧與模糊彷彿蓮青與另一偷渡客、男主角阿國所嚮往、所追求的夢想之比喻。詞意的歧義預告了兩個不同的方向，也許可以說是相反的方向：蓮青希望以努力工作攢下的錢換取泰國護照去台灣，所以要與瓦城作別；阿國的也很具體：賺夠一百萬泰銖回緬甸開服裝店，所以要去瓦城。是你要追索的，還是你要放棄的，瓦城，到底是個甚麼樣的夢？

我們觀影的角度自然是跟着蓮青走的，從她一跨過泰緬邊界，除了在外面，開車的、辦證的要說些緬語及泰語之外，電影故事講的是泰國的緬甸華工，他們生存的困境與生活的期盼，主要的語言是雲南方言。蓮青遇到的每一堆人，不論是在她洗碗的餐廳、住的宿舍，還是打工的紡紗廠，大

　　　　　　　　　　　　　　　　夢裏時空

家第一次見面問的都是同一個問題：從緬甸哪裏來的？而答案永遠也只有一個：臘戌來的。有時問題問得更細：臘戌哪一區來的？大部分人說，是從第五區來的，也有人說是第七區，接着我們聽到了，第五區與第七區是鄰區。臘戌是緊鄰雲南邊界的偏遠山城，滇緬公路的起點，人口中大約有一半是華人。就算我不知道這些區在臘戌十二區中所代表的意義，但從電影的語境當中會悟出來：這些都是臘戌的窮人區，當地華人幾乎是集體出外非法打工以求溫飽，而起碼的溫飽竟也時時不可得。

回看臘戌的華人移民，在時間的亂流中，他們是明末跟隨永曆帝流亡而來的？是國共內戰被逼向南境之南的？是像本片導演、籍屬南京的趙德胤的祖父那樣被派到雲南修築滇緬公路因而落腳緬甸的？去母國而離散，鄉愁何所依附？離緬而赴泰，這二度離散又如何言說？對出生在臘戌的華裔來說，中國這原鄉是回不去的，但是那一絲半縷的聯繫，總是深藏在甚麼地方，又是時間所無法抹去的。猶如蓮青到了曼谷，從背包裏拿出來的禮物：自家醃製的雲南泡菜與緬甸式樣的紗籠。受禮的一方卻似全然不在乎，帶這些來幹甚麼？她說這些在當地，意思是在曼谷都買得到。在錯置的空間，鄉關何處？

也許正因為如此，對所謂家鄉沒了想念，也沒了牽掛，蓮青可以忍受工廠中幾近非人的待遇，是因為她做的夢

在遠方。為了追尋這個夢，她只在意兩件事：錢與工作證。她偷渡上岸後的第一個動作：從牛仔褲口袋裏掏出鈔票數錢付費。她後來不斷重複掏錢與數錢的動作，一如她在工廠裏辛苦工作與隨便吃飯的循環，一切只為一個目的，那專注令人心酸。為從生存的邊緣跨越到生活的可能，她用各種方法求取工作證，或者也可以說是求取新的身份。只要有身份，就可以多賺些錢寄回家。於是臘戌的緬甸華僑王蓮青，一變而為泰國曼谷郊區工廠的 369 號女工，再變而為泰國人美依高悠。在這個身份改變過程的最後一步，她一手斬斷了自己的愛情。新的身份證件是用性與暴力換來的，最後也在性與暴力中失去自己。作別瓦城竟是毀滅的開端。至於阿國，他發現自己所愛的人與自己做着不同的夢，而選擇了玉石俱焚。盼回瓦城竟然也成了毀滅的開端。

《再見瓦城》有一個英文片名 The Road to Mandalay。Mandalay 是曼德勒的英譯名，自然說的是瓦城，但這詞語本身典出吉卜林（Rudyard Kipling）一八九〇年的名詩〈曼德勒〉（"Mandalay"）。詩中說到一英國士兵曾在往曼德勒的路上，望見孟加拉灣上的黎明，並愛上毛淡棉佛塔台階上一個美麗的緬甸女子。他說知道女子在想念他，「因為風在棕櫚樹間吹着，寺廟的鐘聲響着：英國兵，你回來；回到曼德勒！」而「往曼德勒的路上」（On the Road to Mandalay）這一句在這首長詩裏反覆吟唱，是大不列顛帝

國在其最光華燦爛的時刻對東方，尤其是緬甸的想像，飛舞着異國的神秘情調與奇幻色彩。與曼德勒作別而不再回來，意味着沒有滿足的慾望與長留我心的遺憾；充滿着浪漫的聲音與華采。

對一般英國人來說，緬甸，當年英屬印度一省的緬甸，就等於吉卜林的那首詩。而事實上出生於印度的吉卜林在回母國倫敦的歸途上，只在緬甸停留了三天，從來沒有去過曼德勒。但這首英詩的生命卻飛揚起來，風靡了整個西方世界，其影響且延展至歌曲、音樂劇及電影中。美國拉斯維加斯賭城就有一家度假村叫做曼德勒海灣。對熟知此詩的西方人而言，《再見瓦城》也許是一殘酷的對照，卻是真人實事的變奏。而我看起來，The Road to Mandalay 之名所呈現的渴望只是幻影，《再見瓦城》的希望則是幻滅。

二〇一六年十二月十七日於東海

炙熱艷陽下

　　《炙熱艷陽下》是一部印度片，片中說的是印地語。我聽不懂，自然會看片上的中文與英文雙重字幕。此片以四位女子為主角，一個童婚嫁人又單親，一個家暴苦主，一個色情舞孃，還有那位單親又替兒子童婚娶來的娃娃新娘。故事發生的地方，設在印度西北部與巴基斯坦接壤的拉賈斯坦邦的一個虛構的沙漠村，根據真實事件改編而成，是今年台灣國際女性影展的選片。我是影展巡迴到台中時在東海校園看的。

　　此片的英譯片名「Parched」，既指乾渴極了的大地，也指乾渴極了的女人。中譯「炙熱艷陽下」相對而言比較含蓄，只說了太陽的火熾，也許有焦躁、有暴烈、有激情，但少了些英譯名那樣直接而帶來的渴求滋潤的張力。想來英文應是由印地語譯出而中文是由英文轉譯而來的；轉譯時口氣又輕省了很多，變得不到位了。比如十五歲的童婚少年對他的寡婦母親說，如果她（那女孩）不夠好的話，就把她退

回去，聘金拿回來。而英文字幕說的是：如果她是個爛女人（If she's rubbish），或直譯：如果她是垃圾。其分別在於英譯的「垃圾」或「爛女人」比中譯的「不夠好」狠毒多了。那少年的眼神犀利如刀，讓人奇怪他與那位從來未曾謀面的女孩，何時結下了深仇大恨？

如果視此片的主題僅為性別歧視，可能把問題看狹窄了，辜負了導演的初心。片中女人的遭遇，在不同的程度上反映出女性的生活困境，是在根本上沒把女人當人，這是不同地區的女人都會感同身受的。

這部電影，呈現出傳統印度的保守社會，不論對錯，人人以原有的生活方式因循下去。只要有人想改變，必定化成不同形式的權力鬥爭，被兇殘地打壓下去。舉樂喬為例，丈夫一喝醉就家暴，更常以她不孕為藉口，幾乎是日日拳打腳踢；其實不孕的是他自己。以暴力來掩飾真相，是十足的懦夫行為。我看着銀幕而已，並不在其中，卻依然看得心驚肉跳。中文「不孕」，在英文字幕上有時是「infertile」，有時是「barren」，也都同時指地也指人。

可是在此寸草不生的沙漠之地，我們的女導演李娜‧雅達芙（Leena Yadav）大膽處理三個女性議題：男人、愛慾與生活，且把美好的體驗置於水邊的山洞中。樂喬為了想受孕而與他人歡好，但花好月圓的過程卻是纖細柔美，猶如小風吹過肌膚，使人不由得想起以梵文寫就的《慾經》

（*Kama Sutra*）來。這個特別的印度視角，雅達芙拍得極其唯美。我可以感受到樂喬心靈的震動與身體的震撼。彼此都不是對方的玩物，性愛是從溫柔的撫觸開始的，只有憐惜，只有欣賞。

電影始於二位女子等公車出村，終於三個女子開着歌舞團的花車離村。幾次公路上跑車的情景，也讓人想起一九九六年的美國電影《末路狂花》（*Thelma and Louise*）兩位女角在前無退路、後有追兵的情況下，選擇連人帶車衝下山崖。結局悲慘，但油門那一踩，只是證明逃離被掌控的命運之決心，令人痛徹心扉的是付上了生命的代價。在《炙熱艷陽下》中，幾位女角的心在哪裏，就去哪裏。前路雖不明朗，但她們又笑又鬧，電影的調子整個歡快了起來。這兩部片子，從美國的西南到印度的西北，二十年來，沙漠終究是開出了花朵。

二○一六年十二月十六日於東海

仍然是想念：
愛因斯坦傳奇

春天以來有兩個跟愛因斯坦相關的消息。美國公共電視台在網上的一篇貼文，曰〈愛因斯坦在民權上的激進主義〉，提到去年六月在奧蘭多舉行的一場路邊古董拍賣會中，有一位女士拿出她丈夫從前所拍攝的一組簽名照片來估價，內容全是愛因斯坦。貼文特別介紹了其中一張，是愛因斯坦在一九四六年接受賓州的林肯大學頒發給他榮譽博士學位，在典禮前照的。愛氏穿着博士袍，一臉病容，他當時已因腹部主動脈瘤出血嚴重，只能吃嬰兒食品，一般的社會活動都不參加，也不做講演，最終亦因此而死。也許他自己為逃納粹的種族迫害而來到美國，林肯大學又是美國第一所黑人大學，所以他答應蒞校受此榮譽並講演。

在七十年前的這場講演中，愛因斯坦說：「美國人的社會面向中有一點是很陰暗的。他們的平等意識與對人類尊嚴的看法主要限於白皮膚的男人⋯⋯我越覺得美國人是如此，這情境越使我感到痛苦。只有說出來，我才能逃出自己

好像與之同謀的感覺。」他之所言，直指種族主義。其所關懷、所認知的比美國六十年代風起雲湧的民權運動，差不多早了二十年；也是他移民美國十多年後仍然維持的旁觀者清的洞察力。

第二個消息是由路透社發佈的：說科學家第三次偵測到太空中的漣漪，亦即幾十億光年前因地球撞擊出黑洞所帶來的震動，也就是引力波，是百年前愛因斯坦已預知，而在二〇一五年九月首次偵測出來。這些震動來自巨大的天體因撞擊而融合，而產生出漣漪般的引力波穿越時空云云。

這兩則消息，一關乎愛氏的人道主義，一關乎他的科學發現，哪知還有第三件新聞，即是以探索發現自然為主題的國家地理頻道，居然也開始拍攝影集，劇名中譯「世紀天才」（Genius），說的正是創立相對論的愛因斯坦傳奇。但這英文原劇名不是特別好，因為太泛指、太平常了，反而失去了辨義的作用。有一本英文科學家傳記也叫 Genius，傳主卻是相對論之外，二十世紀科學的另一根擎天大柱、量子力學大師費曼（Richard Feynman）。

「世紀天才」是根據艾薩克森（Walter Isaacson）二〇〇七年所著的暢銷傳記改編，艾薩克森本人也參與了電視劇本的寫作。十年前我讀此書，已覺得這本傳記幾乎是集大成般的採用了「愛因斯坦全集計劃」所出版的愛氏研究與私人文字，以及前所未知的愛因斯坦式的激情與波希米亞風

格。也許艾薩克森出身記者，他的筆與歷史學者比起來，對我來說是有些熟極而流；那一點點「油」，少了些繞樑的餘音，讀來不免感到遺憾。

影集本季首播，共十集，但節目稱之為十章，好比視一生如一書，每一人生階段如書之一章，因而稱為第一章、第二章，而非第一集、第二集。影集的內容相當忠實於原著，或者說應是史實，並非虛構。然而觀影的經驗與看書完全不同，是製作時甚麼細節都不忍割捨，所以失焦？好像有一副身架，卻少了血肉，有些鏡頭不時讓我覺得可怕，甚至是冒犯。換言之，文字轉變成影像時，其巨大的落差既在媒介之外，也在故事之外，是在風格的表現上讓我感覺痛苦。奇怪，這究竟是怎麼一回事？

這部影集有一個特點，就是負責的導演很多，幾乎兩三集就換一位。第一集是朗霍華（Ron Howard）的作品，他拍過《有你終生美麗》（*A Beautiful Mind*），也拍過《達文西密碼》（*The Da Vinci Code*）；影視雙棲，都得過大獎，不能不說是美國的一位名導。但是在愛氏一些生命轉折的時刻，他賦予了過於戲劇化的詮釋，我看起來就是荷里活式的媚俗，可又不像是為票房而譁眾取寵。比如影集一開場，其敘述語言在時間軸上是非線性的發展，全劇始於二戰前在柏林的愛因斯坦，再回溯至他的少年時代：從德國慕尼黑到意大利米蘭到瑞士的阿勞再到一戰時的德國柏林，第二章時

再從阿勞跳躍至蘇黎世。拍攝手法不是閃去又閃回，而是閃去後很久不回。在如此紛亂多元的時空下，導演又用同樣的手法介紹了愛氏的第一位夫人米列娃，讓她也回到在塞爾維亞不同城市求學的少女時代。這樣雙重的切割敘事，連我熟知愛氏生平都感到蕪雜無章。尤其是在第一章大約三十年的日月流轉中，愛因斯坦只有兩個老少造型，四十歲的愛氏貌竟似花甲，而由三十歲樂手扮演的愛氏，怎麼看都不像高中生。

我從前翻譯的《情書：愛因斯坦與米列娃》，所收的是愛氏十八歲到二十四歲六年間寫給米列娃的信件，即使是透過英文，而非德文，仍能看出字裏行間流露出來的是一個伶牙俐齒、雄辯滔滔的不羈少年，而非我們一向耳熟能詳的智慧長者。他非常喜歡戲劇化的表現方式，比方說與他母親吵架甚麼的。但愛因斯坦的戲劇性中有一種可愛的氣質，用現在流行的話說，就是萌萌的。也許譯書是另類的精讀，在一字一句語言轉換的過程中，譯者浸淫在傳主的人生中每有所悟。傳記寫作恐怕更是如此；因此我看艾薩克森所著的愛氏傳記常有同感，時有共鳴，雖然我曾希望他的文字格調可以更高些。然而，對愛氏這一點痴傻的特質，導演似乎並沒有體會到。所以在一些本應靈光閃爍之處，竟然煮鶴焚琴、死於句下了。

戲的開頭即是愛氏在他柏林的辦公室，一把抓住他的

年輕秘書，急急將之推向牆壁，隨即做起愛來。因為太突然，這驚天一爆，確實把我嚇了一大跳。這些年來科學史家對愛因斯坦檔案的整理，讓世人除了他的科學成就，逐漸認識其人。或許編劇的立意是想讓觀眾在了解天才之外，明白愛氏也是凡人，所以不必為尊者諱。只是影像拍得太難看了、太誇張了，視覺上甚覺不堪，所以問題不在情節的呈現，而在藝術的表達。還有，在那樣短的篇幅中，有必要再拍出愛因斯坦與瑪麗兩人在瑞士的原野發生了關係嗎？或者正是因為沒有鋪陳的空間，美學的距離無從拿捏，感情的表現才顯得突兀與粗糙。

不過有一個細節很有意思：愛氏離開慕尼黑轉學到阿勞去讀高中時，住在溫特勒家裏，我知道他的初戀情人是溫特勒家的女兒瑪麗，他最好的朋友貝索日後娶了溫家另一個女兒安娜，而他的妹妹瑪雅嫁給了溫家的兒子保羅。溫家兄弟姊妹比我想像的還要眾多，吃飯時一大桌子人，又是那樣的言笑晏晏。各人的戲分雖少，我從書裏得到的零星知識，倒是在畫面上得來一個整體的感覺，透出來的溫暖令人印象深刻。

一九〇五奇跡年，愛氏在德國《物理年刊》發表的四篇論文，除了讓他完成博士學位以外，其所涉及的科學領域：伯朗運動的、光電效應的、狹義相對論的，為現代物理開了新局。影集的呈現自然是流於表面，反而是他在中學

課堂與老師爭執時迸出來的話語，一字一字打在心上：「過去、現在及未來並無區別，只是幻象而已。」電視屏幕傳出來的是帶德國口音的英文：「The separation between past, present, and future is only an illusion.」前所引的中文是翻譯，是陳先生生前時常提起的。爭吵的場景突顯了有別於牛頓的時空觀：時間是相對的。

這一季的影集還沒有播完，即聽說明年還有第二季。看過的這些章節中，我是一邊看，一邊想念一個人。五年了，這些幽微的感受還真是無處可訴。就算是幻象，梅雨連綿，滿城風煙，也只有一個悶字可說。

二〇一七年六月十四日於東海

第六輯　過邊界

過邊界（一）

　　我看過的電視連續劇不算多，在香港時看的《金枝慾孽》與網上補看的《甄嬛傳》都是講宮廷內鬥的，主要場景自然不是在前朝，就是在後宮；最近看的《羋月傳》與《女醫‧明妃傳》兩部大戲卻都有一些新意，簡單説來，即過邊界是如何描劃，又怎樣呈現的。

　　比如《羋月傳》，除了楚、秦、燕三國文化，我們看見秦統一天下以前，各國使節、謀士絡繹於途，連國與國之間結親、交質，亦是如此。公孫衍、張儀、蘇秦，固然忙於縱橫權術，但穿梭邊境在故事中都是過場。羋月前隨羋姝由楚入秦為媵，後又隨嬴稷離秦赴燕為質，兩次都是頗費刀鑿筆墨、雕琢渲染的主戲。我們看見送嫁的華麗陣仗，也看見送質的寒磣場景。但一離開母國，送嫁也好，送質也罷，皆難全權作得主，沿途只能住驛站。過了邊界之後，結親的成婚，其餘策士、使臣，均只能住驛館。

　　《羋月傳》細細描寫這一小隊人馬離秦入燕的旅程。兩

位重臣在城門口目送他們出咸陽之後，一路上受盡欺凌，直至魏冉出現，護送羋月母子到秦、趙邊境，就得回頭。這時義渠戎在邊境的大草原上打秋草，與羋月重逢之外，又送上乾糧、毛皮、盤纏。天高雲闊一單騎，遙望車馬蕭蕭北行。再過一次邊界，就是燕國了：冰天雪地，顏色全改。

邊境是奇怪的地方，人在此交會，物在此交換，文化在此交流。《女醫．明妃傳》中我最想說一下土木之變。明英宗被瓦剌俘虜的土木堡在今河北懷來東。附近明軍守禦的兩座城，一為宣府，一為大同；一在河北，一在山西，是沿明長城防線所設立的九邊軍事重鎮之二。

宣府鎮屬冀州地，秦漢時為上谷郡；曾因後晉石敬塘割燕雲十六州獻給契丹而屬遼；女真滅遼後又屬金；之後自是屬元。成祖建都北京之後，即成防禦蒙古人南下的鎖鑰咽喉。顧祖禹在《讀史方輿紀要》中說宣府「南屏京師，後控沙漠，左扼居庸之險，右擁雲中之固」，歷來兵家必爭。所以邊關重地也是多民族、多語言、多文化的雜處之地，其間的誤解與對話在文化上激起了漫天火花。

我童家一支世居宣府，兒時曾聽父親說，族中家人有出口外放羊的，多與蒙人有往來。他還用蒙古話從一到十數給我聽，我現在還記得一二三四怎麼說，但對不對就無從知曉了。父親曾有志於邊疆屯墾，因日本侵華而幡然改運。瓦剌屬蒙古族，電視劇在漢蒙文化的同異上有所着墨，看來興

味盎然。

　　劇中女醫杭允賢，會說一些瓦剌話，劇情交代她因父親守邊，在北疆長大。所以為漢人，還是瓦剌人看診，溝通既無問題，她不在意男女大防，也不計較種族差異，反而可以專注於醫者有病即治的專業倫理與責任。她重視在地的療法，被執時依然向蒙醫討教。比如：漢蒙醫術都講究針灸，她說：「漢人的灸用艾草，蒙人的用蘇亥。」英雄所見，聽在耳裏，真是如詩般的美麗。

　　又如，杭允賢向蒙醫提到前朝忽思慧的一本書《飲膳正要》。忽思慧是元宮廷中的飲膳太醫，專職照顧皇太后、皇后藥膳諸事，兼及養生。《飲膳正要》即忽思慧根據各民族的經驗，但以蒙人為主撰寫的食療經典。允賢專攻婦科，熟讀此書，蒙醫聽了，亦有榮焉。這些都是在邊界上撞出來的火花。

二〇一六年七月二十四日於東海

過邊界（二）

　　瑞士有四種官方語言，居民都習慣於換區即換語言。比如在德語區的蘇黎世坐火車，大家說德文；一進入法語區的日內瓦，立刻換法文。意大利語區也一樣，羅曼什語區人口較少，需兼用德語和意大利語。所以瑞士人一般都會說兩三種語言，若加上英文，就是三四種了。這是在瑞士國境之內的跨界。

　　年初去布拉格，在蘇黎世轉機並通關，到了布拉格反而很輕鬆，下了飛機，馬上拎起行李走人。身受申根區的公約與協定之惠，在布拉格坐火車，車上廣播用捷克語和國際語言的英文，一進入奧地利即換成德文，英語則維持不變，跨國全無關卡。我後來在維也納玩了三天，再去薩爾斯堡。等火車時好奇，忍不住滑手機看看有沒有免費的 Wi-Fi 可用。在一堆付費的選擇裏，居然有一個免費的，卻是專門提供給難民。我這才想起那樣嚴峻的難民問題，身處歐洲卻無甚感覺，也許自己是一旅人，乃過客，路途上發生了甚麼大

事，都無從也無法即時得知。也或許是那幾天歐洲國家陸續關閉邊境，難民無法入境而暫時安靜下來。

歐盟主要以其會員國的立場開放邊境，使整個歐洲大陸運作起來好像是一個國家，不僅貨暢其流，而且人行無阻。其眼光深遠，繼之以魄力，然而實行起來自是大不易。如今大量難民壓境，所造成的國家安全與社會、經濟問題既不堪負荷，也不容小覷，閉關當然是逼不得已。好像良善的立意或清明的視野總會遭到挑戰，甚或被濫用，竟至於為德不卒而苟延殘喘，而中途腰斬。誰會想到英國脫歐，而美國出賣了自己的格局呢？希望這只是人類文明演進過程上的一次挫折。

酷暑當中《紐約時報》發出了一則消息，事關北歐兩個國家，挪威與芬蘭。明年是芬蘭脫離俄國的一百周年獨立紀念，挪威人想送一個生日禮物給邊界那邊的芬蘭人。這個禮物很特別，是沒有辦法用彩紙包起來，再打上蝴蝶結相贈的。

挪威多山，勝在氣象萬千的景觀；芬蘭地平，境內最高的山就是在邊界上的海地山。此山有兩座峰，高的那個卻落在邊界那邊的挪威境內。挪威人想，只要將邊界挪開一百三十呎，芬蘭多了二十三呎的峰巔，就有了完整的境內最高山。挪威少了的那一點，根本看不出來，而芬蘭人卻會因此而非常高興。何況邊界是一七五〇年定下來的，就地形

而言，目前的邊界實在不怎麼合邏輯。所以兩邊的人都非常興奮，為促成其事而努力。

在挪威，有政界的人說，挪威憲法逕指王國的土地不可分割，此舉可能違憲；也有法界的人說，其實邊界是可以調整的。而有些芬蘭人以為山峰根本就在芬蘭，不知其原來在挪威。

一直散住在北歐多國的原住民撒米人有不同的看法：他們認為山是聖潔的，與國境沒甚麼相干。土地既不屬於芬蘭，也不屬於挪威，以為可以把自己不曾擁有的東西送給人豈不荒謬？撒米人世代以豢養馴鹿聞名於世，海地山其實座落在撒米地區，無論山的哪一邊，對撒米人來說，就是山，是沒有邊界的。如果挪威要還，還給撒米人好了，不然，至少讓他們的馴鹿可以在邊界上自由來去。

二〇一六年八月十二日於東海

在布拉格，想起了愛因斯坦

　　我們熟知的愛因斯坦，一般是在伯恩的，是在蘇黎世的；是在柏林的，是在普林斯頓的。其實從一九一一到一九一二年間大約有十六個月，愛因斯坦在布拉格的日耳曼大學任理論物理教授，全家住在布拉格。那所大學二戰後與布拉格的捷克大學合併，就是今日有名的查理大學。

　　查理大學的校史可以回溯到神聖羅馬帝國皇帝兼波希米亞國王查理四世，是他在西元一三四八年創立了以巴黎大學為典範的中世紀大學。中間種族與語言的風波不斷，直到一八四八年的革命結束之後，同一所大學分成兩個獨立運作的大學系統，一個用德語，一個用捷克語。愛因斯坦住在布拉格的日子正是大學分治的年代，而他所活躍的社交圈自然也是說德語的，而且還是猶太背景的知識份子。

　　日耳曼大學對愛因斯坦非常禮遇，為他新建了公寓。從前過眼的一些傳記曾提到他的床上有跳蚤，這大概是讓他最不舒服的一件事了。從一九〇五年愛因斯坦發表狹義相對

論，到兩年後廣義相對論萌芽，到一九一六年建立，布拉格的歲月夾在中間，正是理論成形的階段。愛氏在一六年年底問世的名著《談狹義與廣義相對論》，一九二三年翻譯成捷克文時，他為此版本特別寫了一篇序，指出：廣義相對論中最關鍵性的看法是在布拉格發現的。

此外，一九一一年在布魯塞爾召開的索爾維國際科學研討會，主席是荷蘭的勞倫茲，參加的科學家有法國的龐卡立、居禮夫人、郎之萬；有德國的普朗克，有英國的羅塞弗德；他自己則是在奧地利的名單上，因為當時的波希米亞隸屬奧匈帝國。索爾維研討會是科學史上最重要的一次會議，也是愛因斯坦一生的轉捩點，與會的尖端科學家，大部分他都是第一次見面。一九二一年他的個人聲望達到巔峰，還曾回布拉格一次，拜望了此間物理界的好友，與相對論有關的研究著作在捷克陸續出版，我們看見他在布拉格德語科學界的影響力。

布拉格的愛因斯坦住在美麗的伏塔瓦河左岸，德文叫做摩爾道河。我自是偏愛捷克語的伏塔瓦，你只要看見那條河的風情，就知道它只能是伏塔瓦。愛因斯坦經常在老城區散步，最愛去的是老城區中貝爾塔，也就是凡塔夫人的沙龍。在瑞士的伯恩，他有奧林匹亞研究院；而在布拉格，他有此文化圈，隨時辯論哲學、討論文學、演奏音樂。他永遠帶着自己那把小提琴，而圈中自有雅士為他鋼琴伴奏。聊天

的人裏有還沒開始寫小說的卡夫卡，有日後不守焚稿遺言、反替人類留下驚世傑作的布洛德。還有一位哲學家，是娶了凡塔夫人的女兒，一戰時去了巴勒斯坦的柏格曼。但這圈子裏沒有塞爾維亞出身的米列娃，是在布拉格，她與愛因斯坦的關係走到了盡頭。

在布拉格三天，除了專訪猶太區之外，我都在老城閒逛。好像隨便一走就走到了老城廣場，看見了聖母院高聳的雙子尖塔與老市政廳鐘塔上美麗的天文鐘，也幾次目睹了每一小時都出來繞場一周的使徒巡遊。他們已經這樣繞了六百多年。

我與珍華不自覺地以廣場為中心輻輳出去，到伏塔瓦河上的查理大橋漫步，還是大街小巷裏穿梭。凡塔夫人的沙龍就在廣場上一棟灰色的樓裏，但我們沒有刻意去尋覓愛因斯坦的遺跡，或者說各種紀念牌上的說明。我深知這幾天走過他愛走的路，呼吸比他當年自由的空氣，緬懷文明演進史上的一些偉大的心靈已覺幸運。愛因斯坦最後的甜心，在普林斯頓大學圖書館工作的約漢娜，是凡塔夫人的兒媳婦，在夫婿過世後移民美國，才與愛因斯坦重聚的。布拉格是他們彼此的鄉愁，因了她，愛因斯坦的晚年多了一些溫暖與慰藉。

二〇一六年八月十六日於東海

記在布拉格聽的一場音樂會

　　也許因為布拉格鍾愛莫札特，也許因為普契尼創作的歌劇《波希米亞人》，甚至是因為查理大學的柯瑞爾教授把《紅樓夢》翻譯成捷克文，我對捷克文化一向惺惺相惜。所以啟程歐遊前我已滿懷熱情，一定要在布拉格聽一場音樂會，只要行程可以配合，曲目、地點都沒關係。與珍華兩人行前，改期末考卷、看論文，忙碌中一切網上作業，票也買好，其餘一概不知。不就等一個「驚」字？

　　人在布拉格了，隨便亂逛都會看到音樂會的廣告招牌：很多莫札特，很多德弗札克。原來我們要去的地方是市民會館裏面的史麥塔納音樂廳，離我們的旅館非常近，散着步就去了。初春的空氣清冷，偶有雪花，落地即融。路上的觀光客又少，非常舒服。啊！杏黃的大樓，綠寶石般的圓頂與立面圓拱上的彩繪壁畫，在華燈初上的時分，有一種特別尊貴的神采。

　　寄存了大衣，才有工夫欣賞音樂廳的內部細節，圓頂

天花的彩繪玻璃，不是巴洛克的風雲流動，而是安靜簡單的圖案，金色的燈飾更增添了大廳的輝煌。雖然是網購，我們的位子非常好，舞台上偌大的管風琴看着已覺得心曠神怡。史麥塔納音樂廳是布拉格交響樂團的主場，駐團指揮是阿根廷來的荷西·庫拉（José Cura）。

開場時滿座聽眾人手一份節目表，我奇怪自己怎麼錯過的？但也來不及出去找了，反正也看不懂捷克文，專心享受音樂罷。第一個曲目不熟，特別的是整個表演是無伴奏的合唱曲，由成人與兒童合唱團做不同的組合演出，非常肅穆莊嚴，感覺到宗教的虔誠，宛如祈禱。第二個較短，是弦樂團伴奏、次女高音的抒情詩。每一個曲目開始前，庫拉本人都會以英文簡單介紹，但我都聽不完全。第三個曲目好像說，是庫拉指揮自己所作之曲，而且是捷克首演。真的嗎？我半信半疑，大概是聽錯了。

這個曲目也是由交響樂團、兒童、成人合唱團共同演出，獨唱的女高音也是來自阿根廷。我聽不出歌詞用的是甚麼語言，但見少女般的歌者與稚齡兒童間的對唱是問答、是應和。她的歌聲帶一些惶恐，而天使般的孩子似乎在說不要怕、不要怕。每一段的結尾重複，越聽越像是拉丁文。合唱的聲音此起彼落，一波連着一波，終至於山鳴鼓應，竟然喚起我潛在於心的宗教經驗，彷彿在望大禮彌撒。我的眼淚迅速流了下來。

這是怎麼了？是我在音符的流動中看見了畫面，看見少女時代的童貞瑪利亞，看見她從天使領報之後到耶穌降生以前細微的心理變化，聚焦在見到表姊伊撒伯爾之時。想到一個十五歲的未婚少女將來所要承擔的各種打擊，還有甚麼比親眼目睹兒子之死在十字架上更為殘忍的事？

父親是老天主教友，我兩歲領洗，十八歲以前的彌撒語言都是拉丁文，後來是國語、是英文、是廣東話。這場音樂會之前，還在維也納望了一台德語彌撒。回想指揮之前的介紹，才明白一九八八年他的妻子懷了頭胎，他體會女性妊娠之苦，感念天上母親，以這個曲目回應教宗若望保祿二世所啟動的聖母年而創作的。

中場休息時旁邊的人在看節目單，我問外面可有賣英文版，她說節目單只有一種，但卻是英文與捷克文的雙語版。我即刻出去買了。翻閱節目小冊，知道庫拉原是成名的歌劇男高音，又是指揮，又能作曲。這解釋了選曲偏重聲樂的特點。他自己的作品，名曰 *Magnificat*，真的是瑪利亞讚美主的頌歌。

下半場專心奉獻給拉赫瑪尼諾夫的《第二交響樂》。庫拉手勢靈動，風度翩翩，略顯戲劇化的表演讓音樂廳裏滿溢着古典的情感張力。我想起小冊子裏布拉格交響樂團的節目經理問庫拉，為甚麼選這曲目？他說：「能選別的嗎？那首交響樂涵蓋了一切。對所有的樂器都是挑戰，有激情，有憂

傷，也包含了所有可能的情緒⋯⋯」

　　管窺布拉格的城市個性，為我帶來了驚訝、驚奇與
驚喜。

二〇一六年八月二十一日於東海

布拉格的猶太區

　　年初放寒假去了布拉格，與同行的珍華請了一個導覽，專程去訪猶太區。我們從老城約定的地點開始，隨着她穿過一個小商場，喝了杯免費咖啡，再繞過老城區廣場，七彎八拐來到一條街，上有名字約瑟夫城（Josefov）。這是布拉格老城的一個小區，舊日的猶太區，由對猶太人推行寬容政策的神聖羅馬帝國皇帝約瑟夫二世以己之名為此區重新命名。

　　走着走着，看到一家餐廳，叫卡夫卡迷小吃，不知是哪一類食物？隔壁是所羅門王猶太館，專賣猶太潔食。玻璃門上一顆大大的六角大衛星，還有一個鐘，鐘面上不是阿拉伯數字，而是希伯來數字。

　　十九世紀末，二十世紀初，因布拉格以巴黎為模範來規劃城市而大興土木，猶太區中狹小逼仄的街道，鱗次櫛比的房屋盡皆拆除，只剩下六座會堂，還有猶太市政廳與墓園，除了有着奇怪名字的老新會堂仍在使用，其餘組成現在

的猶太博物館群。目中所見各樓,都在百年左右。名為老區,實為新城。

我們先經過老新會堂,門上也是大大的大衛星標誌。這是現今中歐保存得最完整的猶太會堂。附近的猶太市政廳是十六世紀下半葉建造的,屬文藝復興風格;但在兩百年後的十八世紀後半,改成巴洛克;二十世紀初又擴建。在流淌的時間裏,奇異的組合彷彿是溶解了各種不同美學經驗的線條,尖銳的變圓融了,因而煥發出新的生命,使這棟老建築顯得更加深沉而美麗。

市政廳大樓有兩座鐘:在小鐘塔上的是一般的標準鐘,用的是羅馬字;下面那座與所羅門王猶太館的一樣,用的是希伯來數字,但卻以逆時針的方向轉動。我站在那裏同時望着兩個標記同樣時間的不同鐘面,多少生些感慨:只能從藝術、從美感、從欣賞的角度來理解不同的呈現方式,如此或可管窺較為深層的文化含義。但就算甚麼都不想,只單純地望着那建築,並置的兩座鐘也是美麗的。那美麗讓人感動。

之後,曲曲折折地穿街過巷,也不知怎麼就來到了平卡斯會堂。平卡斯是一座紀念堂,牆上的大地圖大致呈現出歐洲猶太人分送不同集中營的路線,依字母排列,第一個就是在波蘭的奧斯維辛。布拉格郊區的特倫津集中營原來是死亡中轉站,看來觸目驚心。其他的牆面上刻滿了名字,密密麻麻大約有七萬八千個,依所來自的社區為序,全是二戰時

滅族大屠殺、死在納粹集中營的布拉格猶太人，名字後面是死者的生卒年，真的是不分年齡，一律送往毒氣室。

導覽女士問我：「妳姓甚麼？」我說：「Tung（童）。」她說：「妳看牆上姓氏最後兩個字母是 va 的，都是女性。如果妳是捷克人，姓氏後面就要加上 va 而成 Tungva（童娃）。」難怪印象裏斯拉夫族的東歐人、俄國人，很多名字都有「娃」。隨意往牆上一看，姓氏結尾是 va 的非常多，自然是有女人、有女孩。恍惚中感同身受，好像我的名字也列在上面，頓時覺得痛徹心扉。

有幾個玻璃櫃展示着遺留在集中營的物件：有頭髮、衣服、鞋子。最特別的是一些小學生、中學生的畫作：有黑白的鉛筆畫，也有彩色的蠟筆畫。內容不但不陰沉黑暗，反而都很生動活潑。比如有斑斕的蝴蝶飛舞在春天的花園，有小朋友快樂地跳繩，有全家人溫馨野餐。大概是一九四二到一九四四年間畫的。

是一位猶太女畫家教兒童用畫作記錄了他們短暫的生命。她鼓勵他們畫出往昔生活在猶太區的日子：家的記憶與未來的夢。所以我看到的展品都是歡快的調子與明亮的顏色。奇幻的想像彷彿生出了翅膀，飛出了拘禁的大牢。是一邊受着創傷一邊創作，或可視為藝術治療，也許我這個觀畫者早已知道他們的結局，因此美麗的瓶花、炊煙裊裊的小屋也撥不開我心上的慘霧愁雲。無論說甚麼，女畫家是太令人

感動了，我一定要記下她的名字：Friedl Dicker-Brandeis，暫且譯為芙瑞朵‧狄克爾‧布蘭岱斯。

芙瑞朵是德國威瑪的包浩斯設計學院科班出身，在進入特倫津集中營前已經成名，有自己的工作室。進入之後，她不再在作品上簽名，卻要孩子們在自己的畫作上鄭重寫下了名字。前往奧斯維辛之前，她把孩子們的作品，大約有四千五百張，藏在兩個皮箱裏，留在特倫津。

特倫津集中營囚禁過十五萬猶太人，一萬五千個猶太兒童，小畫家有三千位。運去奧斯維辛的孩子有六百六十位，其中一百一十位活了下來，更有幾位後來成了藝術家。而芙瑞朵是死在奧斯維辛的毒氣室了，也只有四十六歲。戰後檢視這些畫作，也有許多是描寫集中營的恐怖現實的。比如大家都挨餓；比如擁擠的上下鋪囚室；比如去奧斯維辛的火車來了。這些簽了名的畫作在紐倫堡大審時，曾被用作納粹罪行的參考資料。

平卡斯猶太會堂一九六〇年開放，在一九六八年蘇聯佔領捷克斯洛伐克時關閉，一九八九年天鵝絨革命之後，共產政權解體，會堂重建，三年後再度開放給大眾。我不能想像人類可以多殘忍，因為宗教、種族、政治、意識型態不同而戕害別人的生命。去奧斯維辛的火車來了，孩子們知道上了火車以後的命運嗎？他們是一分一秒懷着恐懼走過生死的煎熬的。在生命之前，我們沒有選項，只能慈悲。

住在美國時，我都只是開車經過猶太會堂，從來沒有真正進去過。在這裏走進克勞森會堂的禮儀廳，我第一次看到約櫃、打開的猶太聖經卷，另外還有分枝大蠟燭，以及一些銀製禮器；可以說是聚焦在猶太教的禮拜儀式與慶典上。在日常生活方面，則看到與出生、割禮、男女孩成年禮、婚禮等相關物件。除了從前看的《屋頂上的提琴手》電影和百老匯音樂劇外，第一次對猶太文化有比較切身的體驗。

　　克勞森會堂出口處就是老猶太墓園的入口，由一沼澤地變成歐洲最大的猶太人墳場。從十五世紀到十八世紀，依猶太人習俗，舊墳不可棄，只好往上添土再葬。這樣新墳加舊墳，重重墓葬，最多到了十二層。狹小的墓地葬了十萬個人，一萬兩千座石碑層層交疊，使得墓園比兩旁的街道高出甚多。

　　石碑上死者的名字與生卒年刻的都是希伯來文，許多重要人物，比如拉比，長埋於此，更多的是無名之輩。可是我們可以從碑上的圖案知道死者傳承的家業：祈禱的手是祭司，剪刀是裁縫，樂師，則男為鹿，女為玫瑰。最奇妙的是石榴，不像中國人以多子為福壽之徵，而是以多子代表猶太聖經的誡命。訪墓的後人多半在墳頭放一塊石頭，而非鮮花祭品，慎終追遠的意思則一。飄泊是遷徙，也可以是移居，我們看到其中的艱辛和在艱辛中飲水思源、不忘其本的傳統。

導覽女士說這個行程包括三個會堂和墓園，但我一路上囉嗦卡夫卡，所以她決定在帶我們去西班牙會堂前，小小繞路給我們一個驚喜。想像卡夫卡半夜裏在布拉格猶太區的街道上遊蕩，忽然撞上一個無頭巨人，就跳到他的肩膀上坐着。是的，雕刻家羅納就從卡夫卡的短篇小說〈一個戰鬥紀實〉中擷取了這個意象，雕出一座黑色的銅像，放置在一個小廣場上。後面的公寓大樓是他的出生地，但已不是原來的房子。他的靈魂終於可以自由飄蕩，飄蕩在城中任何一個街角，不需他人認可自己從兒童長成男人，也不用再怕自己不合世俗。文字終究使他不朽。

　　導覽女士又說她大學時大家爭看卡夫卡，她也跟着看。但實在不喜歡，因為看了難受。我說我也看了難受，但他實在是寫得好。卡夫卡是生在捷克、用德文寫作的猶太人，戰後捷克人重建家園，才逐漸擺脫德國加之於捷克種種傷害與不幸的聯想，擁抱卡夫卡。之前他國驚艷時，捷克人自己反而不知。

　　我們在西班牙會堂關門前趕去。哇！這怎麼會是猶太會堂，倒像是座華麗的清真寺。會堂的名字已令人好奇，有說是：十九世紀後半伊比利半島的猶太人逃避迫害來到布拉格，會堂的建築風格與裝飾帶着摩爾人的品味。會堂內的彩繪玻璃窗、門、牆、欄杆描劃着伊斯蘭的傳統圖樣，閃耀着金色的光影，映照出阿拉伯文化最輝煌時代的建築藝術。

這座清真寺般的猶太會堂座落在卡夫卡雕像與聖神天主堂的中間。可愛的布拉格，即使是在保守的猶太區，我也看到各種文化生存與發展的空間。不同的源頭與流經的地域可以有各種石破天驚的交集，將人類的文明往前推展，開闢出更燦爛的遠景。

二〇一六年八月七日於東海

美泉宮的西施

　　小時候看過一部電影，叫做《我愛西施》（*Sissi*），看片名很容易以為是國片，其實是德語片。這位洋西施自然不是中國春秋時代的浣紗美人，而是歐洲奧匈帝國的末代皇后。

　　扮演巴伐利亞王國公主西西的是當時西德的紅星羅美・雪妮黛（Romy Schneider），在全然不知故事的情況下，只因為女主角太可愛，好像我們屏東老家前街後巷的孩子們呼嘯着就一起去把電影給看了，接着還看了續集。山間水湄，宮殿城堡，如畫的風景，無雙的璧人，是一則幻化成真的童話，在我兒時的夢境裏留下永恆的影像，象徵着美麗與圓滿。

　　到了維也納才知美泉宮是大景點，既是第一次來，宮殿還是要看看。我們跳上公車，車上有錄音導覽，大致介紹路過的地區在歷史上的意義。美泉宮佔地甚廣，下了車看着它還得走一小會兒。遠遠望見大閘門與後面聳立的皇宮，感

覺很奇怪。穩重堅實的黃色，簡單樸素的立面，有堂皇的規模，但並無雕梁畫棟、藻飾綺紋，我立時聯想起楓丹白露的凡爾賽宮來。不過宮前花圃的設計，凡爾賽更流麗婉轉些，而花色也更斑斕些。

我們買票入內，參觀這個以所發現的泉水為名的皇宮。一千多間房中有四十間開放給公眾。我們順着參觀路線，一間一間看。原來法蘭茲‧約瑟夫，也就是後來的奧地利皇帝約瑟夫一世，一八三〇年在這宮裏出生，一八四八年即位，一八五四年娶了全名伊莉莎白的西西公主。本屬哈布斯堡王朝的狩獵避暑夏宮，成了約瑟夫一世的主要起居之所。他在這裏生活，也在這裏辦公。西西大婚前從巴伐利亞來到維也納，先在美泉宮休憩了一晚，第二天才參與各種正式的覲見與嫁娶儀節。記憶中電影裏的西西，倏地跳了出來，與此時此地即刻接上軌。

進入大廳不久，是一連三間皇帝的撞球室、會客室、書房。胡桃木的顏色與質感呈現出他嚴整質樸的品味與對秩序的追求。導覽錄音說他每天清晨五點開工，事無大小，都同等重視。不論朝官重臣，還是黎民百姓，都可面見。一般的餐飲就在書桌上檔案之間解決。比較特別的是書房裏掛着年輕時的帝后肖像。西西真的是美得驚人，羅美‧雪妮黛得其純真，但未得其艷麗。

接着是皇帝的臥房。角落裏一張鐵架單人床，旁邊的

跪凳説明了他的天主教信仰，大理石洗手台解釋了他寒天洗臉的自律與節儉。這個男子的個人世界沒有女人的靈心撩撥、妙手點染，如果不是碩大的奧地利水晶燈具的剔透玲瓏，這裏給人的感覺還要更枯燥些。西西到哪裏去了？

　　下面三間是西西的書房、化妝室與二人的臥室。風格與前面三間一致，都有一種拘謹與沉悶。尤其是寢殿，厚重的藍白相間的布圖案收斂了新婚兒女的奔放與激情。他們只在這臥室待了幾年，之後西西不是不讓丈夫進來，就是自己退入書房樓梯下面的私密空間，或由彼地避開守衛獨自出門去旅行。西西長時間在外，六十歲那年遊瑞士日內瓦湖時，莫名其妙地被一個意大利的無政府主義者以錐子暗殺致死。十八年後，八十六歲的皇帝是在他孤單的鐵床上駕崩的。

　　實地參觀美泉宮，好像家具、擺設都會説話。他們見證了童話的幻滅。也許從來也沒有甚麼童話，表面上在開放的環境下長大的西西公主，不能忍受宮廷的規範與限制；也不能承受兒子的自殺與不被允許親身教養子女的苦痛。也許往深處看，當年的一見鍾情，只是一個誤解：他一廂情願的愛換來的是終身的寂寞；而她的逃避也只是把青春耗盡，耗在無止境的車輪滾滾中。

二〇一六年九月六日於東海

紊亂的時間之流：
維也納的聖斯德望大教堂

聖斯德望大教堂如果從英文翻譯過來，可以是聖士提反或司提反大教堂，或是更現代一點的聖斯蒂芬大教堂。座落在維也納的市中心，與其同名的廣場上。

從前歐遊，有三個大教堂印象最深刻：梵蒂岡的聖伯多祿（聖彼得）、德國的烏爾姆、法國的聖米歇爾大教堂。聖彼得廣場上人雖然多，但貝尼尼的兩排弧形列柱先聲奪人，人再多也永遠是亂中有序；烏爾姆大教堂矗立在市中心的廣場上，擎天一柱，丰神俊朗；聖米歇爾呢？獨坐孤島山頭，往訪時覺得自己好像中世紀的進香客，一步一腳印地踏上艱辛的朝聖之旅。

可是在聖斯德望廣場上，因為是喧鬧的名店街，即使是非旅遊旺季的二月初，也到處是人潮。在廣場上漫步，即時撲向眼簾的是名滿天下的施華洛世奇，奧地利水晶飾品旗艦店，還有只賣克里姆靈感的藝品店，並看不到甚麼大教堂。反而是迷迷糊糊走到入口了，才發現：啊！怎麼就到了教堂了？

想來是廣場上商店太多，這樣一座宏偉的建築就迷失在高高低低的屋宇中，何況有一邊還圍了起來在施工整修。有人說，聖斯德望大教堂有如維也納城市海中浮起的珊瑚。想來應該是在夜晚的直升機上才有那樣的視野。好像萬籟俱寂時，萬物沉睡，在朦朧夜色的烘托下，玲瓏剔透的主殿與塔樓悄然入夢。

　　進去參觀，站在後面可以隨便看，但想深入大殿，甚至靠近祭壇，便需買票。這是第一次我來到一座歐洲的大教堂，一進門即感覺到暈眩與困擾。我完全不明白怎麼會這樣。所以知道可以買票，我們立時買了。

　　一如歐洲許多教堂，聖斯德望自十二世紀起也走上幾百年毀壞與重建的歷程，包括鄂圖曼土耳其人圍城與拿破崙軍隊入侵。但最慘烈的莫過於歐戰結束前幾天，德國大舉放火焚城，大教堂幾成廢墟。戰後奧地利九個州分別負責修復大教堂的一部分，可以說傾全國之力恢復他們的歷史與文化遺產。

　　在歐洲的傳統之外長大的我，先不論奧國人的內在經驗，單從教堂大殿呈現出來的視覺震撼，我已感到莫名的混亂與痛苦。幾個世紀以來的增修改建，建築上可明顯分別哥德式與巴洛克風。主殿依常例分為三部分，但卻非整體望向中央高壇所設定的主題，而是由柱礎排列出的三個空間各有各的主題。除了主祭壇畫描繪了大教堂的主保聖斯德望在耶路撒冷城牆外被石頭砸死而成了首位殉道者，在他之上天門大開，可以望見基督坐在聖父的右邊。其他兩個主題：一是

聖母，一為使徒。

最特別的是每一個柱礎前另有一個祭壇，祭拜不同的聖人，比如耶穌的人間父親約瑟夫。另外還有雕像置於每一祭壇左近，比如聖斯德望雕像，他年輕的臉平靜而莊嚴，右手持象徵勝利的棕櫚枝，左臂卻環抱着砸他至死的幾塊大石頭。這些祭壇畫與雕像尺寸不一、大小不等、風格不同，製作的時間亦相異，但都承繼了歐洲中世紀聖像的傳統。為了大多數人不識字，這些作品選擇了較為戲劇化的時刻以細節表達了信仰的力量。比如抱着羔羊的施洗約翰與拿着十誡石版的摩西。

每一個柱礎祭壇，畫與雕像間置，設計都很複雜，工藝都很精美；而這樣大的主教座堂有無數的柱礎祭壇。從後面望向中央高壇的耶穌，要越過所有的柱礎祭壇與祭壇上的聖人。我逐漸感覺到不可承受之重，一顆心疼痛起來，越來越痛。這進香客的朝聖之旅是一條苦路，我陷落在紊亂的時間之流中。

這當兒教堂舉行彌撒，訪客不得入內了。我們找好座位，留下來望彌撒。雖然聽不懂德文，但是祭典的禮儀是一樣的。不過回應的時候，我一會兒冒出國語，一會兒冒出英文，但心卻慢慢平靜下來。

二〇一六年九月二十五日於東海

下一次要去探訪國父的澳門

　　二十年來我去過四次澳門：第一次從葡京酒店進去，拿了旅遊小冊子，自然先去大三巴，又逛大炮台與舊城牆，最後一定是在老城廣場流連忘返。因為喜歡以散步來認識一個城市，所以大部分的時間是在走路。路多半是坡，我總是在上上下下，不免留意到很多路名都有一「斜」字，這個斜、那個斜的。我不由得想起一首漢朝的樂府詩〈長安有狹斜行〉，「行」指的是詩的體裁，就好像我們說歌謠。狹斜則是指長安城中的狹坡巷道。真的在澳門看見這樣令人發思古幽情的路名，雖然路算寬闊，並不狹窄，但站在斜坡上，望着一幢幢南歐色彩的小樓，一株株開滿了花的緬梔，我還是發了一陣呆。下得坡來又撞見一級方程式大賽車，速度太快了，我們站在路邊都看得心驚肉跳，不知今世何世。

　　第二次到澳門是我拉着陳先生，和香港中文大學的同事一塊兒去的。因是團體行動，跟着大家看了發展中的新區，還有澳門旅遊塔、老消防局、動物園甚麼的，還順便看

了廣州來的一個陶瓷展，瓷枕頭可能睡得舒服嗎？過大橋時遠遠望見一座雕像，好像是聖母，車行近了才看出來是蓮花座上的觀音。最奇怪的是參觀一家叫「德成按」的當鋪，不過現在成了典當博物館。那是我第一次看見高過人頭的櫃檯與其前面的遮羞板，而當票上的字我全不認識。難怪《紅樓夢》中清貧出身的邢岫煙拿棉衣當了幾吊錢做盤纏，大觀園中除了寶釵，沒人認得出當票。

當鋪的樓上呢？更好玩了，是金庸圖書館，展出他的手稿與歷年來各種版本的武俠小說，不過圖書館的規模不算大，我倒好奇為甚麼香港連這樣一座書房或圖書館也沒有。

搬回台灣之前，香港朋友約我去澳門一行，前兩次都是一日遊，這一次待了三天，細細踏遍了澳門的歷史城區，看了很多教堂以及堂中的聖物展覽，並在古老的聖安東尼教堂望了彌撒。有一次在城中闖進一間賭場借洗手間，出來後在賭場前看見一座雕像，我心裏想是誰呢？原來是帶領船隊作全球首航的葡萄牙人麥哲倫。最特別的是我們搭纜車上到東望洋燈塔，看到松山上葡萄牙人所建的防空洞、炮台以及懸掛颱風風球的標誌。這座燈塔是中國沿海地區最古老的現代燈塔，建於十九世紀。旁邊的小教堂，名為聖母雪地殿，建於一六二二年，居然比燈塔早了兩百多年。朋友說他們來了好多次，教堂都不開，我才來一次，就撞上了。在澳門的最高處，看見一座樸實厚重的葡萄牙小教堂，壁上的彩繪在西方的色彩中融入了

一些中式技法，有一種簡單的天真，很是動人。

回來後還去了一次澳門，是專程參訪澳門大學，所以沒有時間再去外面瞎逛。看到近日出版的《澳門》雜誌，為紀念國父的一百五十周年誕辰，有一個孫中山的專題，提到國父在澳門的史跡。我知道國父在香港、國父在廣州、國父在東京、國父在檀香山，真的很慚愧，沒有留意國父在澳門。原來國父出生地的翠亨村與澳門相距不到四十公里，宋朝以來澳門屬香山縣轄，兩地之人來往密切。少年孫中山兩次出國，都是從家鄉到澳門坐船，經香港到夏威夷的。

國父自香港西醫學院畢業後，當時港澳最大的中醫醫院，也就是澳門的鏡湖醫院為他特設西醫部門，換言之，他是鏡湖醫院的首位華人西醫。鏡湖並曾兩次借款給他，開辦中西醫局。他又曾在議事亭前地開設孫醫館，這些使「國父早年行醫」這句話完全鮮活了起來。

下一次去澳門，一定要去追尋行醫的國父，還有他創辦的《鏡海叢報》發表政論鼓吹革命之處。同盟會在澳門活動的據點，以及成立分會的地方，也要去走一走。國父的澳門公館是革命之外，他安頓家小的福地。故居曾遭火劫，現在的小樓是原址重建的，也有八十多年了。目前已成澳門的國父紀念館。

二〇一六年十二月二十日於東海

走南闖北：
還能做這樣的夢嗎？

　　四十年前，我在美國奧勒岡大學修讀碩士學位，心急不願等到秋季班正式開學，就在暑假搶着修了兩門課，一門是「日本建築」，一門是「日本園林與山石設計」；由一位東京大學來的客座、小林教授任教席。這兩門課藉類型與範例大致介紹了日本的建築史與園林史，教材都跨過了千年。

　　九月開學，指導老師建議我修的第一門課，也是她自己教的，叫做「早期中國人對風景的看法」（Early Chinese Perception of Landscape）。我當時覺得很奇怪，這樣的課是講甚麼？早期中國人是甚麼意思？對風景的看法又是指甚麼？上了課才知道早期中國人指唐以前，從有文字記載到八世紀，那不只千年了。

　　第二門課是日本史，跨度從史前到明治維新，也超過一千年。第三門本來應該是西洋藝術史系列的古典時期，也就是埃及、希臘、羅馬的藝術。這門課與日本史衝堂，只好從中間修起，亦即從第五世紀的初期基督教藝術到十五世紀

的文藝復興，仍然是一千年。

我的思想每天東西橫跨過三個不同的地理空間，而在每一個空間裏，上下遊走於特定的時間軸。日本史的角度是事件，西洋史的是物件：建築、雕刻與繪畫；而中國史的部分是文本。

老師指定了兩本書：一本是詩集，一本是地理。先說詩集，題曰 *Sunflower Splendor: Three Thousand Years of Chinese Poetry*，一九七五年出版；中譯本《葵曄集：歷代詩詞曲選集》一九七六年由印第安那大學出版。所收大約一千首中文詩，從周經漢至隋、唐、五代與宋、元、由明至今，共分六大部分。地理書題曰 *China*，只有一個字。屬 The World's Landscapes 系列的第一本，一九六九年在芝加哥出版。作者是誰呢？老師說是非常重要的地理學家。聽來聽去，總覺得像「義和團」，後來買了書一看，原來是 Yi-Fu Tuan，中國人。我好奇，跑圖書館查查，是段義孚，明尼蘇達大學的地理教授。這名字看起來是個人物，但我所知僅止於此。

課堂上這位教藝術史的老師主要是從詩裏看視覺的意象，而不是講文學的精華。所以這本地理書僅作參考，她要我們自己看。想起在台大時文學院的學生必修「地學通論」，講火山爆發、颱風形成等，是當科學看。而這本主要是講人與自然的關係。是歷史的土地與物理的土地如何

互動，如何互為影響。這樣的書令人印象深刻，所以一直記得。

今年開春精神飽滿，我逐箱打開幾年前在香港打包的書，其中居然有這本「中國」。摩挲舊卷，看到我自己幼稚的筆跡，簽名與日期：一九七七年九月，我與生氣盎然的自己面對面了。看見當時在書上劃的線，打的星號，字典查出的字，顏色有紅的、有藍的。我看出來：符號是紅的，文字是藍的。驀然想起謝靈運的詩句：「未厭青春好，已睹朱明移。」當年的自己多愁善感，正在韶華卻為青春不永而落淚，如今的自己盛年已過卻雲開月明，可以把這兩句倒過來念：「已睹朱明移，未厭青春好。」

回想四十年前，不懂甚麼叫做「對風景的看法」，還曾奇怪那 landscape 不成了 scenery 了嗎？後來才明白是講景觀。為甚麼一地的景觀是此非彼？地上的人是如何將土地人文化的？這種觀照是人文地理，或者說文化地理的開端。回頭再看「世界景觀」這系列的總序，說到系列出版的目的是要將區域地理放在世界景觀研究的前沿。

總序又說，「景觀」的概念是既實在具體卻又難以捉摸的。在西方，是透過十六世紀末荷蘭的風景畫家，景觀這個字才有了視覺感知的成分；是人與土地在時間與空間中複雜的情結。這樣說來，中國人對自然的感知最少要早上千年。我當年的期末報告是從陶謝詩中的景觀因素來呈現二人與

自然的關係。雖曾為師所誇，但我現在才知道真正的人文地理，探索起來該是多麼的波瀾壯闊！

　　四十年後，我在追究段義孚，人文地理的大師。他是民國外交官段茂瀾的公子。少時因緣，見過段大使一次，目睹他短時間內連換幾種歐洲語言。去年秋天不良於行，曾臥遊數月，屢屢幻想自己天高雲闊，走南闖北。現在時感人生可喜，很想真的可以行遍天涯。是在做夢嗎？

二〇一七年二月二十日於東海

責任編輯：張佩兒

裝幀設計：高　林

排　　版：黎品先

印　　務：林佳年

〔香港散文 12 家〕

主編：舒非

夢裏時空

□

著者

童元方

□

出版

中華書局（香港）有限公司

香港北角英皇道 499 號北角工業大廈一樓 B

電話：(852) 2137 2338　傳真：(852) 2713 8202

電子郵件：info@chunghwabook.com.hk

網址：http://www.chunghwabook.com.hk

□

發行

香港聯合書刊物流有限公司

香港新界大埔汀麗路 36 號

中華商務印刷大廈 3 字樓

電話：(852) 2150 2100　傳真：(852) 2407 3062

電子郵件：info@suplogistics.com.hk

□

印刷

美雅印刷製本有限公司

香港觀塘榮業街 6 號 海濱工業大廈 4 樓 A 室

□

版次

2018 年 5 月初版

© 2018 中華書局（香港）有限公司

□

規格

32 開（215 mm × 135 mm）

□

ISBN：978-988-8512-41-6